# 中國語言文字研究輯刊

二六編

第 **5** 冊

《上海博物館藏戰國楚竹書（七）·
武王踐阼》考釋（中）

江 秋 貞 著

花木蘭文化事業有限公司

國家圖書館出版品預行編目資料

《上海博物館藏戰國楚竹書（七）‧武王踐阼》考釋（中）／
江秋貞 著 -- 初版 -- 新北市：花木蘭文化事業有限公司，
2024〔民 113〕
目 2+166 面；21×29.7 公分
（中國語言文字研究輯刊　二六編；第 5 冊）
ISBN 978-626-344-601-4（精裝）
1.CST：簡牘文字　2.CST：研究考訂
802.08　　　　　　　　　　　　　　　112022485

ISBN-978-626-344-601-4

9 786263 446014

中國語言文字研究輯刊
二六編　　第 五 冊　　　　　　ISBN：978-626-344-601-4

## 《上海博物館藏戰國楚竹書（七）‧
## 武王踐阼》考釋（中）

作　者　江秋貞
總 編 輯　杜潔祥
副總編輯　楊嘉樂
編輯主任　許郁翎
編　輯　潘玟靜、蔡正宣　美術編輯　陳逸婷
出　版　花木蘭文化事業有限公司
發 行 人　高小娟
聯絡地址　235 新北市中和區中安街七二號十三樓
　　　　　電話：02-2923-1455／傳真：02-2923-1452
網　址　http://www.huamulan.tw 信箱 service@huamulans.com
印　刷　普羅文化出版廣告事業
初　版　2024 年 3 月
定　價　二六編 16 冊（精裝）新台幣 55,000 元　　版權所有‧請勿翻印

# 《上海博物館藏戰國楚竹書（七）‧武王踐阼》考釋（中）

江秋貞　著

**上 冊**

凡 例

第一章 緒 論 ……………………………………………… 1
　　第一節　研究動機與目的 ……………………………… 2
　　第二節　研究方法與步驟 ……………………………… 5
　　第三節　〈武王踐阼〉竹簡形制 ……………………… 7
　　第四節　〈武王踐阼〉的其他研究 ………………… 12

第二章 〈武王踐阼〉簡文考釋 ……………………… 21
　　第一節　甲本「武王問道」 ………………………… 22
　　第二節　甲本「師上父告之以丹書」 ……………… 123

**中 冊**

　　第三節　甲本「武王鑄器銘以自戒」 ……………… 155

**下 冊**

　　第四節　乙本「武王問道於太公」 ………………… 321
　　第五節　乙本「太公告以丹書之言」 ……………… 325

第三章 結 論 ………………………………………… 345
　　第一節　〈武王踐阼〉釋文與語譯 ………………… 345
　　第二節　本論文的研究成果 ………………………… 348

第四章 餘 論 ………………………………………… 357
　　第一節　楚簡本和今本的比較 ……………………… 357
　　第二節　探討〈武王踐阼〉的版本和價值 ………… 379
　　第三節　〈武王踐阼〉簡本書手探究 ……………… 403
　　第四節　〈武王踐阼〉簡本韻讀探究 ……………… 414

參考文獻 ……………………………………………… 419

附錄一　楚簡〈武王踐阼〉 ………………………… 431

附錄二　今本（文淵閣四庫全書版） ……………… 447

附錄三　宋王應麟〈踐阼篇集解〉元代刊本 ……… 449

跋 語 ………………………………………………… 461

目 次

## 第三節　甲本「武王鑄器銘以自戒」

### 一、釋　文

　　武王廟之忘（恐）覞（懼）。為【5】戒名（銘）於筶（席）之四耑（端），曰：「安樂必戒。」右耑（端）曰：「毋行可愍（悔）。」筶（席）遂（後）左耑（端）曰：「民之反宿（側），亦不可志？」遂（後）右耑（端）曰【6】：「殷諫不遠，視而（爾）所弋（代）。」所（樞）機曰：「皇＝（皇皇）隹（惟）董（謹），口生敬，口生喢（詬），譀（慎）之口＝（口口）。」檻（鑑）名（銘）曰：「見亓（其）前，必慮亓（其）遂（後）。」【7】盥鑑（盤）名（銘）曰：「與亓（其）溺於人，寍（寧）溺＝於＝淵（溺於淵，溺於淵）猶可游，溺於人不可求（救）。」桯名（銘）雁（諺）：「毋曰可（何）惕（傷），㮗（禍）牆（將）長；【8】毋曰亞（惡）害，㮗（禍）牆（將）大；毋曰可（何）戔（殘），㮗（禍）牆（將）言（延）。」杞（枳）名（銘）雁（諺）曰：「亞（惡）至＝（危？危）於忿連（戾）。亞（惡）迭＝（失？失）道於脂（嗜）谷（慾）。亞（惡）【9】忘＝（忘？忘）於貴福。」卣名（銘）雁（諺）曰：「立（位）難尋（得）而惕（易）迭（失），士難尋（得）而惕（易）鋝（間）。」毋董（勤）弗志，曰余（余）智（知）之。毋【10】

### 二、簡文大要

　　武王聽聞丹書之後，戒慎恐懼，故於日常生活之物上刻銘以自戒。

### 三、簡文考釋

（一）王廟之忘〔1〕覞〔2〕

#### 1. 字詞考釋

　　〔1〕忘

　　簡上的字形「」，原考釋者釋為「恐」：

　　　　「忘」，《說文·心部》「恐」之古字。

〔2〕睍

簡上的字形「」（以下以△代），原考釋者釋為「懼」：

> 「睍」，從心，睍聲。與「悕」、「倪」同，《說文‧人部》：「倪，恐懼貌，又伺視貌。與睍通。」讀作「懼」。

復旦讀書會隸為「愢」，但認為應該隸為「睍」於義為長：

> 簡文△，從「人」，從「心」，從「目」，當隸定為「愢」。當然也可能有借筆的情況，即左邊從「見（下部立人形）」，其上「目」形借用右邊「思」所從一「目」形。後一種分析似於義為長，不過為書寫方便計，暫時還隸定作「愢」。

**秋貞案：**

△字釋為「懼」無誤。字形應如復旦讀書會隸為「睍」，和原考釋者所隸「睍」左右相反。這裡的「恐懼」應為原考釋者所說《易‧震》：「君子以恐懼脩省。」之意。今本對應之處為「愓若恐懼」，有所謹愓之意。

### 2. 整句釋義

武王聽聞丹書之言，戒慎恐懼。

## （二）為名於筶〔1〕之四耑曰安樂必戒〔2〕

### 1. 字詞考釋

〔1〕筶

簡本字形為「」，原考釋者釋為「席」：

> 「筶」，《長沙仰天湖出土楚簡》讀為「席」。

〔2〕安樂必戒

原考釋者認為「安樂」應是「安逸享樂」之意：

> 「安樂」，安寧喜樂。《孟子‧告子下》：「然後知生於憂患而死於安樂也。」《墨子‧魯問》：「安樂在上而憂感在臣。」《漢書‧鼂錯傳》：「使先至者，安樂而不思故鄉。」「戒」，警戒，防患。

**秋貞案：**

此句「為銘於席之四端曰：『安樂必戒』」的下一句為「右端曰：毋行可悔」。如此，這「四端」和「右端」重覆，於理無據。故應有誤抄或漏抄之嫌。

復旦讀書會以今本對照，認為此處因「端」字接近而導致書手漏抄：

> 簡文有脫漏。其文或當如《大戴禮記》所載：「為銘於席之四端，席前左端之銘曰：『安樂必敬。』」因「四端」與「左端」兩「端」字接近而導致中間文字漏抄。

筆者認為復旦讀書會所推測可從，因為簡 4 的「怠勝敬則喪，敬勝怠則長」一句書手將「敬」寫成「義」字，所以筆者認為書手也可能在此有訛誤的情形。如果還原書手該抄的句子應是「為銘於席之四端，左端曰：『安樂必戒』」於是該書手漏抄了「左端」兩字。下一句為「右端曰：『毋行可悔』」，和前一句的句法相同。

另外，福田哲之在〈《上博七・武王踐阼》簡 6、簡 8 簡首缺字說〉一文中，他根據劉洪濤的說法，認為簡本〈武王踐阼〉一文和《上博二〈民之父母〉》一簡本屬於同卷，故簡長應該一樣。〈民之父母〉的完簡長為 45.8 釐米，而〈武王踐阼〉簡上端殘。故他以該簡的長度而言，簡 6 的第一個字不應為「名」字，即「名」字之前應該殘有一字，他推測為「書」字：

> 眾所周知，《上博七・武王踐阼》（以下稱為簡本）殘存十五簡各簡上端皆殘。據劉洪濤先生指出的簡本與《上博二・民之父母》實屬同卷，且其中有完簡（簡 5，45.8 釐米）（見劉洪濤：〈《民之父母》、〈武王踐阼〉合編一卷說〉），便可以其為參照，對簡本簡首缺字部分進行探討。
>
> 將兩者的殘存簡長及頂端缺字、殘字的情況對比分析後可發現，殘存簡長若為 43.5 釐米以上，頂端第一個字可被視為殘存，而簡長不足 43 釐米，則頂端第一個字則可被視為缺失或缺損。〔註247〕因此，對簡本中不足 43 釐米，且未被認為有缺字的簡 6（42.3 釐米）及簡 8（41.6 釐米）便有了再探討的餘地。
>
> ……傳本中從師尚父處聽聞丹書之言萬分恐懼的武王，退作戒書，銘於席之四端。但簡本原釋「武王聞之恐懼。為銘於席之四端」中，卻只有武王聽聞丹書之言後萬分恐懼，銘於席之四端，並沒有

---

〔註247〕指福田哲之看馬承源主編《上海博物館藏戰國楚竹書（七）》，頁 162 中記述簡 11 的簡長為 42.8 釐米，但從同書第 3 頁竹簡的彩版可看出，簡 11 要比簡 12 簡長很多（簡 12 簡長為 42.9 釐米），且簡 11 的上端有「武」字，沒有殘缺字的可能性，所以他想是否是簡長記載有誤？

作戒書一事。在與傳本相對應的基礎上來看，簡6簡首有「書」字可能性較高，這樣方與傳本一樣都包含有作戒書一事。〔註248〕

**秋貞案：**

福田哲之的說法可參。以簡的長度來推測，確實有可能殘了一字。以〈武王踐阼〉十五支簡來看〔註249〕，第4簡和第11簡是比較長也比較完整的簡，兩者長度相當接近。簡4上還看得出有一殘字「勝」，簡11沒有缺字比較完整。原考釋者說簡4長43.7釐米，〔註250〕簡11長42.8釐米，〔註251〕簡4和簡11相差近1釐米，此為一不合理之處。從圖版上來看簡11比簡12長，但簡12卻記錄為42.9釐米，還比簡11長0.1釐米，此又為一不合理處。筆者認為福田哲之所言可從，是否為原考釋者記載有誤？簡11不應短少近1釐米才是。

簡6長42.3釐米，〔註252〕簡5長42.4釐米，〔註253〕兩簡長度相當，而簡5上端已肯定有一缺字：「殜」。同理可推，簡6上端極有可能也一缺字，而福田哲之認為對照今本有「退而為戒書」一句，簡本無此句，故推測應是缺「書」字。但福田哲之沒有進一步說明為何補「書」字。

筆者認為既然「為」字當作動詞，此處再補一「書」字於「銘」前，而且當作動詞，豈不和「為」字意義一樣，似乎重複之嫌。今本此處「……王聞書之言，惕若恐懼，退而為戒書。於席之四端為銘焉，……」，既要呈現出武王為戒書，何不補上「戒」字於「銘」字前，「戒」字有警戒，防患之意，強調武王為戒銘，時時謹惕自己，作形容詞用，修飾名詞「銘」字。故補上「戒」字，簡本此句為「武王聞之恐懼，為『戒銘』於席之四端」。或把「戒」字當作名詞──「戒書」之意。簡本此句即為「武王聞之恐懼，為『戒』，銘於席之四端」。補「戒」字於義為長。

### 2. 整句釋義

在席子的四端刻上銘言：「安逸享樂一定要戒除。」

---

〔註248〕福田哲之：〈《上博七‧武王踐阼》簡6、簡8簡首缺字說〉，http://www.bsm.org.cn/show_article.php?id=1007，2009.03.24。

〔註249〕可參看馬承源主編《上海博物館藏戰國楚竹書（七）》，上海：上海古籍出版社，2008年12月，頁3。

〔註250〕馬承源主編《上海博物館藏戰國楚竹書（七）》，頁154。

〔註251〕馬承源主編《上海博物館藏戰國楚竹書（七）》，頁162。

〔註252〕馬承源主編《上海博物館藏戰國楚竹書（七）》，頁156。

〔註253〕馬承源主編《上海博物館藏戰國楚竹書（七）》，頁155。

## （三）右耑曰：毋行可悬〔1〕

### 1. 字詞考釋

〔1〕毋行可悬

原考釋者將「毋」釋為「莫」。「行可」釋為「道之可行」之意。「悬」釋為「悔」，「教導」之意：

> 「毋」，禁止之詞，猶今曰「莫」。「行可」，謂其道之可行也。
> 《論語・學而》：「子曰：『可也，未若貧而樂富而好禮者也。』」朱
> 熹《集注》：凡曰可者，僅可而有所未盡之辭也。」「悬」，《正字通》：
> 「悬，同悔。」「悔」，讀為「誨」，教導也。

**秋貞案：**

原考釋者將「毋」釋為「莫」，非也。《論語・子罕》：「子絕四：毋意，毋必，毋固，毋我。」程子曰：「此毋字，非禁止之辭。聖人絕此四者，何用禁止。」朱熹注：「絕，無之盡。毋，《史記》作『無』，是也。」〔註254〕《易・屯・六三》：「既鹿無虞。」漢帛書本「無」作「毋」。《書・舜典》：「無相奪倫。」《史記・五帝本紀》作「毋相奪倫。」〔註255〕對照今本作「無行可悔」故「毋」應通「無」。

原考釋者讀「悬」為「誨」，「教導」之意，非也。「悬」同「悔」在簡帛中很多。參看白於藍《簡牘帛書通假字字典》第4頁，可見很多「悑」（悬）同「悔」的例子。〔註256〕《詩・大雅・皇矣》：「庶無大悔」鄭玄箋：「悔，恨也。」《論語・為政》：「慎行其餘則寡悔。」皇侃疏：「悔，恨也。」〔註257〕故「悔」應有「悔恨」之意。

「毋行可悬」可釋為「無行可悔」和今本同。今本於這一句，戴禮注曰：「《論語》曰：『行寡悔。』」，可從。〔註258〕《論語・為政》：「多見闕殆慎行其餘則寡悔。」見危者闕而不行，慎行其餘不危者，則少悔恨也。故此句有「慎行」之意，告誡自己不做讓自己會後悔的事。如此「毋行可悬」的斷讀為「毋

---

〔註254〕王海根《《古代漢語通假字大字典》，2006年1月第1次印刷，頁490。
〔註255〕高亨纂著、董治安整理：《古字通假會典》，齊魯書社，1989年，頁772～773。
〔註256〕白於藍：《簡牘帛書通假字字典》，福建人民出版社，2008年1月。
〔註257〕宗福邦、陳世鐃、蕭海波主編《故訓匯纂》上冊，北京，商務印書館，2007年9月，頁1484。
〔註258〕方向東：《大戴禮記匯校集注》注[一五]，中華書局，2008年，頁631。

行，可愬」，和前一句「安樂，必戒」可相對偶，於義為長。

### 2. 整句釋義

在右端銘：「不要做出會後悔的事。」

## （四）筈遂左耑曰：民〔1〕之反宿〔2〕，亦不可志〔2〕

### 1. 字詞考釋

〔1〕民

簡本的字形為「」，原考釋者釋為「民」，意指「百姓」、「庶民」：

> 「民」，指民眾、庶民。

復旦讀書會和原考釋者一樣，認為此句為「席後左端曰：『民之反（側？），亦不可[不]志。』」「民」是指「人民」。

今本《大戴禮記》此句為「後左端之銘曰：『一反一側，亦不可以忘。』」並非指人民，而指睡覺時翻身之「反側」。

胡長春認為「民」讀為「眠」，因為武王做器銘，都會根據該器物的特性而做適當的銘文，故於席上的銘文，正指武王在席上睡眠時，一翻身一側身都不忘「黃帝顓頊之道」：

> 「民」讀為「眠」。今本《大戴禮記》有一段話值得重視：「王聞書之言，惕若恐懼，退而為戒書，於席四端為銘焉，於機為銘焉，於鑑為銘焉，於盥盤為銘焉，於楹為銘焉，於杖為銘焉，於帶為銘焉，於屨為銘焉，於觴豆為銘焉，於戶為銘焉，於牖為銘焉，於劍為銘焉，於弓為銘焉，於矛為銘焉。」（王聘珍《大戴禮記解詁》，中華書局，1983年）考慮到武王在這些器物上刻銘，都兼顧其器物的特性和功用，力求即物思「戒」，如鑑之銘曰「見爾前，慮爾後」；帶之銘曰「火滅修容，慎戒必恭，恭則壽」；弓之銘曰「屈伸之義，廢興之行，無忘自過」；矛之銘曰「造矛造矛！少閒弗忍，終身之羞」之類，武王意在於自己坐臥行作時，注意自身修為，時刻不忘「黃帝顓頊之道」。故此句讀為「民（眠）之反作（側），亦不可[不]志。」意即睡在席上一翻身一側身時，也不可忘了這些「丹書」之戒。〔註259〕

---

〔註259〕胡長春：釋《上博七・武王踐阼》簡6之「作」字，http://www.gwz.fudan.edu.cn/SrcShow.asp?Src_ID=621，2009.01.05。

**秋貞案：**

整理以上「民之反宿」的意見，「民」在此有二種說法：

甲、原考釋者和復旦讀書會都認為「民」指「百姓」、「人民」。「民之反宿」
指人民的反覆無常，不易治理。

乙、今本《大戴禮記》以「一反一側」為句，沒有「民」字。指的是睡眠翻
身。胡長春認為「民」為「眠」。「民之反宿」指睡眠翻身。

這兩類說法都有可能，但意義差別很大。以哪一義為長呢？筆者認為「民
之反宿」以「人民的反覆無常」為義。因為觀之前席銘「安樂必戒」和「毋行
可悔」為一對句，故此句席銘，後左端「民之反宿，亦不可志」，和下一句後
右端之銘「殷諫不遠，見而所代」也應是一對句。為能對應下一句，故以「人
民的反覆無常」於義為長。再者，銘文的含義應是諧義雙關，既有在席上翻身
睡眠的第一層意涵，也有第二層人民的反覆無常之意，而武王所該警戒的應是
以其第二層雙關之意才是重點。故原考釋和讀書會所釋可從。「民」應指「人
民」。

〔2〕宿

簡本上「宿」字形為「」（以下以△代）。原考釋者隸為「宿」，讀為
「側」，意為「不安」：

> 「宿」，同「屍」，讀為「側」。「反側」，《詩·周南·關雎》「輾
> 轉反側」，孔穎達疏：「反側猶反覆。」《荀子·王制》「遁逃反側之
> 民」，楊倞注：「反側，不安之民也。」

復旦讀書會認為銘文多有押韻，因之職部通押，故△釋為「側」，和今本
同。「反側」指翻來覆去轉動身體，「民之反側」即指「百姓的疾苦」：

> 「反」下一字形為，字從「宀」，從「人」，從「匕」，未知當
> 釋為何字。《大戴禮記》相應處作「側」。「銘」多有韻，席四端之銘
> 通為一章（詳下注孔廣森說），上文「戒」（職部）、「悔」（之部），
> 下文「志」（之部）、「代」（職部），可見此章之職部通押。則此字當
> 從《大戴禮記》讀為「側」（職部）。「反側」指翻來覆去轉動身體，
> 往往是愁苦時的行為，「民之反側」或即指「百姓的疾苦」。

蘇建洲在〈《上博七·武王踐阼》簡6「色」字說〉一文中認為復旦讀書
會的說法很有啟發性。另網友東山鐸釋為「倍」。網友苦行僧釋為「從『宀』，

從『人』，矣省聲」。蘇建洲則將△隸為「宮」讀為「側」，△字下部為「色」字變體，將「色」字的左右偏旁互換而已。「色」、「側」音近可通，又有通假之例：

> 其中簡文「側」字字形較為奇怪，其形作：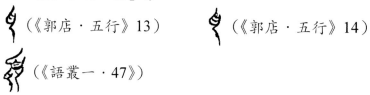（△）……，網路上有學者分析為「北」（網名：東山鐸），讀為「民之反倍」；或分析為「從『宀』，從『人』，矣省聲」（網名：苦行僧）。筆者以為字形下部實為「色」字變體，只是將「色」字的左右偏旁互換而已，試比較下列「色」字或「色」旁：
>
> 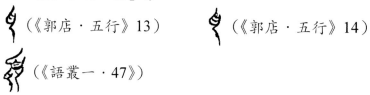（《郭店・五行》13）　　　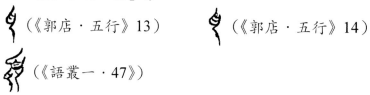（《郭店・五行》14）
>
> 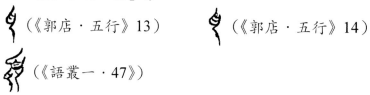（《語叢一・47》）
>
> 只要將「色」字的爪旁往右移動，便成簡文的字形，所以簡文的「△」實為「宮」字。「色」，山紐職部；側，莊紐職部，音近可通。古籍中有【色與塞】、【惻與塞】的通假例證，（見高亨、董治安編纂《古字通假會典》，頁425～426）所以簡文隸定作「宮」讀為「側」，應無問題。〔註260〕

程燕認為△字隸作「宄」，讀作「側」。「宄」、「側」疊韻通假：

> 此字可能從「宀」，「北」聲，隸作「宄」，讀作「側」。古音「北」屬幫紐職部，「側」屬莊紐職部，二者疊韻通假。《釋名疏證》：「側，偪也。」（畢沅《釋名疏證》，頁70）此乃聲訓。偪亦屬幫紐職部，故可為「宄」、「側」通假之佐證。且將此字釋為「宄」與本章押韻正合。〔註261〕

劉信芳在〈竹書《武王踐阼》「反昃」試說〉一文中舉郭店簡《語叢四》12、上博藏二《昔者君老》1、上博藏五《君子為禮》6、上博藏六《用曰》9有關「昃」字的用例，認為△字釋為「昃」，讀為「側」。劉信芳認為△字有訛寫的可能，△字和楚簡的「昃」字有所不同：

〔註260〕蘇建洲：《上博七・武王踐阼》簡6「宮」字說，http://www.gwz.fudan.edu.cn/SrcShow.asp?Src_ID=579，2008.12.31。

〔註261〕程燕：〈上博七讀後記〉，http://www.gwz.fudan.edu.cn/SrcShow.asp?Src_ID=586，2008.12.31。

該字也許應釋為「炅」，讀為「側」。郭店簡《語叢四》12：「曩（早）與臤（賢）人，是胃（謂）渶（英）行。臤（賢）人不才（在）炅（側），是胃（謂）迷惑。」上博藏二《昔者君老》1：「太子炅聖（聽）。」上博藏五《君子為禮》6：「〔毋〕㝱（俛）視，毋炅（側）睍（睨），凡目毋遊，定視是求。」炅，讀為「側」。上博藏六《用曰》9：「內關（閒）譪（謁）眾，而棼（紛）亓（其）反炅（側）。」反炅，猶「反側」，《天問》：「天命反側，何罰何佑。」《荀子‧儒效》：「作此好歌，以極反側。」包山簡266亦有用例，從略。楚簡「炅」之字形右上為「日」形，下為「大」形，「大」又為重疊的「人」形。簡文該字上為「人」形（不應釋為「宀」形），下「人」形偏于左側，而「日」形則居右，與上「人」形有共筆，且缺右邊一豎筆。估計書寫有訛。〔註262〕

林文華在〈《上博七‧武王踐阼》「民之反俛（覆）」解〉一文中認為△字釋為「俛」。其一、推測△字右下疑為「人」之變體，則此字乃從「免」從「人」之「俛」。另其二、又推測右下可能是「勹」之變體，此字有可能是「免」疊加義符「勹（伏）」，讀作「俯」。「俯」通「覆」，「民之反覆」即「民之反側」，譯為「百姓黎民大多都是反覆無常的」意思：

細察簡文此字形體，其右下與爪、日不類，恐非「色」、「炅」之訛變，又下部偏旁位置、大小亦與「北」有所差距，恐亦非「北」。竊疑此字乃從「人」從「免」之「俛」，蓋楚簡「免」字如下：

（郭店‧唐虞之道）　　　　　　　（上博一‧緇衣）

（包山‧文書53）　　　　　　　（包山‧文書20）

簡文形體與之近似，右下所謂「　」，並非「匕」，疑為「人」之變體，則此字乃從「免」從「人」之「俛」字。「俛」即「俯」也，《說文》：「頫或從人免」，又云：「頫，低頭也。」段注：「李善

〔註262〕劉信芳：〈竹書《武王踐阼》「反炅」試說〉，http://www.gwz.fudan.edu.cn/SrcShow.asp?Src_ID=589，2009.01.01。

引《聲類》:『頬，古文俯字。』」。《左傳·成公二年》:「韓厥俛定其右」，杜預注:「俛，俯也。」此外，「■」亦可能是「勹」之變體，《古璽彙編》收錄「勹」字如下（以下字形轉引劉釗《古文字構形學》，頁164）:

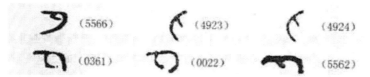

其中《璽彙》4923、4924與簡文「■」相近，「■」可能是「勹」。「勹」即「伏」字，「伏」意與「俛（俯）」通，如《淮南子·時則》:「蟄蟲咸俛」，高誘注:「俛，伏也，青州謂伏為俛。」因此，簡文此字有可能是「免」疊加義符「勹（伏）」，讀作「俯」。

「俯」又可通「覆」，「俯」古音為幫母侯部，「覆」為滂母覺部，二字聲母皆屬唇音，而韻部乃旁轉關係，俯、覆音近可通。「勹（伏）」亦與「復（覆）」通，王輝《古文字通假字典》:「勹讀為復，侯馬盟書腹之繁體或作■〔註263〕，疊加音符勹。《左傳·哀公十二年》:『火伏而後蟄者畢。』《中論·曆數》引伏作復。」（王輝:《古文字通假字典》，頁340）因此，簡文「反俛（俯）」即「反覆」也，即反覆無常之意，《詩·小雅·小明》:「畏此反覆」，朱熹《詩集傳》:「反覆，傾側無常之意也。」今本《大戴禮記》相應處作「反側」，「反側」猶「反覆」也，此為負面批評之意，復旦讀書會釋為「百姓之疾苦」，非也。蓋《荀子·王制》:「故故姦言、姦說、姦事、姦能、遁逃反側之民，職而教之，須而待之，勉之以慶賞，懲之以刑罰。」此「反側之民」近似簡文「民之反覆（側）」，指百姓總是反覆無常的，故必須教之、待之、勉之、懲之。又如《周禮·夏官·司馬》:「匡人:掌達法則，匡邦國而觀其慝，使無敢反側，以聽王命。」《荀子·榮辱》:「飾邪說，文姦言，為倚事，陶誕突盜，惕悍憍暴，以偷生反側於亂世之間，是姦人之所以取危辱死刑也。」

---

〔註263〕秋貞案:原字太小，不易辨識，故將「復」字放大於此 ■（圖版11）■（圖版12）

此「反側」亦反覆無常之意也。

綜言之，簡文⬛乃從「人」從「免」，或從「免」從「勹」，即俛（俯）或伏，讀作覆，「反覆」猶言「反側」，乃反覆無常之意。簡文「民之反覆（側），亦不可〔不〕志。」乃武王為銘自我警戒：百姓黎民大多都是反覆無常的，所以要謹記。此如同《荀子·王制》所言王者為政必須對此「反側之民」教之、待之、勉之、懲之。〔註264〕

侯乃峰在〈《上博七·武王踐阼》小箚三則〉一文中〈也說「民之反仄（側）」的「仄（側）」字〉一節，認為△字釋為「仄」，讀為「側」。他以偏旁分析法，將△字的左半「⬛」形釋為「仄」，右上部之「⬛」形當為「頃」左部所從之「匕」，可看作「不正、側傾」之人形。故△相當於「仄」字，△下部的構形法類同於「化」字，將所從的「倒人」寫得相對於左部正立之人形更為「側傾」，以此會「不正、側傾」之意：

從諸位討論的意見看，除林文華先生外，復旦讀書會提出的「銘」多有韻的現象及當從今本讀為「側」的意見幾為共識，關鍵是如何解釋其現有構形的問題。我們原來傾向於認同下部是從「北」的看法，現在想來於形仍有未安，故而試作另解如下。

《說文》：「仄（小篆作⬛），側傾也。从人在厂下。⬛（隸作仄），籀文从矢，矢亦聲。」又：「頃（小篆作⬛），頭不正也。从匕，从頁。」「傾，仄也。从人，从頃，頃亦聲。」

先看「仄」字，《說文》解釋字形是「从人在厂下」，而《說文》中又說：「厂，山石之厓巖，人可居。象形。」既然「人可居」，則「人在厂下」之「仄」字如何能會得有「側傾」之意呢？可見《說文》「仄」字之說解字形恐有可疑。我們懷疑「仄」字下部的「人」形本當是作側傾之形，猶如甲骨文中的「昃（仄、側）」字那樣，是將下部的人形傾斜書寫來表「側」意。而《說文》中「仄」字籀文，即是用一個變體象形的「矢」字作聲符，這就很好理解了。我們看簡文中的△字，除去下邊右上部的字形，即為「⬛」形。又古文字中

〔註264〕林文華：〈《上博七·武王踐阼》「民之反俛（覆）」解〉，http://www.bsm.org.cn/show_article.php?id=933，2009.01.02。

從「宀」從「厂」皆與建築宮室有關，二形符可以通作，故此形實與《說文》「仄」字小篆類同。而我們認為人形「在厂下」不能會得「側傾」之意，故此字下部除人形外尚有其它筆畫存在。

再看「頃」字。「頃」字許說是「從匕，從頁」，那么，要想會得「頭不正」之意，此字所從之「匕」必然要有「不正」之意纔可。《說文》將「頃」隸於「匕」部，而「匕」部緊接於「匕（音化）」部之後。唐蘭先生曾云：「余謂真字本作𩒨，當是從貝匕聲，匕非變匕之匕，實殄字古文之𠤎也。……變匕之匕，古殆無此字。倒人為𠤎，與倒大為𡵼同。𠤎與匕左右相反，實一字也。古僅有化字，兩人相逆，蓋象意而非形聲，故未必有變匕之匕字。」（唐蘭：《釋真》，《唐蘭先生金文論集》，頁 32～33）唐蘭先生之說揆之《說文》「匕（音化）」部所轄諸字，顯然是可信的。如此一來，「頃」字所從之「匕」在字形上當可以與「化」字所從的「匕（音化，形為倒人）」等量齊觀。「倒人」是相對於正立的人形而言的，則「匕」形自然含有「不正、側傾」之意。

據此分析，我們再來看簡文字形，下邊右上部之「▓」形當即「頃」左部所從之「匕」，相對於左邊正立的人形，正可看作「不正、側傾」之人形。

綜上所述，我們認為簡文此字即相當於《說文》之「仄」字，祇是下部使用「變體會意」的構形法另外造出一個聲符而已。古文字中「化」字從一正人，從一倒人，會生死變化之意。（從何琳儀老師《戰國古文字典》之說）唐蘭先生將「化」字構形法稱為「象意」，其實在「六書」就屬於「會意」。我們認為簡文此字下部的構形法類同於「化」字，祇不過將所從的「倒人」寫得相對於左部正立之人形更為「側傾」（所謂變體），並以此來會「不正、側傾」之意（所謂會意）。我們姑且借用一個較為常見的名稱將這種現象叫作「變體會意」。〔註265〕

〔註265〕侯乃峰：〈《上博七‧武王踐阼》小箚三則〉一文中〈也說「民之反仄（側）」的「仄（側）」字〉，http://www.gwz.fudan.edu.cn/SrcShow.asp?Src_ID=600，2009.01.03。

　　張振謙在〈《上博七・武王踐阼》箚記四則〉中〈釋「戾」〉一文，認為△字左從「大」，其右下側的 █ 形，因簡的寬度而未寫完整的「日」字，故從劉信芳所說認為△字應為「戾」字，讀為「側」：

　　此字恐怕還是以讀「側」為是。以上諸位先生在字形分析上，多傾向認為此字為上下結構。對於其上部，有兩種觀點：一是認為上從「宀」，一是認為上從「人」；對於其下部，觀點則不統一。我們認為此字應為一從「大」之字，簡 9 有「大」字寫作： █ ，與此字的 █ 相似，楚文字的「大」字往往上下分離，形似兩個「人」形，不贅述。至於去其右下側的 █ ，從字形上看，或即「日」字因簡的寬度而未寫完整，因此此字就是劉信芳先生所說的「戾」字，讀為「側」。〔註266〕

　　網友家興和於 2009 年 1 月 5 日回應張振謙，認為從字形上來看為「側」：

　　師兄好！我來臆測一下，這個戾啊！會不會是一個會意字，利用一個人在另一個人的旁側的位置關係來，表達旁側之側意，完全臆測，見笑了。從「宀」下的兩個「人」形的位置來看，右偏上的人在左下的人的旁側。〔註267〕

　　胡長春在〈釋《上博七・武王踐阼》簡 6 之「作」字〉一文中認為△字形右部乃「乍」之書寫訛變，此字從人從乍，釋為「作」，通「側」：

　　簡文此字形體，其右下與爪、日、兔不類，恐非「色」、「戾」、「俛」之訛變，又下部偏旁位置、大小亦與「北」有所差距，恐亦非「北」。筆者細察此字，釋為「作」字。

　　筆者認為此字從人從乍，其上部和右部乃「乍」之書寫訛變（秦系文字與楚系文字在書寫上有重大差異，關於書寫訛變，將作專題討論，此不贅）「作」字楚文字一般有兩形，一是 █ ，使用較廣；二是 █ 形，與秦系文字同，江陵天星觀一號墓遣策簡有 █ 形（滕壬生《楚系簡帛文字編》，頁 661〜663），筆者認為 █ 即由此類形體訛變而來：

---

〔註266〕張振謙：〈《上博七・武王踐阼》箚記四則〉中〈釋「戾」〉，http://www.gwz.fudan.edu.cn/SrcShow.asp?Src_ID=613，2009.01.05。
〔註267〕張振謙：〈《上博七・武王踐阼》箚記四則〉中〈釋「戾」〉。

因此釋為「作」，「作」通「側」，不須贅言。〔註268〕

**秋貞案：**

本簡「民之反宿」的「宿」字，字形「」（以下以△代），因不見於其他楚簡本，故很多學者討論其字音字形字義。綜合以上各家所言，依發表時間先後為序，表列如下：

| | 發表人 | 內　　容 |
|---|---|---|
| 1 | 原考釋 | 隸為「宿」，同「昃」，讀為「側」，意為「不安」。「民之反宿」即「百姓的不安」。 |
| 2 | 讀書會 | 釋為「側」。「反側」指翻來覆去轉動身體，「民之反側」即指「百姓的疾苦」。 |
| 3 | 東山鐸 | 釋為「倍」（兩人相背），引申為人民反背之意。 |
| 4 | 苦行僧 | 釋為「从『宀』，从『人』，矢省聲」，讀為「側」。 |
| 5 | 蘇建洲 | 隸為「佨」，讀為「側」。 |
| 6 | 程燕 | 隸作「宊」，讀作「側」。 |
| 7 | 劉信芳 | 釋為「昃」，讀為「側」。 |
| 8 | 林文華 | 釋為「俛」，讀作「俯」。「俯」通「覆」，「民之反覆」即「民之反側」，譯為「百姓黎民大多都是反覆無常的」意思。 |
| 9 | 侯乃峰 | 釋為「仄」，讀為「側」。 |
| 10 | 張振謙 | 從劉信芳所說認為△字應為「昃」字，讀為「側」。 |
| 11 | 家興和 | 釋為「側」。以為一個人在另一個人的旁側的位置關係來表達旁側之側意。 |
| 12 | 胡長春 | 釋為「作」，通「側」。 |

在字形方面，是大家討論最多，也是意見最分歧的部分。其中以釋「昃」的有原考釋者、劉信芳、張振謙三家。

原考釋者並沒有對字形上多加說明，只是把字形隸為「宿」，上部為「宀」部，下部左旁從「人」右旁從「日」。劉信芳則對字形說明清楚，「簡文該字上為『人』形（不應釋為『宀』形），下『人』形偏于左側，而『日』形則居右，與上『人』形有共筆，且缺右邊一豎筆。估計書寫有訛」。張振謙更清楚詮釋，「我們認為此字應為一從『大』之字，……至於去其右下側的，從

〔註268〕胡長春：〈釋《上博七‧武王踐阼》簡6之「作」字〉，http://www.gwz.fudan.edu.cn/SrcShow.asp?Src_ID=621，2009.01.05。

字形上看，或即『日』字因簡的寬度而未寫完整」。

　　筆者認為原考釋者釋△字從「宀」形，應該不確。「昃」字應從「大」形。在《戰國文字編》〔註269〕第457、458頁、《上海博物館藏戰國楚文書一～五文字編》〔註270〕第345頁、《楚文字編》〔註271〕第419頁、《楚系簡帛文字編》〔註272〕第645、646頁所見的「昃」字都從「大」從「日」形，如：𣅔（上二‧昔1），而且「日」形均列於左上部，和△字不類。再者△字並沒有「日」形，如果將「⿰」視為「日」形之訛，或是未寫完整而論，似乎是為了釋為「昃」而將△字「削足釋履」了。

　　蘇建洲認為△隸為「𠂤」，讀為「側」。筆者先從「色」字探討。參看季師旭昇《說文新證》下冊第73頁「色」字條：

　　　　「『色』是『𠂤』的假借分化字，所以在『卩』形下方加橫筆、
　　　　或加圓點，而『爪』和『卩』的相對位子往往左右並列，以與『印、
　　　　𠂤』的上下排列區別。」〔註273〕

　　筆者所見本簡△字的「人」形和「⿰」形是相背的，不像「印、𠂤」是相向的。「色」是「𠂤」的假借分化字，而「𠂤」《說文》：「執按也。從反印。」有「按抑」之動作，必是相向，如何能相背而為呢？故既不是「𠂤」，就不可能為「色」。而且△字的「⿰」形不類「爪」形，即使有共筆的「⿰」也不像，又是呈上下排列，更不可能為「色」字了。

　　程燕將△字隸作「宄」，讀作「側」。網友東山鐸也有類似觀點。但縱觀楚文字的「北」字形〔註274〕，如：北（上二容‧27～28）形，都是從兩「人」形左右相背，不像△字「⿰」形於「人」形的左上方。但是「相背對」的概念很有啟發性。

　　林文華將△字釋為「俛」，讀作「俯」，「俯」通「覆」。在字義上「民之反覆」是很通順的。但於字形上來看，「俛」字從「免」形，「免」《說文》：「逸

---

〔註269〕湯餘惠主編：《戰國文字編》，福建人民出版社，2005年8月第2次印刷。

〔註270〕李守奎，曲冰，孫偉龍編著：《上海博物館藏戰國楚竹書（一～五）文字編》，作家出版社，2007年12月第1版。

〔註271〕李守奎：《楚文字編》，華東師範大學出版社，2003年。

〔註272〕滕任生：《楚系簡帛文字編》，武漢：湖北教育出版社，2008年10月第一次印刷。

〔註273〕季旭昇師：《說文新證》下冊，台北：藝文印書館，2004年11月初版。

〔註274〕參《楚系簡帛文字編》頁762～763所見「北」字。

兔也。从兔不見足會意。」許慎的說法有誤。參看季師旭昇《說文新證》下冊第9頁「免」字條。「免」字應從「⌒」从「人」，「⌒」即「冕」字，示人所著冠冕。楚簡中「免」字很多。如：⿱（包2.78）、⿰（包2.59）、⿱（包2.53）、⿰（郭・性25）、⿱（上一・緇13），都和本簡△字的「⿱」不類。「▨」形也不似「人免」之形，故釋此字為「俛」太牽強。

侯乃峰將「▨」形視為「倒人」形，認為「只不過將所從的『倒人』寫得相對於左部正立之人形更為『側傾』（所謂變體），並以此來會『不正、側傾』之意（所謂會意）。」故認為△字即是「仄」字的一種「變體會意」。侯先生的說法也言之成理，而且「仄」和「側」聲韻通假沒有問題。不過「▨」形視為「倒人」形似乎還有討論的空間。「倒人」形應該寫得較為狹長，而不是那麼寬扁，如：⿱（合集7647）、⿰（集成10137中子化盤）、⿰（說文古文）。若寫成「▨」形，反而像是「背人」形了。但若是囿於上面的筆畫，而寫成「▨」形也不無可能。

網友家興和所言「以為一個人在另一個人的旁側的位置關係來表達旁側之側意」，直接以字形偏旁的對應位置意會出「側」字，也是一種可能性。如「北」字當「背」解，即兩人「相背」形。如「保」字，像一人反手背子形。所以「側」字在字形上呈現一人「傾側」之形，也是極為可能。

胡長春釋△字為「作」字，通「側」。他將「乍」字的筆畫拆解，以符合「⿱」形在上部的說法頗牽強。楚文字「乍」形，多呈「⿰」（帛書甲7.29）形，「作」字有「⿰」（天策），不論是「⿰」或「⿰」形「乍」字，也沒見「▨」形的「乍」。

裘錫圭在〈甲骨文中所見的商代農業〉一文中釋「乍」字：

> 古代稱除木為柞（《詩・周頌・載芟》毛傳：「除木曰柞」）《周
>
> 禮・秋官》有柞氏之官，其主要任務是伐除樹木開闢田地。……甲
>
> 骨文字的寫法正反多無別，此字所从⿱即「乍」的省寫⌐。〔註275〕

「⿱」形的「▨」部件像是甲骨文的「乍」形，雖說楚文字有沿襲較早古文的例子，但是目前所見的楚文字不像「⿱」形的「作」字。△字倒像秦系的「作」字，如：⿰（睡8.2）。到後來西漢的「作」字承襲秦文字和今日的

〔註275〕裘錫圭《古文字論集》，北京：中華書局，1992年8月，頁170。

楷書「作」相同，如：**作**（五鳳熨斗），與△字就更相像。不過，要楚文字△字跳過部份階段，而直接類似西漢的楷書，證據實在不夠充分。

總之，筆者認為△字在字形上因旁側的位置關係，而得「側」意，讀為「側」，家興和之說可從，但我們期待有更多的材料證據以佐證。

在字義方面：此句「民之反宿」，「宿」讀為「側」。對應今本《大戴禮記》為「一反一側」，似乎以「反側」為大家的共識。筆者也同意這樣的說法，而且認為簡本的「反側」之義比今本為佳。因為今本的意義只呈現「睡眠翻身」的意涵，不如「民生疾苦」或「民意的反覆無常」於義為長。

〔3〕亦不可志

原考釋者釋「志」為「私意」：

> 「志」，私意也。《禮記・少儀》：「義與？志與？」鄭玄注：「義，正事也。志，私意也。」

復旦讀書會釋此句為「亦不可[不]志」。簡本是「亦不可志」，今本《大戴禮記》作「亦不可以忘」，清儒王念孫認為文本應是「一反一側尒（俗作爾）不可不志」，王氏主張「亦」應為「尒（俗作爾）」，今本的「以忘」應為「不志」。復旦讀書會綜合這些意見認為：是「亦」或「尒」，待考。今本的「以忘」不合韻，故還是以「志」結尾較好，但是簡本仍脫漏了一字「不」，故此句以「亦不可[不]志」於義為長：

> 「民之反宿，亦不可志」此句《大戴禮記》作「亦不可以忘」，孔廣森曰：「王注云：『以忘』，一作『不志』。按：席四銘通為一章，當從『志』字，方與上『悔』下『代』合韻。」王念孫曰：「孔說是矣而未盡也。此文本作『一反一側尒（俗作爾）不可不志』。尒，武王自謂也。下文『見爾前慮爾後』，即其證。志，讀《檀弓》『小子識之』之『識』。此承尚未『安樂必敬』云云而言，言雖一反一側之間，尒亦不可不識之也。今本『尒』作『亦』，以字形相似而誤。『不志』作『以忘』，則後人以盧注改之也。案注云『言雖反側之間不可以忘道』，此正釋不可不志之意，後人不達，遂改正文之『不志』為『以忘』以從盧注，謬矣。《太平御覽》服用部十一引此『志』字已誤作『忘』，唯『尒』字不誤。鈔本《北堂書鈔》服

飾部二、《藝文類聚》服飾部上引此并作『尒不可不志』。」（參看方向東撰《大戴禮記匯校集注》頁 631 注[一六]）簡文「志」字恰可為此說之證。不過，簡文脫一「不」字。至於王念孫主張作「尒（爾）」的字，簡文還是寫作「亦」的，根據文意也難以判斷當作「爾」還是當作「亦」，姑存疑待考。

劉洪濤在〈用簡本校讀傳本《武王踐阼》〉一文中認為簡本是「亦不可志」故王念孫將「亦」校改為「尒」則不可從，但他同意復旦讀書會的看法，將「以忘」校改為「不志」是正確的。劉先生以簡本的「民之反側，亦不可不志」較今本合理：

> 王應麟曰：「『亦不可以忘』，『以忘』一作『不志』。」孔廣森曰：「按席四銘通為一章，當從『志』字，方與上『悔』下『代』合韻。」王念孫曰：「孔說是也，而未盡也。此文本作『一反一側，尒不可不志』。』尒，武王自謂也。下文『見爾前』、『慮爾後』即其共證……今本『尒』作『亦』，以字形相似而誤。『不志』作『以忘』，則後人以盧注改之也。案注云『言雖反側之間不可以忘道』，此正釋『不可不志』之意，後人不達，遂改正文之『不志』為『以忘』以從盧注，謬矣。《太平御覽》服用部十一引此『志』字已誤作『忘』，唯『尒』字不誤。鈔本《北堂書鈔》服飾部二陳禹謨本刪去，《藝文類聚》服飾部上引此並作『尒不可不志』。」按簡本作「亦不可志」，「可」、「志」之間當奪去一個「不」字，因此把「以忘」校改為「不志」是正確的，而把「亦」校改為「尒」則不可從，所謂「尒」當是「亦」的壞字。

> 傳本「一反一側」是「亦不可不志」的狀語，言須時刻銘記於心。但是要銘記什麼，席銘並沒有說，很不合情理。簡本作「民之反側」，是「亦不可不志」的主語，言人民的痛苦不可以不記在心裡，文意就很順暢。傳本很可能存在訛誤。〔註276〕

草野友子在〈關於上博楚簡《武王踐阼》中誤寫的可能性〉文中認為「民

---

〔註276〕劉洪濤：〈用簡本校讀傳本《武王踐阼》〉，http://www.bsm.org.cn/show_article.php?id=997，2009.03.03。

之反側，亦不可志」應為「民之反側，亦不可忘」。簡上的「志」是「忘」的誤寫：

上博楚簡《武王踐阼》中還存有其它應討論的字形問題。既是刻在武王「席後左端」上的銘文，「民之反側，亦不可志」的「志」（第6簡）。整理者解釋為「民之反側，亦不可志」，復旦讀書會參考今本《大戴禮記・武王踐阼》，補充「不」字釋讀為「民之反側，亦不可[不]志」。其他的研究者雖有各自的解釋，但都釋讀為「志」。筆者對此有些疑問。

今本《大戴禮記・武王踐阼》主要存有「一反一側，亦不可以忘」和「一反一側，亦不可不志」的兩個版本。〔註277〕

既使在現行字體中「志」與「忘」都很相似，在楚系文字中字形還是近似。

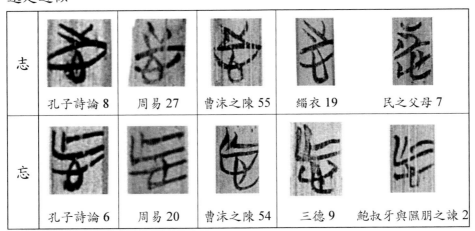

| 志 | 孔子詩論8 | 周易27 | 曹沫之陳55 | 緇衣19 | 民之父母7 |
| 忘 | 孔子詩論6 | 周易20 | 曹沫之陳54 | 三德9 | 鮑叔牙與隰朋之諫2 |

下面是上博楚簡《武王踐阼》中「志」的字形。

| 志 | 第6簡 | 第10簡 | 第14簡 | 第14簡 | 第14簡 |

從上記的用例來看，筆致明顯是「志」。依此為根據，各研究者都把第6簡釋讀為「志」。但是，筆者認為解釋第6簡一文時，不應

〔註277〕草野友子指王應麟《踐阼篇集解》中有「亦不可以忘，『以忘』一作『不志』」。四庫全書所收《大戴禮記》和王聘珍撰《大戴禮記解詁》（中華書局，1983年）等，作「不可以忘」，黃懷信主撰《大戴禮記彙校集注》（中華書局，2005年）舉王應麟的學說應作「不可不志」，並指出作「不可以忘」是錯誤的解釋。

釋讀為「志」，釋讀為「忘」更為妥當。首先，如果是「民之反側，亦不可志」，「不可志」變成了負面的教戒。同時，復旦讀書會補充了「不」字釋讀「不可[不]志」，雖是較為妥當的推測，但重視今本《大戴禮記‧武王踐阼》的記述添加了「不」字是否妥當，還需討論。一方面，作為「民之反側，亦不可忘」，「不可忘」說明的是「民眾翻身難眠，王不可忘記」與教戒的意思接近。這種解釋與文意相同，我們認為是妥當的解釋。

因此，筆者關於此文想指出「忘」被誤寫為「志」的可能性。在今本《大戴禮記‧武王踐阼》中存在「志」和「忘」的兩種版本，可是說暗示了容易誤寫的可能性。〔註278〕

**秋貞案：**

綜合以上的說法有四：

甲、簡本：亦不可志。

乙、今本：亦不可以忘。

丙、王念孫：介不可以不志。

丁、復旦讀書會、劉洪濤：亦不可不志。

筆者認為還是簡本的「亦不可志」為佳。原因有二：

甲、為了合韻，應該以「志」結尾。陳志向在〈《上博（七）‧武王踐阼》韻讀〉一文中試圖梳理篇中的有韻之文。他提到：

> 為名（銘）於（席）之四耑（端）曰：「安樂必戒職部。」
>
> 右耑（端）曰：「毋行可悔之部。」
>
> 席（後）左耑（端）曰：「民之反作（側？）職部，亦不可[不]志之部。」
>
> （後）右耑（端）曰：「□諫（？）不遠，視而所弋（代）職部。」
>
> 〔註279〕

武王席銘「戒」、「悔」、「志」、「代」，之職部押韻可通。故以「志」比

---

〔註278〕草野友子，〈關於上博楚簡《武王踐阼》中誤寫的可能性〉，http://www.gwz.fudan.edu.cn/SrcShow.asp?Src_ID=915，2009.09.22。

〔註279〕陳志向：〈《上博（七）‧武王踐阼》韻讀〉，http://www.gwz.fudan.edu.cn/SrcShow.asp?Src_ID=638，2009.01.08。

「忘」為佳。

　　乙、對偶的條件要字數相等。「安樂必戒」和「毋行可悔」均為四字相對。故「民之反側，亦不可志」和「殷諫不遠，視而所代」應是八字相對才是。簡本本來是「亦不可志」，如果變成「亦不可[不]志」，為了要牽就文意，或是符合今本的揣測，而逕自認為簡本的「志」字是訛誤，或是漏寫了「不」字，將會造成文獻的真實價值受扭曲，所以我們應更審慎地思考簡本原來的寫作目的和意義。

　　簡本〈武王踐阼〉出現六個「志」字，分別於下：

| 簡序 | 6.31 | 10.23 | 13.30 | 14.04 | 14.07 | 14.14 |
|------|------|-------|-------|-------|-------|-------|
| 字形 | | | | | | |

　　所見本簡（第6簡）和第10簡的「志」字寫法一致。至於後四個「志」字形和前兩個不同，此應是不同書手所寫。在本論文第四章第三節會討論書手的問題，此處不再贅述。

　　戰國楚文字「志」字上從「之」，「忘」字上從「亡」，「忘」字形如： （郭・尊14）、 （郭・語二・16）、 （上一・孔・6）。兩者分別很清楚。

　　故此句應是「亦不可志」無誤，可是在字義上要如何解釋？筆者認為把「亦不可志」當作「問句」的形式「亦不可志乎」，而「乎」字為了對句可省略，應該可解為「還不能記取（教訓）嗎？」。「亦不可志乎」的「亦」用於問句上，可以當作副詞「還」，有「再」「繼續」「重複」之意。例如：〔註280〕

　　「吾聞君子不黨，君子亦黨乎？」（《論語・述而》）

　　──我聽說君子不偏袒自己人，君子還會偏袒嗎？

　　「國不競亦陵，何國之為？」（《左傳・昭公十三年》）

　　──國家不跟別的國家競爭，還會遭到欺凌，這算什麼國家？

　　騶衍，其言雖不軌，儻亦有牛鼎之意乎？（《史記・孟子荀卿列傳》）

　　──騶衍，他的言行雖然不合正道，或者也還有想得到國君賞識的用意吧？

---

〔註280〕參考陳霞村編、左秀靈校《古代漢語虛詞類解》，台北，建宏出版社，1995年，頁319～320。

「民之反側，亦不可志」和下一句「殷諫不遠，視而所代」，正好一問一答，語義有所承。故簡本的「亦不可志」並無訛誤，而且應作「問句」形式。

## 2. 整句釋義

席後左端銘：「人民之民心向背會有所反覆，還不能記取教訓嗎？」

## （五）逡右耑曰：殷〔1〕諫〔2〕不遠，視而所弋〔3〕

### 1. 字詞考釋

〔1〕殷

簡本殘字，「▨」，原考釋者據今本補上「所」字。今本為《大戴禮記》：「後右端之銘曰：『所監不遠，視邇所代。』」：

> 「所」字所剩無幾，據今本補。

復旦讀書會認為起首的殘字應是「殷」字。《詩‧大雅‧蕩》云：「殷鑒不遠，在夏后之世」，《韓詩外傳》卷五作「殷監」，故以「殷鑒」為佳：

> 簡文首字殘去，《大戴禮記》相應處作「所監」。從文意看，此
> 處疑當為「殷鑒」，《詩‧大雅‧蕩》云：「殷鑒不遠，在夏后之世」，
> 謂殷人子孫應以夏的滅亡為鑒戒。後泛指可以作為借鑒的往事。
> 《韓詩外傳》卷五作「殷監」。《大戴禮記》「所」字或為「殷」字
> 之訛。

劉信芳認為雖有「殷鑒不遠，在夏后之世」，但周武王時仍應以「所」字代表當朝，故以「所諫」為妥。武王之後，「殷鑒」才通行，從此不分殷周：

> 「諫」前殘失一字，今本作「所監」，盧注：「周監不遠，近在有
> 殷之世。」讀書會既引《詩‧大雅‧蕩》：「殷鑒不遠，在夏后之世。」
> 可知殷人以夏亡為鑒，周人以殷亡為鑒，武王為銘以「所」代本朝
> 代名，則闕字依今本補「所」字為妥。武王而後，「殷鑒」漸成通語，
> 已不分殷、周。〔註281〕

楊宋鋒認為以所殘的字形比對，應為「前」字：

> 依字形分析，▨此殘字右下方為空白，同簡有▨（所7.6）與

---

〔註281〕劉信芳：《上博藏（七）》試說（之三），http://www.gwz.fudan.edu.cn/SrcShow.asp?
　　　　Src_ID=669，2009.01.18。

此殘字字形明顯有別，因而不應釋為「所」字，釋為「殷」則與（L04935）、（L04929）、（L04930）、（L04931）即「殷」字形也有明顯不同，因而也不應釋為「殷」；而同簡有（亓 7.27）、（亓 7.31）、（前 7.28）三形與其較近，應可補為「亓（其）」或「前」，若為「亓（其）」依殘字形似不確，因此依字形此殘字可釋為「前」。其理為：一、依字形，殘字字形 與「前」形所從之（舟）形左下相應部分（紅圈內）相同，「前諫」即「前鑒」應為商滅亡之鑒戒。二、依文意，《書經·卷四·周書·酒誥》云：「王曰：封，予不惟若茲多誥，古人有言曰：人無於水監，當於民監，今惟殷墜厥命，我其可不大監撫於時。」蔡沈注：「以殷民之失為大監戒。」（〔宋〕蔡沈注，《書經》）謂應以商的滅亡為鑒戒。

綜上所述，簡七簡文首殘字當釋為「前」，讀如字。〔註282〕

**秋貞案：**

綜合各學者所言，「」字可能為「所」、「殷」、「前」。本簡起首的這個字「」，殘損得嚴重，不易辨認。戰國楚文字「所」字，可以比對本簡第 6 字「見而所代」的「所」字形「」，以及查《楚系簡帛文字編》〔註283〕第 1171 頁很多「所」字，比對之下，可見「所」字的右下還有筆畫，和本簡的字形有一些出入。另外再參第 635 頁，「殷」字形「」（包2.63）、「」（上二·容·53 正）等，比對之下，字形下部「邑」字的筆畫似乎比較相近。宋代王應麟《踐阼篇集解》在釋這一句「所監不遠，視爾所代」時說到盧氏和真氏的注解都提到「殷」，故在簡本中為「殷」字的可能性不小：

> 盧氏曰：「周監不遠，近在有殷之世。」真氏曰：「爾，武王自謂也。代，謂周代商。安樂易怠，怠則必有悔。故孟子謂『生於憂患，而死於逸樂。』當寢而安，逸欲易作，一反一側，敬不可忘，淫戲自絕，視彼殷商。銘席四端，為心之防。」〔註284〕

至於是否為「前」字？同簡的「」字可資參考，也不無可能，楊宋鋒

---

〔註282〕楊宋鋒：《上博七·武王踐阼》殘字考釋一則，http://www.gwz.fudan.edu.cn/SrcShow.asp?Src_ID=922，2009.09.26。

〔註283〕滕任生：《楚系簡帛文字編》，武漢：湖北教育出版社，2008 年 10 月第一次印刷。

〔註284〕方向東：《大戴禮記滙校集解》，北京：中華書局，2008 年 7 月，註 17。

的意見可參。不過，因為原字殘損太多，就目前可以對照的文獻，筆者認為「殷」、「前」都有可能，但「殷鑑不遠」早在《詩經》中有之，故以「殷」字於義較「前」字為佳。

〔2〕諫

簡本字形「」（以下以△代），原考釋者釋為「諫」，也可讀為「鑑」，「鑑誡」之意也：

> 「諫」，《呂氏春秋‧侍君》：「內之，則諫其君之過也。」高誘注：「諫，止也。」《廣雅‧釋詁一》：「諫，正也。」「諫」也可讀為「鑑」，《廣韻》：「鑑，誡也。」

復旦讀書會認為「諫」和「鑑」聲韻可以通轉，故釋此字為「監／鑒」：

> 難以解釋的就是簡文「（諫？）」字，「諫」為元部字，「監／鑒」則為談部字。不過，古書元、談相通不乏其例，此處所表示之詞祇能是「監／鑒」（其聲母又正好完全相同），可能此種通假現象正是反映楚方音的可貴資料。

陳偉在〈讀《武王踐阼》小札〉一文中認為應釋為「諞」，讀為「標」或「表」，有章顯、標志義：

> 7號簡記席後右端之銘云：「口諞不遠，視而所代。」第二字，整理者釋為「諫」。復旦讀書會表示懷疑。今按，此字所從與郭店《緇衣》14號簡、上博《緇衣》9號簡所見，傳世本中寫作「表」（民之表也）的字近似。李零先生以為從「少」作，似應釋「標」或「葉」，讀為「表」。（李零：《郭店楚簡校讀記》，《道家文化研究（郭店楚簡專號）》第17輯）今姑釋為「諞」，讀為「標」或「表」，有章顯、標志義。〔註285〕

侯乃峰在〈上博（七）字詞雜記六則〉一文中同意原考釋者和復旦讀書會所釋：

> 《緇衣》中的釋「標」或「葉」之字如下：

（郭店《緇衣》）　　　　　　　　　（上博《緇衣》）

〔註285〕陳偉：〈讀《武王踐阼》小札〉，http://www.bsm.org.cn/show_article.php?id=916，2008.12.31。

然與楚簡中的「諫」字（如下）相比：

（上博四《內禮》7）　　　（上博五《鮑叔牙與隰朋之諫》9）

可見，原整理者釋「諫」還是很有道理的。此字讀為「監／鑒」的原因或當如復旦讀書會所說。〔註286〕

**秋貞案：**

△字釋為「諫」，讀為「鑑」的有原考釋和復旦讀書會和侯乃峰三家；釋為「謤」，讀為「標」或「表」的有陳偉。△字當釋為「諫」或是「謤」呢？

季師於《說文新證》上冊，「柬」字條中認為：

> 金文柬，林義光以為：「从二點，不从八。柬，束也，與束義同音異。柬本義為束，故與束同音之字如簡編之簡、諫諍之諫、欄楯之欄、弩盛之蘭，並有約束義。从束，注二點以別於束，亦省作束，盂鼎諫或作諫。」（《文源》）案：林說甚是，唯柬與束當有不同，束唯有約束義；柬則有柬擇然後約束義。故从柬之字亦有柬擇義，如揀。字从束，二點為分化符號，《說文》說為从「八」，也不算錯，「八」形往往也是分化符號。〔註287〕

「柬」原本有「束」的意思，「束」形為「𣌢」（智鼎），加上兩點為分化符號為「柬」形「𣌫」（命瓜君壺），或於下方加一小橫畫為「𣌫」（楚‧望‧卜1）。

「票」字為何？何琳儀《戰典》「票」字條言：

> 票，从火，从要省，會火燄飛升之意。秦國文字火旁或誤作示旁，為隸書所本。六國文字要旁或省作西形，亦為隸書所本。〔註288〕

故「票」字从「火」，（上博《緇衣》）从「火」，（郭店《緇衣》）是省「火」形，都釋為「表」。而本簡的「　」字形為从「言」从「　」，「　」下部不从「火」形，其實是一個「柬」形下加一橫畫，季師在《說文新證》「柬」

---

〔註286〕侯乃峰：〈上博（七）字詞雜記六則〉，http://www.gwz.fudan.edu.cn/SrcShow.asp? Src_ID=665，2009.01.16。

〔註287〕季旭昇師：《說文新證》上冊，藝文印書館，2004 年 10 月初版二刷，頁 513。

〔註288〕何琳儀：《戰國古文字典》，北京：中華書局，1998 年 9 月，頁 1464。

字條中有道：

> 金文「朿」字，劉心源以為「象橫橐交束形，是朿字也」（《奇
> 觚》卷二，22 頁旮鼎），高鴻縉以為：「就古形觀之，乃橐形之動
> 詞，謂橐必束也，故為託形寄意，不从口木。」（《字例》二篇 203
> 頁）《金文詁林》張日昇按語云：「金文作𩰬及𩰯，前者象束橐兩端
> 之形，後者象橫橐交縛之形，與朿字形近。東象橐形，東朿同源義
> 別。」旭昇案：朿象交縛橐形，可信。〔註289〕

「」即為「朿」中有交縛橐形和「」（楚·望·卜1）相類，當為和「朿」
同源的「束」字，故△字應釋為「諫」才是。

△字形當如原考釋者所隸為「諫」，原考釋、復旦讀書會、侯乃峰所言，可
從。復旦讀書會讀如「監／鑒」，且引《詩·大雅·蕩》：「殷鑒不遠，在夏后之
世。」在文義上為證，故應釋為「諫」讀為「鑑」為是。

〔3〕視而所弋

原考釋者釋「而」為「邇」，「近」之意，今本釋「視邇所代」。「所弋」為
「所代」，指武王伐紂之後，取代商朝之事：

> 「邇」，《書·舜典》「柔遠能邇」，孔穎達疏：「邇，近也。」《爾
> 雅·釋詁》：「邇，近也。」「弋」，帛書「相弋」讀為「相代」。「所
> 代」，指武王滅商，取而代之之事。

復旦讀書會釋「視而所代」，「而」當代詞。並認為今本的「邇」字為誤：

> 簡文「而」為第二人稱代詞，《詩·大雅·桑柔》「予豈不知而
> 作」，鄭玄箋：「而，猶女也。」「視而所代」意思是說「看看你所取
> 代的殷朝（就能得到教訓）」。《大戴禮記》「邇」或誤。

**秋貞案：**

「見而所弋」的「見」字形為「」。如眾所知，在戰國楚文字中「見」字
下作立人形，通常都作「視」字解，故此處應釋為「視」字。

「而」字在文言文中常作代詞用。《古代漢語通假字大字典》：

> 《說文》「而：鬚也」「而」本為象形字，狀如兩鬢旁毛，因後
> 多用以借指第二人稱或作連接詞、語助詞，又新造一「鬚」字表本

---

〔註289〕季旭昇師：《說文新證》上冊，藝文印書館，2004 年 10 月初版二刷，頁 512。

義。」又說「而」通「爾」，汝，你（第二人稱代詞）。按：《小爾雅‧廣詁》：「而，汝也」「而」「汝」古同聲通用。《尚書‧洪範》：「而康而色」孔安國傳：「言汝當安汝顏色」〔註290〕

故「而」字當如復旦讀書會所釋為「爾」，今本和原考釋者釋「邇」，當誤。

「弋」字在《古字通假會典》〔註291〕「弋」字聲系【忒與代】：《莊子‧大宗師》「終古不忒」《釋文》：「忒，崔本作代」。「忒」字從心，弋聲。「弋」上古音在余紐職部，「代」上古音在定紐職部。古讀弋如代，《書》「敢弋殷命」，「弋」亦「代」也，故「弋」和「代」聲韻皆同。〔註292〕「所弋」即是「所代」之意。

### 2. 整句釋義

後右端銘：「殷商的鑑戒不遠，看看你所取代的殷朝（就能得到教訓）。」

## （六）所機〔1〕曰：皇＝隹董，𠙵生敬，口生詬，𤕭之口＝〔2〕

### 1. 字詞考釋

### 〔1〕所機

〈武王踐阼〉簡7上字形「$\triangle$」（以下以△代）原考釋者釋作「為」字，但是沒有字形的分析和說明。簡本的「機」字形為「$\triangle$」，原考釋者釋「機」，也沒有解釋為何物，只列出此句釋文：

　　讀為「機曰：『皇皇惟謹，怠生敬，口生詬，慎之口口。』」

今本沒有△字，今本這段文句只有「机之銘曰：『皇皇惟敬，口生詬，口戕口』」。

復旦讀書會釋此段為「為機（几）曰：『皇皇惟謹口[=]（口，口）生敬，口生𠙵〈詬─詬〉，纝（慎）之口＝』」也是承原考釋者釋作「為機」但於「機」字後括號「几」字，把「機」釋為「几」字。

劉洪濤認為△字釋「為」可疑，他在〈談上博竹書《武王踐阼》的機銘〉

---

〔註290〕王海根：《古代漢語通假字大字典》，2006年1月第1次印刷，頁695。

〔註291〕高亨纂著、董治安整理：《古字通假會典》，齊魯書社，1989年，頁412。

〔註292〕陳新雄：《古音研究》，五南圖書出版，1999年4月初版，頁577。

〔註293〕一文中表示「為（？）機……」，「為」字旁做一問號，但是沒有進一步解釋。但他對「機」字的看法是認為武王所作器銘和器物會有所聯繫，他認為「機」應該不是用為「几」的：

> 今傳本《大戴禮記‧武王踐阼》跟「機」對應的字作「几」或「机」，所以讀書會把「機」讀為「几」。我們知道，本篇所記武王所作的器銘一般都跟器物的特徵有聯繫。例如席上之銘說「民之反側，亦不可以不志」，「反側」是休息不好，席用來休息，故席銘以之為喻。鑒上之銘說「見其前，必慮其後」，是以鑒只能照人之前，不能照人之後為喻。盥上之銘說「與其溺於人，寧溺於淵。溺於淵猶可遊，溺於人不可救」，是因為盥盤承水，故以水為喻。我們曾指出，作有「惡危？危於忿戾。惡失道？失道於嗜欲。惡【相忘？相忘】於貴富」銘文的「枳」應讀為「卮」，是因為銘文的含義跟卮這種器物「滿招損」的特徵相似。那麼機上之銘跟几這種器物有什麼聯繫呢？王應麟注《武王踐阼》說：

> 口戕口，言口能害口也。几者，人君出令所依，故以言語為戒也。《太公金匱》：「武王曰：『吾欲造起居之誡，隨之以身。几之書曰：安無忘危，存無忘亡，孰惟二者，必後無羞。』」黃懷信先生說：皇皇，同惶惶，驚懼之貌。敬敬，不怠也。几為憊怠憑依之器，故作此銘以戒之。（黃懷信等撰：《大戴禮記彙校集注》，656 頁）

> 這兩種解釋，顯然都很牽強。王應麟所引《太公金匱》所記的几銘很值得注意，跟《武王踐阼》所記席銘「安樂必戒」、「所監不遠，視而所代」語意很相似。二者都休息安居之物，所作銘文意思相似是可以理解的。這說明《武王踐阼》的「機」應該不是用為「几」的。

劉洪濤認為此銘為「慎言」，故和「弩機」之「機」有關，並舉文獻為例，加以證明，此「機」應為弩機的機，讀如本字：

> 上博竹書《用曰》12 號簡有一段話，也是講慎言的。簡文內容如下：

〔註293〕劉洪濤：〈談上博竹書《武王踐阼》的機銘〉，http://www.gwz.fudan.edu.cn/SrcShow.asp?Src_ID=601，2009.01.03。

【言】既出於口，則弗可悔，若矢之免於弦。（馬承源主編：《上海博物館藏戰國楚竹書（六）》，頁116）

李天虹先生指出，這段話跟下引兩種文獻說法相似：（《上博（六）箚記兩則》，簡帛網）

夫言行者，君子之樞機，樞機之發，榮辱之本也，可不慎乎！故蒯子羽曰：「言猶射也，括既離弦，雖有所悔焉，不可從而退己。」（《說苑・談叢》）

言出患人，語失身亡。身亡不可復存，言非不可復追。其猶射也，懸機未發，則猶可止；矢一離弦，雖欲返之，弗可得也。（《劉子・慎言》）

這兩種文獻都是以弩機來比喻一言既出四馬難追，意思也是告誡人要慎言。《武王踐阼》這種話刻在機上，應該不是隨意為之。如是，此「機」應為弩機的機，讀如本字。

簡本前後所記的器物都是生活用具，而弩機的機是兵器，不常使用，這會讓人產生懷疑。其實傳本《武王踐阼》所記制作銘文的器物還有劍、弓、矛等，如果我們相信這些內容的可靠性，那麼就不應該懷疑武王在弩機上制作銘文的可能。

海天（蘇建洲）在2009年1月3日於劉洪濤發表〈談上博竹書《武王踐阼》的機銘〉一文之後，跟帖表示若寫成「為機曰」，依之前的文例則後面似乎少「銘」字，而本簡上的器名都是一字，所以對△字有所懷疑，應該不是「為」字，而且認為△字的左旁和楚簡色字所從卪形相近。他也表示《睡虎地・為吏之道》中一段可以作為「機」字參考。言下之意，蘇建洲推斷「機」字和「口舌」有關：

「▨機曰：……」首字若釋為「為」，與簡5～6比較，缺了「銘於」二字。若視「△機」為刻銘之器，同其他文例比較，簡文在「機」後缺一「銘」字。但是同簡的「器名」皆只有一字，又有矛盾。首字左旁與簡3所謂曲字字形相同，皆與楚簡色字所從卪形近。《睡虎地・為吏之道》二九伍—三四伍：「口，關也；舌，幾（機）也。一堵（曙）失言，四馬弗能追也。口者，關；舌者，符璽也。璽而不

發，身亦毋薛。」亦可參考。〔註294〕

　　何有祖〈《武王踐阼》小札〉〔註295〕一文中釋「扉機（几）」，何先生從字形偏旁上分析認為△字應釋為「扉」，指宮室屋角隱蔽之處。「機」釋為「几」。「扉几」，當指放在宮室屋角隱蔽之處的几：

　　　　按：簡文作 ▨ 與簡5「為」（▨）明顯不類，釋作「為」確然可疑。現在看來，此字所從广（▨）較容易辨識。（即厂上加一橫作飾筆，今直接寫作广）中間帶短橫的豎筆與下面長橫筆組成 ▨，與簡10「堇」（▨）字下部所從「土」形同，可知字所從為「土」。剩下筆劃靠右的部分（▨）跟楚簡「非」（▨郭店《緇衣》7）字右筆相同；靠左的筆畫 ▨，似可與其上的「广」組成 ▨（戶？），但與同簡「所」（▨）所從戶有較大差別，且不足以成字。分析其寫法（▨）：一長豎筆左邊作兩斜撇，接近於郭店《語叢四》11「韭」（▨）左上部的寫法（▨），當是受了簡文書寫風格的影響。由於「非」字左部作三筆，▨實際上仍可看作「非」字左部。可見，剩下的筆劃可看作「非」。

　　　　從以上筆劃分析可知，字當隸作非（從广、土），楚簡有從厂從非的字，如：▨（包山45）、▨（包山57），可以作為參照。非（從广、土），當以「非」為聲，疑讀作扉，指宮室屋角隱蔽之處。《文選‧張衡〈東京賦〉》：「設三乏，扉司旌。」薛綜注引《爾雅》：「扉，隱也。音翡。」「扉几」，當指放在宮室屋角隱蔽之處的几。如《儀禮‧士虞禮》：「祝反入，徹設於西北隅，如其設也。几在南，扉用席。」鄭玄注：「扉，隱也。於扉隱之處，從其幽闇。」《儀禮‧有司徹》：「有司官徹饋，饌於室中西北隅，南面，如饋之設，右几，扉用席。」從中可見「扉几」設在西北屋角隱蔽之處。

何有祖認為對應銘文「皇皇惟謹口[=]（口，口）生敬，口生旨〈听—詬〉，譶（慎）之口=」，「扉几」銘體現了謹慎內斂，這與「扉几」所處的位置相吻合。

〔註294〕劉洪濤：〈談上博竹書《武王踐阼》的機銘〉，http://www.gwz.fudan.edu.cn/SrcShow.asp?Src_ID=601，2009.01.03。後有學者討論的部分。

〔註295〕何有祖：〈《武王踐阼》小札〉，http://www.bsm.org.cn/show_article.php?id=945，2009.01.04。

「扉」字在流傳的過程中脫漏，以致如今本的現況，只有「机銘曰」而已：

> 《武王踐阼》器銘並非寫在任意器物上，而是講究與器本體含義相合，這點在上引劉洪濤先生文章中已經提及。為便於討論，現在把復旦讀書會所釋「扉几」銘文如下：

> 「皇皇惟謹口[=]（口，口）生敬，口生旬〈唁—詁〉，譶（慎）之口=」雖然文句已經無法全部辨識，但結合今本，以及文句中的字眼如「皇皇」、「謹」、「慎」，我們還是可以看出「扉几」銘體現了謹慎內斂，這與「扉几」所處的位置相吻合。需要指出的是，今本《武王踐阼》在流傳過程中，「几」前的「扉」字已經脫落。無所限定、一般意義上的几，似無法對應銘文之意。竹書本「扉」字的釋出，則解決了這個問題。

劉剛在〈讀簡雜記・上博七〉一文中釋〈凭几〉，表示因為文獻中出現過「憑玉几」，故認為△字當釋「堋」讀為「憑」，但未分析字形：

> 《武王踐阼》7 號簡「為機」按，釋「為」非是。字當釋「堋」（參李守奎《楚文字編》776 頁）。堋机讀為憑几。堋、憑二字可通（參高亨《古字通假會典》44 頁）；机、几二字可通（參高亨《古字通假會典》517 頁）《書・顧命》「憑玉几」。《說文》徐鍇繫傳「几，人所凭坐几也」《文選・王融〈三月三日曲水詩序〉》「授几肆筵」劉良注「几，玉几，天子所憑也」。〔註296〕

程燕在〈《武王踐阼》「戶機」考〉〔註297〕一文中分析字形，以吳振武根據古文字中的「倉」及從「倉」之字釋作「戶」，認為△應為「戶」字繁體：

> 以上諸說均有問題。何有祖先生曾懷疑△所從的一部分是「戶」，其實是正確的。△所從的 乃「戶」，即古文字中常見的「戶」字。△所從的 亦應為「戶」，類似形體的「戶」亦見於《璽匯》3995、3996：

---

〔註296〕劉剛：〈讀簡雜記・上博七〉，http://www.gwz.fudan.edu.cn/SrcShow.asp?Src_ID=624，2009.01.05。

〔註297〕程燕：〈《武王踐阼》「戶機」考〉，http://www.gwz.fudan.edu.cn/SrcShow.asp?Src_ID=632，2009.01.06。

吳振武先生根據古文字中的「倉」及從「倉」之字將東下一字
釋作「戶」，字形例證為：(《古璽姓氏考》(複姓十五篇))

上列璽文「戶」與上博△所從的 ▨ 區別就在於「手」與「土」
左右位置不同而已。因為古文字中偏旁常常左右無別，所以 ▨ 可釋
為「戶」。△應為「戶」字繁體。

程燕認為「戶機」就是指門戶之樞機，即門的轉軸。以古代「樞機」的記載與
言語有關，故「戶機銘」意即「言如門戶之樞機，開合有節」，告誡人們要慎於
言：

> 我們懷疑此處「戶機」就是指門戶之樞機，即門的轉軸。戶即
> 門戶。機即樞機。《說文‧木部》：「樞，戶樞也。」段注：「戶所以
> 轉動開閉之樞機也。」《釋名‧釋兵》：「弩，含括之口曰機。言如機
> 之巧也。亦言如門戶之樞機，開合有節也。」文獻中有關樞機的記
> 載有：

> 子曰：「君子居其室，出其言善，則千里之外應之，況其邇者
> 乎；居其室，出其言不善，則千里之外違之，況其邇者乎。言出乎
> 身，加乎民；行發乎邇，見乎遠。言行，君子之樞機。樞機，制動
> 之主。」《周易正義‧易辭上》卷七

> 安定辭。審言語也。《易》曰：「言語者，君子之樞機。」《禮記‧
> 曲記上》第一

> 這些「樞機」的記載都與言語有關。

程燕同意劉洪濤的看法：銘文和器物都是相關的。故「戶機」銘與「戶機」的

特徵有關，告誡人們要慎於言：

> 關於文義，劉洪濤先生說（《談上博竹書〈武王踐阼〉的機銘》，
> 復旦網）……其說可從。簡文「戶機」銘與「戶機」的特徵有關。
> 「戶機曰：皇皇惟謹口，口生敬，口生旬（怠），齼（慎）之口（安
> 徽大學漢語言文字研究所上博七研討會上黃德寬先生認為口下二
> 橫不是重文符號）」意即「言如門戶之樞機，開合有節」，告誡人們
> 要慎於言。

劉洪濤在 2009 年 3 月 3 日〈用簡本校讀傳本《武王踐阼》〉一文中重申之前 2009 年 1 月 3 日〈談上博竹書《武王踐阼》的機銘〉一文認為「機」非「几」。出土的簡本作「機」，可證「機」非訛字。「機」、「机」古通用，「机」也不會是「杬」字之訛：

> 「机」，王應麟注本作「几」，《漢魏叢書》本作「機」。戴震曰：
> 「案『机』各本訛作『機』，今從高安本、方本。」孔廣森曰：「『機』，
> 《通解》作『几』。按《左傳》『投之以机』，亦以『机』為『几』字。」
> 王樹楠曰：「各本作『機』，高安本、方本、蔡本、戴本、盧本皆作
> 『机』。案洪頤煊曰：『「机」當為「杬」字之訛。《說文》：「杬，古
> 文籃，盛黍稷器。」故銘辭從口取義。』今謂此義長。」簡本作「機」，
> 可證各本「機」非訛字。「機」、「机」古通用，「机」也不會是「杬」
> 字之訛。〔註298〕

劉洪濤又於 2009 年 6 月 7 日在武漢大學簡帛網上發表〈試說《武王踐阼》的機銘（修訂）〉〔註299〕一文中指出，〈武王踐阼〉的銘文都和器物有關，不似朱子所言「隨所在寫記以自警省爾」，實是我們誤解古人之意，或文字的錯訛所致：

> 所謂「絕不可曉者」，是指看不出銘文跟器物的特點有什麼聯
> 繫，因而朱子才說「古人只是……隨所在寫記以自警省爾」。其實
> 武王諸銘並非僅僅「隨所在寫記以自警省爾」，只是由於我們不能
> 理解古人的思想，或者是因為銘文或表示器物名稱的文字存在錯

---

〔註298〕劉洪濤：〈用簡本校讀傳本《武王踐阼》〉，http://www.bsm.org.cn/show_article.php? id=997，2009.03.03。

〔註299〕劉洪濤：〈試說《武王踐阼》的機銘（修訂）〉，http://www.bsm.org.cn/show_article.php? id=1068，2009.06.07，本文為作者在「中國簡帛學國際論壇 2009」提交論文首發。

訛，所以才看不出其中的聯繫。

劉洪濤認為簡本「機銘」的「機」字，在今本寫作「机」，清代學者考證之下釋「机」為「几」字，甚至認為有些本的「機」字是「机」字之訛，現在出土文獻可以證明，簡本作「機」，可證今本的「機」並非訛字：

> ……表示器物名稱的文字，今本作「機」、「机」或「几」。戴震曰：「案『机』各本訛作『機』，今從高安本、方本。」（《大戴禮記》，文淵閣四庫全書電子本）王樹楠曰：「各本作『機』，高安本、方本、蔡本、戴本、盧本皆作『机』。」（《校正孔氏大戴禮記補注》）據此，今本似以作「機」者居多。學者多認為「机」和「几」應該用作憑几之「几」或几案之「几」，而「機」應為「机」字之訛或「几」、「机」的假借字。按「机」可以用作「几」是沒有問題的。例如：《莊子‧齊物論》「南郭子綦隱机而坐」，陸德明《釋文》：「机，李本作几。」這是用作憑几之「几」。《易‧渙》九二爻辭「渙奔其机，悔亡」，王弼注：「机，承物者也。」這是用作几案之「几」。古代几多為木製，故或於「几」上加注意符「木」作「机」，此「机」應該就是「几」字的異體，同《說文》木部訓為「木也」的「机」沒有關係。（李家浩：《包山二六六號簡所記木器研究》）但說「機」為「机」的訛字或借字則是不正確的。簡本作「機」，可證今本的「機」並非訛字。

劉洪濤對先秦秦漢典籍作一個大概的統計，表示憑几或几案的「几」、「机」不能寫作「機」，而表示弩機及其引申義「時機」、「關鍵」等的「機」也不能寫作「机」或「几」，它們的區分很嚴格，不能通用。所以劉先生認為「機」寫作「机」是一種訛寫，然後再由「机」字訛寫「几」字：

> 上古音「機」屬見母微部，「几」和「机」都屬見母脂部，它們的古音雖近，但是在文獻中用法有別。我們對現存先秦秦漢古籍作了一個比較粗略的統計，發現除個別可能存在訛誤或誤解外，
> 〔註300〕表示憑几或几案的「几」、「机」不能寫作「機」，而表示弩

---

〔註300〕劉洪濤指《左傳》昭公五年「設机而不倚，爵盈而不飲」，阮元《〈十三經注疏〉校勘記》：「閩本、監本『机』作『機』，誤。案賈氏《儀禮‧燕禮》疏引作『几』。」（阮元校刻《十三經注疏》下冊頁2046上欄，上海古籍出版社，1997年）這是訛誤的例子。《禮記‧曾子問》「下殤土周葬于園，遂輿機而往」，朱駿聲謂「機」「或曰借為几」（《說文通訓定聲》頁575下欄，中華書局1984年）。據鄭玄注「機，

‧188‧

機及其引申義時機、關鍵等的「機」也不能寫作「机」或「几」，它們的區分很嚴格，不能通用。出土先秦秦漢文獻所反映的用字習慣同傳世文獻也是一致的，即用「几」或「机」表示憑几和几案，不用「幾」或「機」；〔註301〕用「幾」、「機」和「鐖」表示弩機及其引申義，不用「几」或「机」。〔註302〕既然「機」不是「机」的訛字，二字又不能通用，那麼就只剩下一種可能，即「机」是「機」的訛字，而「几」則是「機」訛為「机」之後產生的一種異文。

劉洪濤認為「几」和「机」字銘文的「慎言」之意沒有多大的關係，反駁盧辯之說和王應麟引《太公金匱》武王几銘的說辭，以及錢鍾書的注解。洪頤煊也意識到「机」字和銘文之間對應的牽強，所以以「杭」字代，可以和「口」有所關聯，但是從簡本的出土，可以直接排除「杭」字的可能：

　　說「几」和「机」是訛字，還體現在機銘的主題慎言跟憑几或

興尸之牀也」和孔穎達疏「機者，以木為之，狀如牀，無腳及軓簀也」，此「機」絕不可能指憑几或几案，朱氏的說法不可從。這是誤解的例子。

〔註301〕劉洪濤指用「几」表示憑几或几案，見包山楚簡260、266號（湖北省荊沙鐵路考古隊《包山楚簡》圖版一一二、一一四，文物出版社，1991年）；用「机」表示憑几或几案，見信陽楚簡2-08號（河南省文物研究所編《信陽楚墓》圖版一二一，文物出版社，1986年）、望山二號楚墓竹簡45、47號（湖北省文物考古研究所編《望山沙冢楚墓》圖版九三、九四，文物出版社，1996年）、馬王堆一號漢墓遣策216號（湖南省博物館、中國科學院考古研究所編《長沙馬王堆一號漢墓》下集圖版二八四，文物出版社，1973年）及三號漢墓遣策277、334號（湖南省博物館、湖南省文物考古研究所編《長沙馬王堆二、三號漢墓》圖版四一、四五，文物出版社，2004年）。詳李家浩：《包山二六六號簡所記木器研究》第534～538頁。

〔註302〕劉洪濤指用「幾」表示弩機，見睡虎地秦簡《為吏之道》（看正文下文）、銀雀山漢簡《孫子兵法・九地》和《孫臏兵法・陳忌問壘》（銀雀山漢墓竹簡整理小組編《銀雀山漢墓竹簡[壹]》第13頁121號、30頁297號，文物出版社，1985年）、馬王堆三號漢墓遣策34、36號（《長沙馬王堆二、三號漢墓》圖版二二）；用「鐖」表示弩機，見銀雀山漢簡《庫法》（《銀雀山漢墓竹簡[壹]》第80頁835、836號）、漢弩機自名（徐正考《漢代銅器銘文文字編》頁283，吉林大學出版社，2005年）；用「幾」或「機」表示弩機的引申義，見上海博物館藏戰國竹簡《從政》甲篇（馬承源主編《上海博物館藏戰國楚竹書（二）》頁66，上海古籍出版社，2002年）和《曹沫之陳》（馬承源主編《上海博物館藏戰國楚竹書（四）》頁131、133～136，上海古籍出版社，2004年）、馬王堆漢墓帛書《戰國縱橫家書》「秦客卿造謂穰侯」章（國家文物局古文獻研究室編《馬王堆漢墓帛書[叁]》頁19圖版203行，文物出版社，1983年）和《十大經・姓爭》（國家文物局古文獻研究室編《馬王堆漢墓帛書[壹]》「《老子》乙本及卷前古佚書」圖版109行下，文物出版社，1980年）、銀雀山漢簡《六韜・虎韜》（《銀雀山漢墓竹簡[壹]》第70頁714號）和《王兵》（《銀雀山漢墓竹簡[壹]》第83頁869號）等。

几案的特點沒有任何聯繫上。盧辯說：「几者，人君出令所依，故以言語為戒也。」（王應麟：《踐阼篇集解》頁 3 下欄）黃懷信先生說：「几為憩息憑依之器，故作此銘以戒之。」（《大戴禮記彙校集注》頁 656）這兩種說法都是比較牽強的。王應麟注所引《太公金匱》武王几銘為「安無忘危，存無忘亡。孰惟二者，必後無凶」，（王應麟：《踐阼篇集解》頁 3 下欄）跟《武王踐阼》席前左端之銘「安樂必戒」文意相近，都是叫人居安思危。几和席都是安居休息所用之物，所作銘文意思相近是可以理解的。這也說明這種供人休息安居的器物上，不大可能施有叫人慎言的銘文。戴禮說：「王《易‧渙卦》注：『机，承物者也。』故銘辭從口取義。」（轉引自《大戴禮記彙校集注》頁 656）錢鍾書先生說：「『几』正同案，可據以飲食，『口』復為口腹之『口』。口腹之『口』，則『生咶』者，『飲食之人，人皆賤之』也，而『戕口』者，『病從口入』、『爛腸之食』也。《易‧頤》『慎言語，節飲食』，足以移箋『口戕口』之兩義兼涵矣。」（《管錐編》第三冊頁 856）几案的用途是承放物品，當然可以用來承放食物，但這並不意味著它就是用來吃飯的飯桌。錢先生一方面把几案等同於飯桌，另一方面又把飲食等同於人的嘴，這樣解釋過於迂曲輾轉，顯然難以令人信服。總之，所有試圖把慎言同憑几或几案聯繫起來的做法都是失敗的。這只有一種可能，就是今本的「几」和「机」應該是訛字。洪頤煊大概認識到了這個問題，他認為「机」是「杭」字之訛，並說：「《說文》：『杭，亦古文簋。』盛黍稷器，故銘辭從口取義。」（《讀書叢說》，見嚴傑《經義叢鈔》，阮元編《清經解》第七冊第 880 頁，上海書店 1988 年）洪氏認識到「机」為訛字是正確的，但它不是「杭」字之訛，而是「機」字之訛。

劉洪濤認為「機」為「弩機」之「機」，非「几案」之意也。舉文獻上的例子證明古人經常用弩機發射箭矢來比喻言出不可悔，也是在告誡人們要慎言。以出土的簡本的材料，可以印證確實為「機」字而非「几」，解決了一段長久以來大家爭議的問題：

「機」用作器物名稱主要是指弩上控製弓箭發射的裝置，即弩機之「機」。例如：《莊子·齊物論》「其發若機栝」，陸德明《釋文》：「機，弩牙也。」《淮南子·原道》「其用之也若發機」，高誘注：「機，弩機關。」古人經常用弩機發射箭矢來比喻言出不可悔，也是在告誡人們要慎言。我們從出土文獻和傳世文獻中各選取幾例，抄在下面：

（1）【言】既出於口，則弗可悔，若矢之免於弦。（上博竹簡《用曰》12 號）（馬承源主編：《上海博物館藏戰國楚竹書（六）》頁 116、298～299）

（2）口，關也；舌，幾（機）也。一曙失言，四馬弗能追也。口者，關；舌者，符璽也。璽而不發，身亦毋孽。（睡虎地秦簡《為吏之道》二九伍至三四伍號）（《睡虎地秦墓竹簡》第 83、176 頁，文物出版社 1990 年。此條蒙蘇建洲先生提示）

（3）口者，關也；舌者，機也。出言不當，四馬不能追也。口者，關也；舌者，兵也。出言不當，反自傷也。（《說苑·談叢》）

（4）夫言行者，君子之樞機。樞機之發，榮辱之本也，可不慎乎！故蒯子羽曰：「言猶射也，栝既離弦，雖有所悔焉，不可從而追已。」（《說苑·談叢》）

（5）言出患入，語失身亡。身亡不可復存，言非不可復追。其猶射也，懸機未發，則猶可止；矢一離絃，雖欲返之，弗可得也。（《劉子·慎言》）

弩上的扳機控制著弓箭的發射，就像人的嘴控制著說話一樣，都要十分謹慎小心，否則將可能釀成苦果。《武王踐阼》機銘的主題慎言，跟弩機特點所表現出的寓戒意義完全一致，這說明銘文應是鑄作在弩機之上的。因此機銘表示器物名稱的文字「機」，應該就是用作弩機之「機」的。以往諸家誤於今本作「几」或「机」，又不能正確理解銘文的含義，以致歧見紛紛，使這段文字的釋讀成為學術史上的一段公案。如果沒有簡本的發現，這個問題可能永遠也不能得到很好的解決，出土文獻對於校讀古籍的重要作用，於此又見一斑。〔註303〕

〔註303〕劉洪濤：〈試說《武王踐阼》的機銘（修訂）〉，http://www.bsm.org.cn/show_article.php?id=1068，2009.06.07，本文為作者在「中國簡帛學國際論壇 2009」提交論文首發。

秋貞案：

對於原考釋的「為機」一詞，以上各家所說均不同，依發表時間順序，綜合整理如下表：

| | 發表人 | 內　　容 |
|---|---|---|
| 1 | 原考釋 | 釋「為機」，但沒有進一步的解釋。 |
| 2 | 復旦讀書會 | 釋「為機（几）」，沒有解釋「為」字，但是將「機」字釋為「几」。 |
| 3 | 劉洪濤（2009.01.07） | 覺得釋「為」可疑，但沒明確指出應釋為何字。「機」為「弩機」之「機」。 |
| 4 | 蘇建洲 | 沒有確認釋「為」字，但認為「為」字左旁和楚簡色字所從卪形近。並提示「機」字似與「口舌」有關。 |
| 5 | 何有祖 | 釋△為「扉」字，指宮室屋角隱蔽之處。釋「機」為「几」，「扉几」為指放在宮室屋角隱蔽之處的几。 |
| 6 | 劉剛 | 釋△為「堋」字，讀為「憑」。釋「機」為「几」，「堋機」讀為「憑几」。 |
| 7 | 程燕 | 釋△為「戶」字。釋「機」為本字。「戶機」為門戶之樞機，開合有節之意。 |
| 8 | 劉洪濤（2009.03.03） | 「機」非「几」，應為「弩機」之「機」，讀如本字。 |
| 9 | 劉洪濤（2009.06.07） | 表示憑几或几案的「几」、「机」不能寫作「機」，而表示弩機及其引申義時機、關鍵等的「機」也不能寫作「机」或「几」，它們的區分很嚴格，不能通用。所以劉先生認為「機」寫作「机」是一種訛寫，然後再由「机」字訛寫「几」字。 |

筆者認為原考釋者將△字釋「為」確實可疑。但對於各學者所釋也有進一步探討的必要。因△字目前未見於出土的其他典籍，故要釋出△字為何字的難度很高，而「機」字的字形是各學者都確認的，故筆者先探討「機」字，如果確定「機」為何物，可能會比較容易對△字做周延的判斷。

先看簡本的「機」字，根據各家的說法，「機」字可以分為兩個方向思考：

甲、「機」字釋為「机」，同「几」字。如今本、讀書會、何有祖、劉剛所說，當「几案」解。

乙、「機」字讀如本字，不當作「机」和「几」字。如程燕為「戶機」解；如劉洪濤所說釋為「弩機」之「機」。

現在的問題是在戰國時期楚簡作「機」字，是否通「机」字，作為「几案」之意？筆者認為劉洪濤在〈試說《武王踐阼》的機銘（修訂）〉一文中提到「以

往諸家誤於今本作『几』或『机』，又不能正確理解銘文的含義，以致歧見紛紛，使這段文字的釋讀成為學術史上的一段公案」是個很好的說法。於是筆者試圖從古代的字書和韻書上爬梳「機」、「机」和「几」三字的關係和流變。

筆者參考教育部《異體字字典》字形檢索網站，[註304]並羅列相關字書、韻書的說法，將探討「機」、「机」和「几」字的流變，以朝代先後為序排表列如下：

| 出　處 | 機 | 机 | 几 |
|---|---|---|---|
| 《說文》<br>[註305] | 主發謂之機。 | 木也，从木几聲。 | 踞几也，象形。《周禮》「五几：玉几、雕几、彤几、鬃几、素几。」 |
| 《玉篇》<br>[註306] | 弩牙也。 | 木出蜀中。 | 案也，亦作「机」。 |
| 《廣韻》<br>[註307] | 會也、萬機也。《說文》云：「主發謂之機。」《書》曰：「若虞機」張傳云：「機，弩牙也。」 | 「平聲」：木名，似榆，又音几。<br>「上聲」：《說文》曰：木也。《山海經》曰：族薗之山多松栢机柏。 | 案屬。《周禮·司几筵》掌五几。凡朝覲大饗射封國命諸侯設左右玉几。祀先生亦如之。諸侯祭祀右彤几。筵國賓於牖前，左彤几。甸役，右漆幾。喪事，右素幾。吉事變几，兇事仍几。或作「机」。 |
| 《集韻》<br>[註308] | 《說文》：「主發謂之機。」一曰織具也。會也。俗作攕，非是。 | 「平聲」：木名，似榆。《山海經》「單狐之山多机木，可燒以糞田。」<br>「上聲」：《說文》曰：木也。 | 踞几也，象形。《周禮》「五几：玉几、雕几、彤几、鬃几、素几。」 |
| 《類篇》<br>[註309] | 《說文》：「主發謂之機。」一曰織具也。會也。 | 木名，似榆。《山海經》「單狐之山多机木，可燒以糞田。」 | 踞几也，象形。《周禮》「五几：玉几、雕几、彤几、鬃几、素几。」 |
| 《四聲篇海》<br>[註310] | 弩牙也。 | 木名，出蜀中。 | 案也，亦作「机」。 |

[註304] 教育部《異體字字典》字形檢索網站：http://dict.variants.moe.edu.tw/suo.htm。
[註305] 漢許慎撰、宋徐鉉校定《說文解字》，中華書局，2007 年 4 月。
[註306] 南朝梁顧野王撰《玉篇》，涵芬樓影印宋刊本，中華漢語工具書書庫，安徽教育出版社。
[註307] 宋陳彭年、邱雍等人奉旨編撰的，成書於大中祥符元年（1008 年），一說成書於景德四年（1007 年）。書成後皇帝賜名為《大宋重修廣韻》，簡稱《廣韻》。
[註308] 《集韻》是宋仁宗景祐四年（公元 1037 年）由丁度等人奉命編寫的官方韻書。
[註309] 宋代司馬光等撰《類篇》，汲古閣影宋本，中華漢語工具書書庫，安徽教育出版社。
[註310] 金人韓道昭著的《四聲篇海》，此為明刊本。

| 《龍龕手鑒》〔註311〕 | 會也、發動也，又弩牙也。 | 小案之屬也。 | |
| --- | --- | --- | --- |
| 《字鑒》〔註312〕 | | | 凭器與鬃几（音鳧）字異，几音殳。鉤挑者為「几」，不鉤挑者音殳，鳧殳从之，凡處凭凳飢等从几。 |
| 《重訂直音篇》〔註313〕 | 樞機、機杼又巧術也。 | 音「几」同，又木名也。 | 音巳〔註314〕，几案。 |
| 《俗書刊誤》〔註315〕 | 俗作「机」，非。「机」即「几」字。 | | |
| 《正字通》〔註316〕 | 木名。《山海經》「單狐之山多機木，郭註似榆，可燒以糞稻田。出蜀中，楊慎曰：「即檀木。」又《說文》「主發謂之機」，即弩牙。《書·太甲》若虞機張，往省括于度則釋。……又樞戶，樞所以轉移開閉機，弩牙所以發箭及遠，殊形異用。《易繫辭》：言行君子之樞機，樞機之發，榮辱之主也。 | 《說文》「木名」《山海經》「單狐之山多机木」《郭註》「狀如榆，可燒以糞田。」「机」音飢，又几案與几通。《易·渙》二爻「渙奔其机」，俗讀「兀」，〔註317〕非。《左傳》「設机而不倚」 | 古人凭坐者。《書·顧命》「華玉仍几」註：「仍，因也」，因生〔註318〕時所設也。《詩·大雅》「或肆之筵，或授之几。」《周禮·春官》「五几：玉几、雕几、彤几、漆几、素几。」又劉歆《西京雜記》：「漢制天子，玉几冬加綈綿〔註319〕，其上謂之綈几。公侯皆竹木几冬則細纚為橐以馮之。……《周易》、《左傳》作「机」，俗譌作「機」。 |
| 《字彙補》〔註320〕 | 與「几」同，《左傳》：「設机而不倚。」 | | |

〔註311〕遼朝僧行均撰《龍龕手鑒》，涵芬樓影印宋刊本，中華漢語工具書書庫，安徽教育出版社。

〔註312〕元代李文仲撰《字鑒》，本書糾舉歷來使用文字的錯誤，並指出俗體之訛，對《干祿字書》、《五經文字》中的錯誤也有所糾正。此為張氏澤存堂五種叢書本，中華漢語工具書書庫，安徽教育出版社。

〔註313〕明章黼撰，明萬曆三十四年練川明德書院刻本。

〔註314〕應有誤。應是「己」音才是。

〔註315〕明代焦竑著《俗書刊誤》。

〔註316〕明代張自烈撰《正字通》，清康熙清畏堂刊本，中華漢語工具書書庫，安徽教育出版社。編按：全書徵引繁蕪，訛舛較多。但多采俗體和口語讀音，頗有可取之處。

〔註317〕應為「几」字之訛。

〔註318〕應為「坐」字之訛。

〔註319〕應為「錦」字之訛。

〔註320〕清代吳任臣著《字彙補》。

| 《康熙字典》〔註321〕 | 《唐韻》《韻會》居衣切《集韻》居希切，音幾。《說文》主發謂之機。《書·太甲》若虞機張，往省括于度則釋。《尚書·大傳》捕獸機檻陷。《大學》其機如此。《註》發動所由。《疏》關機也。動於近，成於遠。又星名。《博雅》斗星三為機。《通卦驗》遂皇始出，握機矩，法北斗七星，而立七政。又《集韻》織具謂之機杼，機以轉軸，杼以持緯。又氣運之變化曰機。《莊子·天運篇》意者有機，緘而不得已耶。《至樂篇》萬物皆出於機，皆入於機。又機械，巧術也。《莊子·天地篇》有機械者，必有機事。有機事者，必有機心。又天機，天眞也。《莊子·大宗師篇》嗜慾深者天機淺。又《韻會》要也，會也，密也。《書·皐陶謨》一日二日萬幾。《疏》作機。又木名。《山海經》單狐之山多機木。《郭註》機，去聲。《正韻》作堅溪切，音雞，非。 | 《說文》「木名」《山海經》「單狐之山多机木」《郭註》「狀如楡，可燒以糞田。」又與「几」通，《易渙卦》「渙奔其机」註：承物者也《家語》「仰視榱桷，俯察机筵」註：机作几。 | 《說文》「踞几也」徐曰「人所凭坐也」《詩·大雅》「或肆之筵，或授之几。」《周禮·春官》「五几：玉几、雕几、彤几、漆几、素几。」劉歆《西京雜記》：「漢制天子，玉几冬加綈錦，其上謂之綈几。公侯皆竹木几冬則細纏為橐以馮之。」《玉篇》「案也，亦作机」。《左傳昭五年》「設机而不倚」。 |
|---|---|---|---|
| 《增廣字學舉隅》〔註322〕 | | 「俗音正誤」：與「几」通，居里切，幾，上聲， | 「兩字辨似」：案也。人所凭坐者也。有鉤挑亦 |

〔註321〕清張玉書、陳廷敬等編《康熙字典》。此為康熙年間版本。中華漢語工具書書庫，安徽教育出版社。

〔註322〕清代鐵珊輯《增廣字學舉隅》，本書對一些形近、音同、俗體及其他諸多易混的字

| | | 承物者也。《家語》「俯察机筵」。<br>「誤用字」：同「几」又木名，俗作「機」字用，非。 | 作「机」。「凭」字从之。「俗音正誤」：「幾」上聲，案也。人所凭坐者也。 |
|---|---|---|---|
| 《彙音寶鑒》〔註323〕 | 機變也、機密也。 | 木名也。 | 凭坐也，又案也，棹也。 |
| 《中古漢字流變》〔註324〕 | | 《宋本‧木部》「机，木出蜀中」 | 案也。亦作机。《名義》「工也」。編按：《說文》「踞几也，象形。」《周禮》「五几：玉几、雕几、彤几、鬃几、素几。」几之於机，猶勺之於杓。 |
| 《漢語俗字叢考》〔註325〕 | | 通「几」。小桌子，用以擱置物件或倚靠。《龍龕‧木部》「机，木几。小案之屬也。」清朱駿聲《說文通訓定聲‧履部》：「机，假借為几。」編按：「机」字《說文》以為木名；以指稱几案，實即「几」的增旁俗字。慧琳《音義》卷六六《集異門足論》第八卷音義：「几橙，上飢喜反，……論文作机，通俗用字也。」同書卷九〇《高僧傳》第七卷音義：「《考聲》云：几，案屬也。……傳文從木作机，亦可通也。」《楞嚴經音義》：「机（机），音義同案几之几，或作几。」皆可參。几案通常以木為之，故俚俗增加木旁作「机」。几案之「机」與木名之「机」同形而 | |

注其音切，闡釋字義。本是清代同治年間蘭州郡署刻本。中華漢語工具書書庫，安徽教育出版社。

〔註323〕沈富進所編纂的《彙音寶鑑》，1954 年發行，是台灣光復後第一本由台灣人自行編寫的台語字典。

〔註324〕臧克和《中古漢字流變》，華東師範大學出版社，頁 1281。

〔註325〕張涌泉《漢語俗字叢考》，北京：中華書局，2000 年 1 月。

| | | 異字。《漢》〔註326〕、《字海》引用朱駿聲等說以「几」字作「机」為通假，恐非確論。又《龍龕》「机」字原訓「木机」，「机」為標目字省書，《漢》引作「几」，不妥。 | |
|---|---|---|---|
| 《簡化字、繁體字、異體字辨析字典》〔註327〕 | | | （1）小桌子：茶几兒。<br>（2）假借為「幾」，差不多；接近於：幾乎。<br>「几」的繁體「幾」。【辨析】這兩字原來意義不同。「几」是象形字，本義為古人席地坐時供椅靠的器具，引申為擱物件的小桌子。有時假借為「幾」義「差不多、接近於」。「幾」的構造方法不詳，《說文》認為是會意字。清代刻本中有以俗字「几」代疑問代詞「幾」。《簡化字總表》把「幾」簡作「几」，兩個字合為一。※茶几的「几」不能對換成「幾」。「几」可作簡化偏旁使用。 |

從上表中我們看出，許慎的《說文》中「機」、「机」和「几」字的意義是很分明的不同。但在《玉篇》時出現「几，亦作『机』」的說法，可見「机」和「几」早在南北朝以前就通用，確切的原因和時間不能從資料中看出，但可以推測原因可能是如《漢語俗字叢考》中說「几案通常以木為之，故俚俗增加木旁作『机』」於是和原為「木名之『机』」形同，以致通用。如《莊子‧齊物論》：「南郭子綦隱机而坐」釋文：「机，李本作几」《左傳》襄公十年：「投之以几」。唐陸德明《經典釋文》：「本又作『机』」。

而「機」和「机」字在何時混用？目前沒有確切的時間點。在教育部《異體字字典》中蔡信發認為「機」和「机」字本是音同義異者，「機」為居依切、

---

〔註326〕即《漢語大字典》。

〔註327〕厲兵、魏勵編著《簡化字、繁體字、異體字辨析字典》，四川人民出版社，1993 年12 月。

「机」為居履切，以其同音，故多借「机」為「機」，後來在很多民間的文書上混用情形很普徧，所以形成一種約定俗成的現象：

「机」為「機」之異體。「機」之篆文作「」，段注本《說文解字‧木部》：「主發謂之機。從木幾聲。」

「机」之篆文作「」，段注本《說文解字‧木部》：「机木也。從木几聲。」按：二字均見《說文》，本是音同義異者（「機」為居依切、「机」為居履切），以其同音，故多借「机」為「機」，如《宋元以來俗字譜‧木部》引〈通俗小說〉、〈白袍記〉、〈東窗記〉等即是，而《俗書刊誤‧卷一‧齊韻》雖云：「機，俗作『机』，非。」《增廣字學舉隅‧卷四‧誤用字》亦曰：「机，俗作『機』字用，非。」然後世以「机」為「機」，習用已久，混而不別，是以《字辨‧體辨三》「機机」下曰：「机，木名；俗作『機』。」今日大陸亦以「机」為「機」之簡化字（見《大陸簡化字總表‧第三表》），則「机」為「機」之異體有徵，故可收。〔註328〕

我們在韻書和字書中雖沒有直接證據，說明何時「機」和「机」字混用，但是在《宋元以來俗字譜》中所引一些通俗小說的例證，可見宋代時已出現借「机」為「機」的情形。

再看到《正字通》裡釋「機」、「机」和「几」字，可以得到一個訊息：釋「機」為从「木」之「机」和「弩機」之「機」相混。而且在釋「几」中說「《周易》、《左傳》作『机』，俗譌作『機』」。可見在明代時「機」、「机」和「几」三字相混的情形早已有之。

到清朝《康熙字典》將「机」、「几」兩字可通。清代《增廣字學舉隅》將「机」視同作「几」，但同時也指出當時「机」俗作「機」為非，可見當時「機」、「机」和「几」三字當時已經有訛混而用的情形，《康熙字典》反而有所校正。「機」和「机」、「几」有別。

在民國之後的《中古漢字流變》將「机」和「几」通用。《漢語俗字叢考》試圖將「机」和「几」二字做很清楚的分別。而且把這兩字當作有混用的俗字，而不把「機」字視同和這兩字相混。

〔註328〕教育部《異體字字典》字形檢索網站：http://dict.variants.moe.edu.tw/yitia/fra/fra020 31.htm。見「機」字條。

　　筆者亦從元至民國的刊本上，整理出「機銘」的用字情形，表列如下：（可參考本論文附錄三）

| 元刊本 | 宋代王應麟《武王踐阼集解》〔註329〕 | 「几席觴豆刀劍……」、「於几為銘焉」、「作席几楹杖器械之銘十有八章」、「几之銘曰皇皇唯敬口……」 |
|---|---|---|
| 明刊本 | 《大戴禮記》〔註330〕 | 「於机為銘……」、「机之銘曰……」 |
| | 《大戴禮記》〔註331〕 | 「於机為銘……」、「机之銘曰……」 |
| | 《大戴禮記》〔註332〕 | 「於機為銘……」、「機之銘曰……」 |
| | 《大戴禮記》〔註333〕 | 「於机為銘……」、「机之銘曰……」 |
| 清刊本 | 《大戴禮記》〔註334〕 | 「于机為銘……」、「机之銘曰……」 |
| | 《大戴禮記》〔註335〕 | 「於機為銘……」、「機之銘曰……」 |
| | 《大戴禮記》〔註336〕 | 「於機為銘……」、「機之銘曰……」 |

〔註329〕國立中央圖書館藏善本書，元至元三年慶元路儒學刊《玉海》附刻本。

〔註330〕線裝，有微捲，正文卷端題「漢九江太守戴德撰」序：「淳熙乙未歲後九月潁川韓元吉書」8行，行18字，夾註雙行字數同，左右雙欄，版心白口，雙魚尾，上方記「淳熙己亥刊」藏印：「咬菜／根軒」朱文長方印、「宋本」朱文橢圓印、「國立中央圖／書館收藏」朱文長方印、「古歙曹／堅子剛／氏圖書」朱文方印、「玉峰／段氏」白文長方印、「臣印／瑞洵」白文方印、「九壹／生」朱白文方印、「文印／徵明」白文方印、「文／進」朱文方印、「軍假／司馬」白文方印、「井蘇／流鑑」白文方印、「故將／軍」白文方印、「與蘇／明允／同名」白文方印、「馮彥／淵收／藏記」朱文長方印，明嘉靖癸巳（十二年，1533）吳郡袁氏嘉趣堂覆刊宋淳熙本。

〔註331〕明刊本，墨筆點校批注，有微捲，正文卷端題「大戴禮記漢九江太守戴德」，序：「淳熙乙未歲後九月潁川韓元吉書」、「至正甲午十二月朔旦序遂昌鄭元祐」，10行，行20字，左右雙欄，版心白口，上方記書名，下方記葉次，藏印：「課華庵」朱文橢圓印、「侍兒／池玉」白文方印、「商量舊／學之室」朱文長方印、「古香」朱文葫蘆形印、「吳修／私印」白文方印、「象山／歐氏」白文方印、「楞嚴草／堂珍藏」朱文方印、「天池／的筆」白文方印、「寓目／囊箱」朱文方印、「花好／月圓／人壽」朱文方印、「毗陵／董康／審定」朱文方印、「湘管／齋」朱文方印、「國立中／央圖書／館考藏」朱文方印、「藏園／籍觀」朱文方印、「青瑣／納言」朱文方印、「蕭山蔡／陸士藏／玩書畫／鈐記」朱文方印、「沅叔／審定」朱文方印、「蒙泉／外史」白文方印、「董康暨／侍姬玉／奴珍藏／書籍記」白文方印、「傅／增湘」白文方印、「晏處／超然」白文方印，天池公題記。

〔註332〕明，新安程榮校，漢魏叢書，線裝，1925年上海涵芬樓印明萬曆二十年刊本。

〔註333〕鈐有：「中國國際圖書館」朱文橢圓印，扉頁印記：「上海涵芬樓借無錫孫氏小綠天藏明袁氏嘉趣堂刊本」，民國十八年（1929）上海商務印書館四部叢刊影印明袁氏嘉趣堂刊本。

〔註334〕武英殿聚珍版書，線裝，清道光戊子（八年；1828）福建重刊同治間至光緒甲午（二十年；1894）續修增刊本。

〔註335〕清光緒二十一年（1895）石印本，增訂漢魏叢書。

〔註336〕上海市，大通書局，1911年（宣統三年）石印本，漢魏叢書九十六種，嚴靈峰無求備齋諸子文庫，中國諸子叢書。

| 民國 | 《大戴禮記》〔註337〕 | 「於機為銘……」、「機之銘曰……」 |
|---|---|---|
| | 《大戴禮記補注》〔註338〕 | 「於机為銘……」、「机之銘曰……」 |
| | 《校正孔氏大戴禮記補注》〔註339〕 | 「於机為銘……」、「机之銘曰……」 |
| | 《大戴禮記》〔註340〕 | 「於機為銘……」、「機之銘曰……」 |

　　從上表可見「機銘」的「機」字和「机」、「几」，仍存在著互有訛用的情形。

　　到現在大陸地區因為將「幾」字簡化為「几」，故連帶「幾」字偏旁的字也都從「几」，如「机」、「飢」〔註341〕。「幾」為「几」之繁體，故只有「机」和「几」字，無「機」和「幾」字，如此一來便不能分清這三個字，甚至一般人可能都不易分辨「機」、「机」、「幾」、「几」四字的本義和用法。

　　是故今日，我們解讀簡本上的這段文句「機之銘曰：『皇皇唯謹……』」時又受到傳世今本的影響，仍將「機」當作「机」、「几」解，殊不知這是個誤解。今本寫作「机」，如方向東的《大戴禮記匯校集解》〈武王踐阼〉篇對「机」的解釋：

　　　　汪照曰：「周禮春官司几筵掌五几五席之名。《說文》：『几，踞几也。』玉篇：『案也。』亦作机。李尤几銘序曰：『黃帝、軒轅仁智恐事有闕，作輿几之法。』……」

　　　　王聘珍曰：「……机，案屬，所以坐安體者。……」

　　　　戴震曰：「机，各本訛作『機』，今從高安本、方本。」

　　　　孔廣森曰：「机，通解作『几』。按左傳『投之以机』，亦以『机』為『几』字。」

　　　　洪頤煊曰：「『机』當為『杬』字之譌。《說文》『杬』亦古文『簋』，盛黍稷器，故銘辭從口取義。」

　　　　向東案：「據後漢書注引作『几之書』，則『機』當作『几』，孔

〔註337〕清末刊本，增訂漢魏叢書，線裝。

〔註338〕孔廣森撰，藝文印書館，1967年，百部叢書集成畿輔叢書。

〔註339〕王樹枏撰，藝文印書館，1967年，百部叢書集成畿輔叢書。

〔註340〕台北，大化，1983年，增訂漢魏叢書八十六種，嚴靈峰無求備齋諸子文庫，中國諸子叢書。

〔註341〕《增廣字學舉隅》「饑」：「穀不熟也，俗與飢渴之飢混用。按：飢音飢餓也，從几。饑音機，從幾，穀不熟也。」「飢」和「饑」字原是不同意義，也不能混用的。

說是。」(《大戴禮記滙校集解》，頁 630)

黃懷信《大戴禮記彙校集解注》〈武王踐阼〉篇對「机」的解釋和方向東或同或不同，以下列出不同處，相同的部分不再列出：

> 机，元刻本同。王應麟本作「几」，漢魏叢書本誤「機」。

> 王應麟曰：「於几為銘焉，『几』一作『机』。」

> 王樹楠曰：「於机為銘焉，各本作「機」，高安本、方本、蔡本、戴本、盧本作「机」。」

> 黃懷信案：机乃弓弩之機關，非日常所用，不宜有銘，當作「几」，或借字。几與席相近，若作「簋」，則與席遠矣，且本書無用古文之例，洪說非。(《大戴禮記彙校集注》頁 651)

高明《大戴禮記今註今譯》〈武王踐阼〉篇，寫到「於機為銘焉」，釋「機」字為：「『機』通『几』字，小案叫做几。」〔註342〕據此方向東、黃懷信均認為應釋為「几」，高明寫作「機」釋為「几」，和前二位先生的意見一致。今本皆作「几案」之意。

這種情形以致造成後來歷代解讀〈武王踐阼〉的銘文時，有所不解或為了解釋而作穿鑿附會之說。如《朱子語類》卷第八十八中言到：「《大戴禮》本文多錯，注尤舛誤。武王諸銘有作得巧了切題者，如鑑銘是也，亦有絕不可曉者。想古人只是述戒懼之意，而隨所在寫記以自警省爾」。

今日我們有幸可以看到戰國時期出土的竹簡，應該要回歸到簡本上的字形作判斷，考慮在戰國時期「機」和「机」(几)或「几」(机)的使用並沒有訛混的情形，而我們現在習慣性的用法也如劉洪濤所言「表示憑几或几案的『几』、『机』不能寫作『機』，而表示弩機及其引申義時機、關鍵等的『機』也不能寫作『机』或『几』，它們的區分很嚴格，不能通用」。是故「機」字和「机」(几)或「几」(机)的區別很清楚分明的，由此應可斷定簡本上的「機」字應不能視同「机」及「几」作「几案」解。

那麼在楚簡上的「機」字要如何解釋呢？依《說文》「機」：「主發謂之機」，《玉篇》：「弩牙也。」，《廣韻》：「機，弩牙也。」在之後代的典籍，把「機」

〔註342〕高明註譯《大戴禮記今註今譯》，台灣商務印書館，1993 年 6 月修訂版第三次印刷。

由「弩機」之意加以引申，到「會也」、「密也」、「機巧也」等意。但我們推測「機」若當作可銘之物來說，只能是「弩機」或「樞機」類之物品。故之前程燕認為是「戶機」和劉洪濤的「弩機」之說將值得再進一步探討。

程燕認為的「戶機」為「門戶之樞機」即「門戶的轉軸」，「門戶之樞機」將「樞機」視為「重要關鍵」；而劉洪濤認為就是「弩機」。程燕和劉洪濤都提到這都和君子的言行相關。那麼此銘應是在門戶的轉軸處或是在弩機上銘刻呢？

王輝《古文字通假字典》「幾」字條，列出楚簡上文獻中有關「幾」字當作「機」的例子，而且認為機是「弩機」，文獻的內容也和「口舌」有關。

> 《睡虎地秦簡‧為吏之道》：口，關也；舌，幾也。一堵（曙）失言，四馬弗能追也」整理小組讀為「機」。關、機都是弩上部件的名稱。機是扳機，其外護機的部分稱為關。相同內容的話又見《說苑‧叢談》：「口者，關也；舌者，幾也，出言不當，四馬不能追也。」又銀雀山竹簡《孫子兵法‧九地》：「……入諸侯之地，發其幾，若毆（驅）群……」十一家本作：「……而發其幾，焚舟破釜，若驅群羊。」武經七書本無「焚舟破釜」與簡書合。上博楚竹書《從政》甲簡八：「聞之曰：從政有七幾……」影本幾讀為機。「事物之關鍵，亦事物變化之所由生。」又引竹書《曾子》曰：「是故耳目者，心之門也，好惡之幾也。」又銀雀山竹簡《孫臏兵法‧陳忌問壘》：「弩次之者，所以當投幾也。」影本注幾為機。〔註343〕

故此「機」為「弩機」的可能性很大。但是作為「關鍵」之意解，亦不能排除「戶機」的可能性。於是前一字「▨」（以下以△代）要釋為何字？變得很關鍵了。我們首先排除「機」作「几」的說法之後，能作為再討論的對象，只剩原考釋者的「為」字和程燕的「戶」字。

我們先看「為」字。

許慎著，徐鉉校《說文》「為」：「母猴也。其為禽好爪──爪、母猴象也，下腹為母猴形。王育曰：『爪，象形也。』」

季師《說文新證》上冊「為」：「甲骨文從又從象，示役象以助勞其事（羅

振玉《增考》六十葉下），即作為之意。《說文》以為『母猴』不知所據。……戰國文字變化多端，大體保持爪形，而象形則變化省訛，不一而足。」〔註344〕

以下列出甲骨、金文、戰國文字以茲比較：

| 字　體 | 字　形 |
|---|---|
| 甲骨文 | （前 5.30.4）、（後下 10.12）〔註345〕 |
| 金文 | （郜嬰鼎）（益公鐘）（弘尊）（曾伯陭壺）（陳逆簋）（東周左師壺）（陳喜壺）（鄂君啟舟節）（鑄客鼎）〔註346〕 |
| 戰國 | （新乙 4.35）「才郢～三月」、（郭・老乙 3）「以至無～也」（郭・老乙 15）「清靜～天下定」）〔註347〕 （郭・老甲 2）「三年以使～不足」、（郭・忠・6）「信人弗～也」、（郭・忠・6）「忠之～道也」、（郭・性・44）「人不難～之死」〔註348〕 |

「為」字，在甲骨文象一爪形牽著一頭象。金文承襲甲骨，「象」形則多變或省形，至戰國楚文字，參考《楚系簡帛文字編》「為」字條，諸多字形不一一列出，但多從「爪」從「象」省形，有些字會在字形下加二橫飾符，但不見如本簡△字形。可能△字的右旁一似「爪」的「」形，原考釋者以此為「為」之特徵而釋「為」，但此形在很多的字中都有，如「孚」、「妥」、「婁」、「色」等〔註349〕，故以此為「為」字，缺乏直接的證據。而且在第 5 簡末「為銘於席之四端」就有一「為」字「」和此字不類。

再看程燕的說法，以下釋「戶」字。

---

〔註344〕季旭昇師：《說文新證》上冊，台北：藝文印書館，2004 年 10 月初版二刷，頁 179～180。

〔註345〕字形出自徐中舒：《漢語古文字字形表》頁 108。

〔註346〕字形出自容庚編：《金文編》頁 176。

〔註347〕字形出自滕任生：《楚系簡帛文字編》頁 258。

〔註348〕字形出自滕任生：《楚系簡帛文字編》頁 260。

〔註349〕參考陳嘉凌：《楚系簡帛文字根》研究論文，「爪」字條，頁 201～206。

　　許慎著，徐鉉校《說文》「戶」：「護也，半門曰戶，象形。說文古文屝」。金文未見單字，但於「肇」、「戹」字偏旁為「戶」形；戰國文字「戶」呈「戶」形，中間或加「木」形，有「房」、「盲」偏旁從「戶」。

　　以下列出甲骨、金文、戰國文字以茲比較：

| 字 體 | 字　　形 |
|---|---|
| 甲骨文 | 戶（後下 36.3）、戶（甲 598）〔註 350〕 |
| 金文 | （肇）：字形（彔伯簋）　字形（師望鼎）　字形（弔向簋）　字形（多友鼎）　字形（魯司徒仲齊簋）　字形（單伯鐘）　字形（肇）（鑄子匜）　字形（禾簋）<br>字形（厓）（旁鼎） |
| 戰國 | 字形（雲夢‧效律 57）、字形（包山竹簽）（編按：古文戶從木）、字形（陳胎戈）〔註 351〕<br>字形（新甲 3.56）「就禱～一羊」、字形（新靈‧442）「□禱門～」、字形（九 56.27）「利以申～牖」〔註 352〕<br>字形（房）（包 2.149）〔註 353〕<br>字形（盲）（隨縣 88）〔註 354〕 |

　　程燕將△所從的「字形」認為是古文字常見的「戶」形，而且認為△所從的「字形」亦應為「戶」。他將吳振武在《古璽姓氏考》文中根據「倉」和從「倉」的字將《璽匯》3995、3996 的「字形」字釋為「戶」，和「字形」形比對，認為只是區別在於「手」與「土」左右位置不同而已。他認為古文字中偏旁常常左右無別，所以「字形」可釋為「戶」。△應為「戶」字繁體。

---

〔註 350〕字形出自徐中舒：《漢語古文字字形表》頁 449。
〔註 351〕字形出自湯餘惠編：《戰國文字編》頁 778。
〔註 352〕字形出自滕任生：《楚系簡帛文字編》頁 990。
〔註 353〕字形出自滕任生：《楚系簡帛文字編》頁 991。
〔註 354〕字形出自湯餘惠編：《戰國文字編》頁 779。

　　筆者認為以同簡的「見爾所代」的「所」字「」，所從的「戶」形和「」比對，兩者「戶」形的寫法不同，尤其在同一支簡上隔沒幾字，「戶」形是如此不同，故此形「」釋作「戶」，還是有再討論的空間。

　　筆者認為「」應釋為「所」的省形。「广」形中的「」形為「斤」形。我們看戰國楚文字的從「斤」之字。大部分參考《楚系簡帛文字編》第 1170～1178 頁。

| 隸　定 | 字　　形 |
|---|---|
| 斨 | （包 2.168）「舟～公狱」、（包 2.88）「隥迻～邑」 |
| 劤 | （包 2.149）「～淵一賽」、（包 2.169）「佶～（人名）」 |
| 斳 | （曾·212）「斳姑長鍚」 |
| 所 | （郭·性 4）「～好所惡」、（郭·性 36）「從其～為」、（郭·六 44）「凡君子～以立身大法三」、（上二·民 4）「樂之～至者」 |
| 斯 | （郭·性 25）「則悸如也～嘆」 |
| 慎 | （上二·容 39）「於是乎～戒登賢」 |
| 親 | （郭·六 33）「求養～之志」 |
| 斺 | （天策） |
| 斯 | （新乙 3.27）「□鹿～（祈）之」 |
| 忻 | （包 2.39）人名 |

　　以上從「斤」的字可以明顯看出，「」形為「斤」形。而「」應是省「戶」形而從「斤」的「所」字。△字的右旁為何字呢？

　　「」形正如程燕所言，應為「戶」字。根據吳振武考釋《璽匯》3995、

3996 的「[字形]」字釋為「戶」，「[字形]」形因書寫位置在右旁，故和形成左右顛倒的情形，故△字應是「所」字的異體，書手為了有意區別「[字形]」字，所以寫得不同。

筆者認為「[字形]」「[字形]」兩字應是一個指一種器物的複合詞。原因為筆者觀察從簡 6 武王為銘開始，所有為銘的器物之前都不加介詞，以下列出為銘的段落比較觀察（不在本文作文字考釋的部分，盡量以寬式隸定，器物下加橫線標示較顯著）：

> 為銘於席之四端，曰：「安樂必戒。」右端曰：「毋行可悔。」席後左端曰：「民之反側，亦不可志。」後右端曰：「殷諫不遠，視而所代。」為機曰：「皇皇惟謹，口生敬，口生詬，慎之口口。」鑑銘曰：「見其前，必慮其後。」盤銘曰：「與其溺於人，寧溺於淵，溺於淵猶可游，溺於人不可救。」桯銘誨：「毋曰何傷，懲將長；毋曰胡害，懲將大；毋曰何殘，懲將延。」枳銘誨曰：「惡危？危於忿懥。惡失道？失道於嗜慾。惡忘？忘於貴福。」卣銘誨曰：「位難得而易失，士難得而易間。」

在不同的器物上鑄上銘文的有：席、機、鑑、盤、桯、枳、卣七種。有六種器物之前都不加「為」字，為何獨於「機」銘之前加一「為」字？這樣的寫法顯得「機」銘之前的「為」字很多餘。所以，也可以判斷「機」前的△字應該不是「為」，筆者認為「△機」就是「所機」。「所」字可以讀為「樞」。「所」上古音在山紐魚部，「樞」字在昌紐侯部，〔註355〕聲紐都是正齒音，韻部魚侯旁轉。如《小雅‧賓之初筵》：「籥舞笙鼓，樂既和奏。烝衎烈祖」，「鼓」為侯部，和「奏」、「祖」為魚部押韻。《禮記‧樂記》：「是故德成而上，藝成而下；行成而先，事成而後。是故先王有上有下，有先有後，然後可以有制於天下也。」以「下」魚部和「後」侯部押韻。〔註356〕故本簡的「[字形]」字為「所」字，「所機」應讀為「樞機」。

「樞機」即是「弩機」，是古代的一種兵器。我們從高至善在〈記長沙、常

---

〔註355〕郭錫良：《漢字古音手冊》，北京大學出版社，1985 年。
〔註356〕參考陳新雄：《古音研究》，台北，五南圖書有限公司。1999 年 4 月出版。

德出土弩機的戰國墓——兼談有關弩機、弓矢的幾個問題〉〔註357〕一文中談到弩機於何時開始的問題，他認為弩機的起源很早，弩機的前身是弓箭，在中石器時代即已有了弓箭：

> 弩的前身是弓箭。弓箭的發明在人類的歷史上起過很大的作用。這是箭獵方法的一大進步。從此可以得到比較多獵獲物。根據考古材料證明，在中石器時代（大約在公元前一萬二千年至公元前五千年）即已有了弓箭的傳布和使用。在許多國家的中石器時代的遺址中，都發現有箭簇，從而證實了恩格斯的「關於弓箭的出現早於陶器」的觀點。（參見《家庭、私有制和國家的起源》）

經由弓箭的不斷改良，而製造出弩機。我們曾在很多金文拓片上可以看到弩機上的銘文，也從出土的戰國楚墓中可見弩機臂柄的銅蓋。可見在戰國時期的楚國，就有弩機墓葬的文物，高文又云：

> 弩出現於何時？曾有不同的說法，《古史考》記載：「黃帝作弩。」黃帝時代約相當於新石器時代，當時只有弓箭，還無弩機，其說不可信。周緯說：「中國古吳越文化期之民族，在甚早時期，似已知道製造弓矢及弋弩等器。今人徐中舒氏，著《弋射與弩之溯源及關於此類名物之考釋》一文根據古代象形文字和壁畫，斷定弋射與弩，起於東亞，在中國為史前之物，商殷以前即有之。」（《中國兵器史稿》158頁）但至今尚無實物可以證實。事實上未必如此。周慶基和王振鐸同志則主張「機弩可能是楚民族的創造。發明時代約在春秋。」（《文物》1963年4期11、12頁）而楊寬先生主張「弩機發明在戰國時代。」（《戰國史》133、144頁）根據出土實物來看，如《貞松堂集古遺文》、《三代吉金文存》、《周金文存》等均著錄有戰國弩機上的銘文和拓片。除去重複的，共有四器。銘文中有「左攻（工）着（尹）」、「右攻（工）着（尹）」，是戰國時的官職，其字體亦是戰國作風。經科學發掘出土的最早的弩機，除了上述長沙及常德所出的三件外，還有成都羊子山第172號墓中也出土有兩件。其結構形制與長沙所出戰國弩機完全相同。弩機臂柄上的銅蓋上的金銀錯花

---

〔註357〕高至善：〈記長沙、常德出土弩機的戰國墓——兼談有關弩機、弓矢的幾個問題〉，收入於《商周青銅器與楚文化》一書，岳麓書社出版，2000年4月。

紋，完全是楚國的作風。（見《考古學報》1956 年 4 期 7～8 頁）。據蔡季襄先生說，解放前在長沙近郊的楚墓裡也曾出土過一件類似的弩機臂柄的銅蓋，上面的金銀錯花紋亦與羊山子 172 號墓所出土的相同。羊山子 172 號墓所出土的「玉具劍、大鼎蹄足上的饕餮紋、分成兩部分的甗、銅罍的形制和花紋的制法、銅矛與漆盒的圖案、金銀錯的圖案等，都與楚器極為相似。（見《考古學報》1956 年 4 期 19 頁）而該墓的時代應在戰國末期，比長沙兩座出弩機墓的時代要晚。由此可以推定，成都羊子山出土的弩機，很可能來自楚地，至少是受了楚文化的影響。

在戰國史料中如《周禮》、《戰國策》、《吳越春秋》都記載楚國人將弓矢「施機設樞，加之以力」，即製造出弩機以加強兵力，後人更以此為基礎改進製出更精良的武器。高文云：

> 在有關記載戰國史料的《周禮》、《戰國策》、《吳越春秋》等文獻中，都有關於弩的記載。特別是《吳越春秋》中載「〔楚〕秦氏以為弓矢不足以威天下……乃橫弓著臂，施機設樞，加之以力。然後諸侯可服。」已說明弩是楚國人發明的。因此楚國也就首先普遍使用。

> 由上述事實看來，弩機為楚民族的創造，戰國中期已有比較進步的銅弩機，這似乎是可以肯定下來了。而戰國中期的銅弩機既已相當進步，在結構原理上，製作技巧上都達到了很成熟的地步，為後世所盛行的弩機奠定了基礎。在它之前，必然要有一個發展過程。因此，把它的發明時代定在春秋也是可以的。至晚也應在戰國早期。至於木制弩機則可能更早。

趙曉軍、姜濤、周明霞在〈洛陽發現兩件西漢有銘銅弩機及其相關問題〉一文則提到弩在文獻上的資料可見早在商代就有記錄：

> 弩在弓的基礎上發展而來的。《說文・弓部》曰：「弩，弓有臂者。」《古史考》載：「黃帝作弩。」但缺乏實物證據。《禮記・緇衣》引《太甲》：「若虞張機，往省括於厥度，則釋。」太甲為商湯之孫。這是商代初年使用弩的記錄。徐中舒（徐中舒〈弋射與弩之溯源及關於此類名物考釋〉，中央研究院歷史語言研究所集刊第 4 本，1934）、唐蘭先生（唐蘭〈弓形器〉（銅弓柲）用途考，《考古》1973（3））均認為商代以前已經有

了弓弩。楊寬先生主張「弩可能在春秋後期最先出現在楚國。」(《戰國史》，上海人民出版社，1991)〔註358〕

毛穎在〈弩機概論〉一文中說明弩機是裝置於弩的後部，由牙、望山、懸刀及郭等部件組成。在《釋名》中並引申弩機的意義「言如機之巧也，亦言如門戶樞機開闔有節也」：

> 弩是我國古代具有遠射和較強殺傷力的武器，弩機是木弩的銅質機件，裝置於弩的後部，由牙、望山、懸刀及郭等部件組成。《釋名》曰：「弩，怒也，有勢怒也。其柄曰臂，似人臂也；鉤弦者曰牙，似齒牙也；牙外曰郭，為牙之規郭也；下曰懸刀，其形然也。合名之曰機，言如機之巧也，亦言如門戶樞機開闔有節也。」〔註359〕

馮沂在〈臨沂洗硯池晉墓出土正始二年弩機考議〉一文中說明弩機的構造和使用方式：

> 弩機的主體是郭，郭中裝牙，可鉤住弦，郭的上面為望山，作為瞄準器，牙的下面連結懸刀，作為板機。發射時，扳動懸刀，牙向下縮，所鉤住的弦彈出，有力地把矢射出。〔註360〕

(筆者將戰國弩機的復原示意圖列於後，可以更清楚地了解弩機構造)

### 戰國弩機復原示意圖〔註361〕

毛穎認為弩機流行於戰國，在以後戰爭中發揮著重要的地位。弩機上的錯金花紋，可見當時可作為私藏品、商品等用於收藏及交易：

> 考古發現的弩機遍布我國江蘇、浙江、四川、湖南、河南、河北、

---

〔註358〕趙曉軍、姜濤、周明霞先生：〈洛陽發現兩件西漢有銘銅弩機及其相關問題〉，華夏考古 2010 年第 1 期。

〔註359〕毛穎：〈弩機概論〉，引自《東南文化》1998 年第 3 期總第 121 期。

〔註360〕馮沂：〈臨沂洗硯池晉墓出土正始二年弩機考議〉，《中國歷史文物》2006 年第 3 期。

〔註361〕劉洪濤：〈試說《武王踐阼》的機銘（修訂）〉，http://www.bsm.org.cn/show_article.php?id=1068，2009.06.07。

陝西等大部分地區，其年代始於春秋晚期，流行於戰國、秦漢及魏晉
時期，隨後則改進為床弩等大型強力弩機，在古代戰爭中占有舉足輕
重的地位，發揮了重大的作用。不僅如此，古代弩機還曾作為私藏品、
商品等用於收藏及交易。弩機多數長高不盈半尺，但常見有鎏金、錯
金銀花紋之飾，足可見其時人傾注其上的珍愛之情。〔註362〕

　　正如古人對弩機的重視，我們認為戰國楚竹簡上的機銘刻銘於當時視為貴
重之物的弩機上也不足為奇。但弩機形體不大，如何可以刻上銘文？我們以
「三年大將吏弩機」這件屬於戰國晚期之物加以說明。此弩機望山長 8.4、寬
4.55、厚 2.25、鍵徑 1.05 厘米，鈎牙長 6.7、寬 2.48、厚 0.9、鍵徑 1 厘米，懸
刀長 10、寬 1.5、厚 0.98 厘米。兩件栓塞長分別為 3.98 和 3.7 厘米，直徑分別
為 0.92 和 0.9 厘米。重 420 克。這件弩機的望山正背面和懸刀上刻有銘文 23
字，是目前所見弩機中字數最多的一件。記有紀年、多個官職和人名、地名。
弩機所刻的銘文字跡纖細。如附圖：〔註363〕

### 三年大將吏弩機銘文摹本

左：望山正面；右上：望山
背面；右下：懸刀部

　　雖然目前出土的弩機上未見有箴誡性的銘文，但是並不見得不可能，李學
勤也認為「（古人器物上有）箴誡性的銘文是存在的，只是比較少」：

〔註362〕毛穎：〈弩機概論〉，引自《東南文化》1998 年第 3 期總第 121 期。
〔註363〕本圖引自吳鎮烽、師小群《三年大將吏弩機考》一文，《文物》2006 年第 4 期。

　　不少文獻提到古人器物上有箴誡性的銘文，如《大戴禮記·武王踐阼篇》就記載了一些例子。不過，在出土的青銅器上卻找不到這種性質的銘文。過去曾著錄一件「取它人之善鼎」，羅振玉以為是箴的佳例，已有學者指出「取它人」是人名，「善（膳）鼎」是一詞，不能讀成「取他人之善」。近人在山東莒縣發現一柄東周銅劍，有吉語八字，與一般銘文體例不同。看來箴誡性的銘文是存在的，只是為數較少罷了。〔註364〕

　　故以此推測，將弩機視為一種珍藏或隨身的器物來說，簡本中武王要在弩機上刻上「皇=隹堇，㕧生敬，口生詬，譴之口=」這幾個字，應該是可能的。所以原考釋者釋「為機」兩字，可隸定為「所機」而讀為「樞機」，應該就是「弩機」這一種器物。在今本的〈武王踐阼〉篇，武王在十四種器物上鑄銘自戒，其中有三種是武器，分別是劍、弓、矛。如今在簡本上同樣可以在「樞機」這一隨身武器上鑄銘，而且以戰國楚人對弩機的發明和重視，在楚簡本〈武王踐阼〉篇上寫以「樞機」為銘，也反應了戰國楚地文化的一種特色。

　　〔2〕皇=隹堇，口生敬，口生詬，譴之口=

　　楚簡「皇」和「口」字後各有一重文符號，原考釋者釋為「皇皇惟謹，㕧生敬，口生詬，慎之口口」。「皇皇」，指有光儀，輝煌。「堇」通「謹」，慎也。「詬」，恥辱也。「譴」，慎於言辭：

　　　　讀為「機曰：『皇皇惟謹，㕧生敬，口生詬，慎之口口。』」今本作「机之銘曰：『皇皇惟敬，口生詬，口戕口。』」「皇皇」，《詩經·小雅·皇皇者華》「皇皇者華」，毛亨傳：「皇皇，猶煌煌。」《詩·魯頌·泮水》「烝烝皇皇」，毛亨傳：「皇皇，美也。」指有光儀，輝煌。「堇」，《說文·土部》：「與謹通。」「謹」，《說文·言部》：「慎也。」《荀子·王霸》「各謹其所聞」，楊倞注：「謹，謂守行無越思。」《玉篇》：「謹，敬也。」「詬」，通「詬」。《說文通訓定聲》：「詬叚借為詬。」《左傳·哀公八年》「曹人詬之」，杜預注：「詬，詈辱也。」《禮記·儒行》「常以儒相詬病」，鄭玄注：「詬病，猶恥辱也。」「譴」，疑「慎」字或體。《說文·心部》：「慎，謹也。」「慎之口口」，謂慎

──────────

〔註364〕李學勤：《古文字學初階》，萬卷樓，1993 年 4 月初版二刷，頁 49。

於言辭。

復旦讀書會釋為「機（几）曰：『皇皇惟謹口[=]（口，口）生敬，口生旮〈唁—詬〉，䜋（慎）之口=』」意為說話方面要謹慎，「皇皇」為惶恐不安之意：

> 皇皇，整理者引《毛傳》訓為「美也」。按：此說不確。「皇皇」當讀為「惶惶」，義為「惶恐不安」。這裡是說在發語說話方面要十分謹慎，持「戰戰兢兢，如履薄冰」的態度。

復旦讀書會認為孫詒讓在《大戴禮記斠補》中此句讀為「皇皇唯謹口，口生敬，口生唁」，為是。懷疑簡文「謹口▄（口，口）生」一段，「口」下脫漏重文符號，並且認為簡本「旮」字為「唁」之誤寫，應讀為「詬」。簡文「▨」，當隸定作「䜋」，左上從「十」，非「土」：

> 孫詒讓《斠補》：「孔廣森云：王本『敬』下多『口口生敬』四字，嚴校云：《續筆》亦引有『口口生敬』四字。按：王本是也。此讀『皇皇唯敬口』五字句，『口生敬』、『口生唁』皆三字句，『唁』與『詬』聲同字通。言惟敬慎其口，慎則見敬，不慎則招詬辱也。」（參看孫詒讓《大戴禮記斠補》頁214）今按：簡文「謹口▄（口，口）生」一段字跡模糊，疑「口」下當有重文符號（或脫，本篇亦有脫重文符號之例），與孫詒讓《斠補》意見相合。另外，「口生敬」，整理者誤釋為「旮（怠）生敬」。簡文「旮」字為「唁」之誤寫，如上注所言，當讀為「詬」，恥辱。簡文「▨」，整理者隸定不確。此字形實當隸定作「䜋」，左上「十」下的一短橫乃「言」字長橫上的飾筆，不必跟「十」結合看作「土」。

劉洪濤在2009年1月3日發表〈談上博竹書《武王踐阼》的機銘〉一文中表示同意復旦讀書會的說法：

> 讀書會的意見是正確的，這段銘文是告誡人要慎言。[註365]

郝士宏在〈再讀《武王踐阼》小記二則〉認為讀書會隸定為「旮」字是對的，但應讀為「怠」，因為「敬」、「怠」經常對舉。故他認為此句應為「皇皇唯敬口，

---

[註365] 劉洪濤：〈談上博竹書《武王踐阼》的機銘〉，http://www.gwz.fudan.edu.cn/SrcShow.asp?Src_ID=601，2009.01.03。

口生敬，口生怠」。而今本寫作「咶」，是因為旬、咶二字形近，後人傳抄錯誤所致：

> 按，讀書會對字形的隸定是正確的，我們認為「旬」字當讀為「怠」而不同意將「旬」字解釋為「咶」之誤寫。理由如下：首先，本篇簡14有「敬勝怠則吉，怠勝敬則滅」，敬、怠對言，正與此句相照應。其次，傳世典籍中敬、怠在一起對用的例子非常多。如《尚書·泰誓》：「荒怠弗敬。」再者，從意思上來看，把「旬」釋作「怠」可以講得通。「敬」言謹慎嚴肅，「怠」則為怠慢、懈怠之義。《禮記·月令》：「祇敬不飭」，孔疏：「敬為心不有怠慢也」。《詩·周頌·閔予小子》：「夙夜敬止」，鄭箋：「敬，慎也。」又《論語·學而》：「敏於事而慎於言」，竹簡中的「口生敬」即指「慎於言」，而「口生怠」則相當於今天所謂講話隨便冒失而「禍從口出」之意。今本之所以寫作「咶」的原因，可能是旬、咶二字形近，傳抄者本人亦難以根據所錄的底本加以區分，故誤書而傳至今日。〔註366〕

劉洪濤又在2009年3月3日〈用簡本校讀傳本《武王踐阼》〉一文中認為此句為「為機曰：皇皇惟堇（謹）口＝（口，口）生敬，口生旬（殆），慎之口〈＝〉。」劉先生以傳本和簡本比較，認為「敬」、「謹」義近，此「敬」字有可能是「謹」字的同義替換，也有可能是「堇（謹）」字涉下文「口生敬」之「敬」而訛。「口生咶（詬）」的「咶（詬）」可為「詬辱」也可以讀為危殆之「殆」。劉先生認為此句讀為「皇皇惟敬口，口生敬，口生咶（或『殆』），慎之口口」：

> 王應麟注本作「几之銘曰：皇皇惟敬口，口生敬，口生咶，口戕口」〔註367〕，曰：「一無『口生敬』三字。『咶』，一從『言』。」

> 孔廣森曰：「注『咶』有兩訓，疑記文本作『咶生咶』，故盧意謂君有咶恥之言，則致人之咶詈也。王本『敬』下多『口口生敬』四字，恐後人所加。」

---

〔註366〕郝士宏：〈再讀《武王踐阼》小記二則〉，http://www.gwz.fudan.edu.cn/SrcShow.asp?Src_ID=630，2009.01.06。

〔註367〕秋貞案：參黃懷信先生《大戴禮記彙校集注》〈武王踐阼〉，三秦出版社，2005年，頁655。此句應為「王應麟本作『几之銘曰：皇皇惟敬，口口生敬，口生咶，口戕口』」。

孫詒讓曰：「嚴校云：『《續筆》引亦有「口口生敬」四字。』案：洪、王本是也。此讀『皇皇惟敬口』五字句，『口生敬』、『口生咎』皆三字句，『咎』與『詬』聲同字通，言惟敬慎其口，慎則見敬，不慎則招詬辱也。」

王樹枬曰：「俞樾曰：『孔說是也。惟其由「咎生咎」，故謂之「口戕口」。今作「口生咎」者，蓋傳寫奪「咎」字，校者作空圍以記之，遂誤作「口生咎」矣。』」

對照簡本，知傳本當奪去「堇（謹）口=生」四字，王應麟注本有「敬口口生」四字是。「敬」、「謹」義近，此「敬」字有可能是「謹」字的同義替換，也有可能是「堇（謹）」字涉下文「口生敬」之「敬」而訛。從「敬」的意思並不側重慎戒來看，後一種可能比較大。「口生咎（詬）」的「咎（詬）」意為詬辱，簡本「口生句」的「句」可以讀為危殆之「殆」，這兩種讀法都能說得通。「句」的字形跟「句」、「后」都很近，有可能是「句」先訛為「句」或「后」，然後才讀為「咎（詬）」，也有可能是簡本誤「句」或「后」為「句」。在沒有確切證據的情況下，可隨本。簡本無「口戕口」句，但有「慎之口」句為傳本所無。〔註368〕

劉洪濤又於 2009 年 6 月 7 日在〈試說《武王踐阼》的機銘（修訂）〉〔註369〕一文中把關於此銘之考據校讀列出比較，試圖找出合理的說法：

我們先來看機的銘文。通行本銘文作：

1. 皇皇惟敬，口生咎，口戕口。

2. 王應麟本文字與此出入較大，作：皇皇惟敬口，口生敬，口生咎，口戕口。（《踐阼篇集解》頁 3 下欄，《玉海》第六冊附刻）

王氏所見版本中，還有一種沒有「口生敬」三字，作：

3. 皇皇惟敬口，口生咎，口戕口。

孔廣森認為（1）的文字比較接近原貌，他說：注「咎」有兩訓

〔註368〕劉洪濤：〈用簡本校讀傳本《武王踐阼》〉，http://www.bsm.org.cn/show_article.php?id=997，2009.03.03。

〔註369〕劉洪濤：〈試說《武王踐阼》的機銘（修訂）〉，http://www.bsm.org.cn/show_article.php?id=1068，2009.06.07。

（指盧辯注「唂，恥也」、「唂，唂詈也」），疑記文本作「唂生唂」，故盧意謂君有唂恥之言，則致人之唂詈也。王本「敬」下多「口口生敬」四字，恐後人所加。（孔廣森《大戴禮記補注》頁68，商務印書館1939）

俞樾贊同孔氏的說法，他說：此說是也。惟其由「唂生唂」，故謂之「口戕口」。今作「口生唂」者，蓋傳寫奪「唂」字，校者作空圍以記之，則為「□生唂」，遂誤作「口生唂」矣。〔註370〕葉大莊的看法與孔氏、俞氏有些不同，他認為第二個「口」字才是「唂」字之訛，而不是孔、俞二氏所說的第一個「口」字：

疑此記本作「口生唂，唂戕口」，上「唂」訓恥，下「唂」訓詈，上下相承，文同義異，古書多有此例。故盧注「唂」有兩訓，是其明證。「唂，唂詈也」四字，疑本在下文注「言口能害口也」之上。「口能」之「口」亦疑作「唂」。蓋緣記文「唂」字脫省為「口」，遂以「唂，唂詈也」四字與「口戕口」意不相屬，因移置於上文注末，而又改注中「唂」字作「口」，以應「口戕口」之義（葉大莊《大戴禮記審議》卷一，《寫經齋全集》第五冊，北京大學圖書館藏清光緒二十一年玉屏山莊刻本）。

孫詒讓則認為（2）的文字更為可信，他說：

孔云：「王本『敬』下多『口口生敬』四字。」嚴（元照）校云：「《續筆》引亦有『口口生敬』四字。」案：洪（邁）、王本是也。此讀「皇皇惟敬口」五字句，「口生敬」、「口生唂」皆三字句，「唂」、「詬」聲同字通，言惟敬慎其口，慎則見敬，不慎則招詬辱也（孫詒讓撰，雪克點校《大戴禮記斠補》頁214，齊魯書社1988年）。

周亮工則可能認為（3）的文字比較可靠，他說：

古逸書如《穆天子傳》、《汲冢周書》類，凡闕字類作□。武王几銘「皇皇惟敬□，□生垢，□戕□」，亦闕文也（周亮工《書影》頁42，古典文學出版社1957年。又參氏著《與林鐵崖》，《賴古堂集》下冊頁768，上海古籍出版社1979年）。

---

〔註370〕俞樾：《古書疑義舉例》卷五「闕字作空圍而致誤」條，俞樾等《古書疑義舉例五種》頁106～107，中華書局，2005年第二版。

以上校讀都有一定的道理，但是它們各自的缺陷也都是極其明顯的，沒有一種說法能把整個銘文全部貫通。近現代學者一般也都傾向於認為（1）的文字比較可信，只是在「口」字是否為空圍之誤以及哪個「口」字為空圍之誤的問題上存在很大的分歧。〔註371〕

簡本銘文作：皇皇惟謹口＝（口，口）生敬，口生殆，慎之口。

此可證孫詒讓的校讀基本上是正確的。只是由於他沒能解釋清楚「口戕口」一句，所以其說才沒被廣泛接受。根據簡本和孫氏的校勘可知：（1）今本應脫去「謹口口生」四字；（2）洪本、王本與之相當的文字作「敬口口生」，「敬」應是「謹」字之誤，可能是「謹」字涉下文的「敬」字而訛為「敬」；（3）簡本「殆」字原文作「司」，從「台」從「司」，今本與之對應的文字作「詬」，古文字「司」與「后」、「台」與「句」字形相近，可能是今本誤「司」或其偏旁「司」或「台」為「后」或「句」，又以音近寫作「詬」；也可能是簡本誤「詬」或用作「詬」的「后」或「句」為「司」或「台」，故又寫作「司」；作「司」讀為危殆之「殆」和作「詬」讀為詬辱之「詬」都能講得通，在沒有確切證據表明何者為誤的情況下，可隨本；（4）今本「口戕口」一句同簡本「慎之口」對應，「口戕口」可能是「慎之口」的訛誤，也可能是其他文字的訛衍，總之這一句的文字並不可信。根據簡本「謹」字和「慎之口」一句的提示，我們認為銘文的主題確如孫詒讓所說，是告誡人們要慎言。

**秋貞案：**

本簡這句原考釋者隸作「為機曰：皇＝隹董司生敬口生詬詬之口＝」。這一簡在「……董司生……」這裡有嚴重的模糊現象，所以當考釋資料一出，就引起很多人的討論，以下我先把各家的讀法列出，企圖梳理出比較合理的說法：

---

〔註371〕劉洪濤指參看王欣夫述，徐鵬整理：《文獻學講義》頁285～286，上海古籍出版社，1986年；錢鍾書：《管錐編》第三冊頁855～856，中華書局1979年；任銘善：《大戴禮記考論三篇》，王元化主編《學術集林》卷三第17頁，上海遠東出版社，1995年；黃懷信主撰，孔德立、周海生參撰：《大戴禮記彙校集注》頁655～657，三秦出版社，2005年；王培軍：《武王〈几銘〉「口」非闕文證補》，《中國典籍與文化研究》2008年第2期，頁85～88；方向東：《大戴禮記彙校集解》頁632～633，中華書局2008年。

| | 發表人 | 內　容 |
|---|---|---|
| 1 | 原考釋 | 皇皇惟謹，怠生敬，口生詬，慎之口口。 |
| 2 | 復旦讀書會 | 皇皇惟謹口，口生敬，口生唁，慎之口口。 |
| 3 | 郝士宏 | 皇皇唯敬口，口生敬，口生怠，慎之口口。 |
| 4 | 劉洪濤 | 最先同意復旦讀書會所讀，後來又認為應讀為「皇皇惟敬口，口生敬，口生唁（殆），慎之口口。」 |
| 5 | 傳本（今本） | 皇皇惟敬，口生唁，口戕口。 |

以上五種版本的讀法，有很明顯的不同，筆者整理出以下幾點：

甲、原考釋作「皇皇惟謹」四字，讀書會作「皇皇惟敬口」五字，郝士宏、劉洪濤作「皇皇唯敬口」五字，而今本大戴禮記作「皇皇惟敬」四字。

乙、原考釋讀為「怠生敬」，讀書會、郝士宏、劉洪濤作「口生敬」，而今本《大戴禮記》沒有這一句。

丙、原考釋者、讀書會和今本均有「口生唁」一句，郝士宏「口生怠」一句，劉洪濤則有「口生唁（殆）」一句。

丁、原考釋者、讀書會、郝士宏、劉洪濤均讀為「慎之口口」，而今本《大戴禮記》則為「口戕口」一句，很明顯不同。

就字形上來說，以簡本的圖版看來，「皇」字下有一重文符號，而且從「皇」字下一直到「敬」字這一段開始漫漶不清（見下圖紅線框的地方），但是還是依稀可見簡本所書為「皇﹦隹堇」四字。參見下二圖（簡7中一段）：（左為原圖，右為筆者所描出的字形示意圖）

（原圖）　　　　　　　　　（描出字形示意圖）

上圖「菫」字是對照參考簡10「毋菫弗志」的「菫」字「」和《郭店‧老乙‧9》的「菫」字「」而描摹出來。這裡短短一句就同時出現「菫」和「敬」字，書手應該是有所區別，不太可能把「菫」字當作「敬」字的訛寫，所以筆者認為原考釋者所隸的字形「皇=隹菫」是正確的。

「皇」字下可見重文符號，讀為「皇皇」，原考釋者釋為「光儀，輝煌」，不確。筆者認為「菫」通「謹」，慎也。則「皇皇」應用於形容「言語」方面。讀書會釋為「惶惶」不安狀，並不能形容「言語」方面的相狀。「皇皇」如「穆穆」一般，《爾雅‧釋詁下》：「皇皇，美也」邢昺疏：「皇皇、穆穆者，皆言語容止之美盛也。」《荀子‧大略》「穆穆皇皇」楊倞注引《爾雅》：「皇皇，正也。」郭璞云：「皇皇，自脩正貌。」《說文》：「皇皇，大也」。「惟」字可以當虛詞解。「皇皇惟謹」即是要很謹慎之意。簡本上的「皇=隹菫」正是指「要很謹慎言語容止之美盛端正」。

再來原考釋者說「訋（忽）生敬」，這點我們可參考《楚系簡帛文字編》的「訋」字條〔註372〕，諸多字形，筆者不一一列舉。而且同一書手所寫的簡3「忽」字為、簡4，只要比對字形的位置就可以很容易明白，推測「菫」和「生」之間，即字與字之間的距離，應只容得下「口」字，不太可能是原考釋者所隸的「訋」（忽）。所以研判應該是如讀書會作「口」字比較可從，讀為「口生敬」，而且下面也有兩個「口」字可資對照。

再來「皇=隹菫」下的「口」字下部是否有重文符號？由於圖版太過模糊，所以很難判斷。筆者推斷讀書會認為有重文號的原因，大概是因為今本《大戴禮記‧武王踐阼》的集解有這一段話：

> 孫詒讓《斠補》：「孔廣森云：王本『敬』下多『口口生敬』四字，嚴校云：《續筆》亦引有『口口生敬』四字。按：洪、王本是也。此讀『皇皇唯敬口』五字句，『口生敬』、『口生咶』皆三字句，『咶』與『詬』聲同字通。言惟敬慎其口，慎則見敬，不慎則招詬辱也。」〔註373〕

故讀書會認為「口」字下有重文號，甚至可能是脫漏重文符號。因為此處

〔註372〕滕壬生《楚系簡帛文字編》，湖北教育出版社，1995年，頁124的「訋」字條。
〔註373〕參看方向東撰《大戴禮記匯校集注》頁632注[一八]，中華書局，2008年。

實在漫漶不清，故以這些清儒的考據文獻和出土的簡本對照來看，這種推測也頗有可能，況且出土的簡本為「口生敬」、「口生唁」，孫詒讓在《斠補》中說所見的王本有「口口生敬」四字，故更加「口」下有重文號的可信度。

今本《大戴禮記》的集解裡有「孔廣森曰「注『唁』有兩訓，疑記文本作『唁生唁』，故盧意謂君有詭恥之言，則致人唁罵也。王本『敬』下多『口口生敬』四字，恐後人所加。」〔註374〕如今我們更可理解，當時人沒有看到簡本出土，故會認為「口口生敬」四字，恐後人所加。故可想見在傳抄的過程中可能因為重文的脫漏，或漏抄的緣故，以致後人所見版本有如此不同，不過也有可能在當時有不同的版本流通傳抄，也未可知。

再來簡本為「口生敬，口生唁，譬之口=」，其中「唁」字，簡本字形為「」（以下以△代）。△字原考釋者、讀書會、今本都讀為「唁」，郝士宏讀為「怠」、劉洪濤讀為「殆」，許文獻釋為「詞」。

△字在楚簡裡常見，如「」（郭店·語四1）「言以司（詞）」讀為「詞」，兩者的區別在於△字的一橫畫在「口」上，而「」的一橫畫在上方。另外楚簡本更常見的有「」（上二·容·29）「驕態始作」讀「始」，這類字很多，可查閱《楚系簡帛文字編》第124頁，此字比△字在上方多一橫畫。楚簡文字字形多變，這些應該都是屬同一字。此字李守奎在《上海博物館藏戰國楚竹書一～五文字編》中認為「『旬』從台從勹，或從吕從司，雙音符字。簡文中有『始』、『辭』等讀法。」〔註375〕在何琳儀《戰國文字通論訂補》「戰國文字形體的演變」談到文字「異化」的現象：「『異化』則是對文字的筆畫和偏旁有所變異，異化的結果，筆畫和偏旁的簡繁程度並不顯著，而筆畫的組合、方向和偏旁的種類、位置則有較大的變化。」其中「司」和「后」就是屬於「方位互作」的「正反互作」的部份。「戰國文字，由於政令不一，文字異形，其方向和位置的安排尤為紛亂」〔註376〕，例如（「司」戰國璽彙0015）和（「司」戰國璽彙0027）〔註377〕。

---

〔註374〕參看方向東撰《大戴禮記匯校集注》頁632注[一八]，中華書局，2008年。

〔註375〕李守奎、曲冰、孫偉龍編著：《上海博物館藏戰國楚竹書（一～五）文字編》，作家出版社，2007年，頁62。

〔註376〕何琳儀：《戰國古文字典》，北京：中華書局，1998年9月，頁227。

〔註377〕湯餘惠主編：《戰國文字編》，福建人民出版社，2005年8月第2次印刷，頁615。

　　故△字可隸為「訇」和「旬」無別，「司」和「后」偏旁可互作，故讀如原考釋者「詬」，可從。如果釋為「怠」，雖然文獻典籍常有「敬」、「怠」對舉，一旦如此，「敬」應釋為「敬慎」意，才能和「怠」字對舉。再說本簡也出現「怠」字如簡3、簡4，和此字寫法不同。書手應是有意區別。

　　如果△字釋作「殆」，意為「危險」。「口生詬」於義比「口生殆」為佳。此句勸人「慎言」，意為「話說得體會讓人欣賞而尊敬，話說得不恰當會遭人詬病而蒙羞」應比「說話不當而導致危險」好，「尊敬」和「蒙羞」正好相對。故原考釋者釋「詬」為「訽」：

　　　　《說文通訓定聲》：「訽叚借為詬。」《左傳‧哀公八年》「曹人詬
　　　　之」，杜預注：「詬，詈辱也。」《禮記‧儒行》「常以儒相詬病」，鄭
　　　　玄注：「詬病，猶恥辱也。」

　　《說文》「詬」：「謑詬也」。「謑」：「謑詬，恥也。」簡本上此句「口生敬，口生詬」，原考釋所說可從。

　　「慎之口＝」的「慎」字在楚簡上字形為「」，原考釋者隸為「譥」，復旦讀書會隸為「謜」，認為左上「十」下的一短橫乃「言」字長橫上的飾筆，不必跟「十」結合看作「土」。讀書會所說可從，但是這個字應隸為「譺」釋為「慎」。在楚簡文字中「慎」的異體字形很多，如：「斮」、「𦔩」、「𣂏」、「憖」、「懃」等〔註378〕。本簡「譺」，應為「慎」的或體。《說文》「慎」：「謹也。」段注云：「言部曰謹者，慎也。二篆為轉注。」

　　「慎之口口」一句如何解釋呢？各家都沒有對此加以說明。今本《大戴禮記‧武王踐阼》中則為「口戕口」一句，王聘珍解釋為「戕，害也。」引《大學》曰：「言悖而出者，亦悖而入。」〔註379〕簡本和今本的出入頗大。在簡本中很明顯「慎之口＝」，「口」字下有重文符號，在文意解釋上如果只是原考釋者的「慎於言辭」，那麼有重文的必要嗎？只要「慎之口」就充分表達這一個意思了，為何要加重文符號？這是一個很有趣的問題。

---

〔註378〕參考滕壬生《楚系簡帛文字編》，湖北教育出版社，1995 年，頁 1177～1178。和
　　　　《上海博物館藏戰國楚竹書（一～五）文字編》李守奎、曲冰、孫偉龍編著，作家
　　　　出版社，2007 年，頁 482～483。
〔註379〕參看方向東撰《大戴禮記匯校集注》頁 632 注[一八]，中華書局，2008 年。

當筆者看了裘錫圭的〈再談古書中與重文有關的誤文〉一文後，有一些新的想法。裘先生在文中說：

> 前人早就指出，古書中的誤文往往與重文的脫漏和誤讀等事有關，我在發表於 1980 年的《考古發現的秦漢文字資料對於校讀古籍的重要性》一文中，也談到這方面的問題。文中說：「秦漢時代的書寫習慣，還有一點應該注意，那就是表示重文的方法。在周代金文裏，重文通常用重文號『＝』代替，而且不但單字的重複用重文號，就是兩個以上的詞語以至句子的重複也用重文號。……知道了古人表示重文的習慣，就可以糾正古書裏與重文有關的一些錯誤。」〔註380〕

日前又見楊錫全的《出土文獻重文用法新探》一文，更強化了筆者之前的想法。楊錫全於文中說到：

> 「重文用法除了傳統定義的『承前重文』之外，還有一種特殊的重文形式，即『承上重文』。對於重文用法的這一新認識，有助於我們正確釋讀出土文獻材料。」楊先生對於「承上重文」的定義為：「出土文獻中的重文可以是單字重文、單個詞重文，或是整句重文。其共同特徵是重文號緊隨它所重複的文字出現。此種重文可以稱之為『承前重文』。考察發現，除了此種『承前重文』，出土文獻中存在另外一種重文形式，即重文號代替的文字不是符號前面的文字，而是上文中出現過的文字，我們稱之為『承上重文』。基於此，使得我們對重文用法有了新的認識。」〔註381〕

裘錫圭已經提到「句子重複也是重文」的看法，再加上楊錫全這篇對「承上重文」的研究，讓筆者在釋讀《上博七〈武王踐阼〉》簡 7 的「皇＝佳菫，囗生敬，囗生𧮫，慎之囗＝」這一句有一些觸發，所以筆者大膽研判：

甲、在「慎之囗＝」有重文符號，而「皇皇惟謹」的「囗」下無重文符號，那麼這一句為：「皇皇惟謹囗生敬囗生𧮫慎之囗＝」，其斷句可以為：「皇皇惟

---

〔註380〕裘錫圭，〈再談古書中與重文有關的誤文〉，http://www.gwz.fudan.edu.cn/SrcShow.asp?Src_ID=819，2009.06.08。此文發表於《中國社會科學》1980 年第 5 期，已收入裘錫圭著《古代文史研究新探》（江蘇古籍出版社，1992 年 6 月），引文見頁 38～39。

〔註381〕楊錫全：〈出土文献重文用法新探〉，http://www.gwz.fudan.edu.cn/SrcShow.asp?Src_ID=1145，2010.05.10。

謹，口生敬，口生詬，慎之『口生敬，口生詬』」。

乙、在「慎之口＝」有重文符號，而「皇皇惟謹」的「口」下也有重文符號，釋為「皇皇惟謹口＝」，那麼這一句為：「皇皇惟謹口＝生敬口生詬慎之口＝」，斷句應為「皇皇惟謹，口生敬，口生詬，慎之『口生敬，口生詬』」，這個「慎之口＝」的重文符號可以表示要重覆「口生敬，口生詬」這一句。

丙、在「慎之口＝」有重文符號，而「皇皇惟謹」的「口」字上有重文符號，釋為「皇皇惟謹＝口」，那麼這一句為：「皇皇惟謹＝口生敬口生詬慎之口＝」，斷句應為「皇皇惟謹，口生敬，口生詬，慎之『口生敬，口生詬』」，這個「慎之口＝」的重文號可以表示要回到前面去重覆「口生敬，口生詬」這一句。

以上三句的文意上其實都是一樣的。「皇皇惟謹」即是要言語謹慎之意。因為「口生敬，口生詬」，所以要「慎之『口生敬，口生詬』」，而「慎之口＝」的重文，正是要特別申明所要謹慎之處。

總之，「慎之口＝」的重文號，有標示作用，表示要回讀「口生敬，口生詬」這一句。筆者和裘先生及楊先生的看法一致，認為重文號，不只用於「單字」或「詞」的重複，「句子」的重複，也是一種重文形態。至於前三種推測，筆者傾向第三種看法，理由是再仔細看簡7的圖版（見上圖），發現「董」字和「口」字之間偏右，似乎有一些墨跡，能容下字的空間不大，但可以容下重文符號，故如筆者所推測，此重文號正是要重覆「口生敬，口生詬」這一句，特別加上去的。筆者期待更多出土的材料可以證明這個臆測。

### 2. 整句釋義

樞機上為銘曰：「言語容止之美盛端正要很謹慎啊！話說得體會讓人欣賞而尊敬，話說得不恰當會遭人詬病而蒙羞，所以要謹慎『口生敬，口生詬』這句話啊！」

## （七）檻〔1〕名曰：見兀前，必慮兀逡

### 1. 字詞考釋

### 〔1〕檻

楚簡上字形「■」原考釋者釋「鑑」。鑑銘曰：「見其前，必慮其後」：

讀為「鑑銘曰：『見其前，必慮其後。』」今本作「鑑之銘曰：『見

爾前，慮爾後。』」「見其前，必慮其後」與「前覆後戒」同。

復旦讀書會亦同。

秋貞案：

《說文》「檻：櫳也。」並無「鑑」之意。原考釋者釋為「鑑」應是「見其前，必慮其後」意義所致。大徐本《說文》「鑑」：「大盆也，一曰監，諸可以取明水於月从金監聲。」《考工記》云：「鑑亦鏡也。」

容庚《商周彝器通考》下編「水器及雜器」中釋「鑑」〔註382〕，其狀侈口無足，兩耳銜環，如「攻吳王夫差鑑」，有四耳有流者，如「竊曲紋獸流鑑」，有圈足四耳者等等八器約在春時期：

> 字通作「濫」，《莊子・則陽》「靈公有妻三人，同濫而浴」，《墨
> 子・節葬》「几梴壺濫」是也。又其用以盛冰，《周禮・凌人》「春始
> 治鑑，凡外內饔之膳羞鑑焉，凡酒漿之酒醴亦如之。祭祀共冰鑑」
> 注「鑑如甄，大口，以盛冰，置食物於中，以禦溫氣」是也。

此處楚簡的「檻」借為「鑑」可以作盛水的鑑器，也可能當作「鏡子」解。在鑑器內盛水，也可以照人；而於商朝時即有銅鏡，故也可當作「銅鏡」解。李學勤先生《青銅器與古代史》〔註383〕中提到「銅器在戰國中期興盛，並成為一種藝術品，戰國鏡發現的以楚國最多，其他列國的也有所見。除了一些素鏡外，銅鏡多有各種各樣的紋飾。」所以不論是「鑑」或「鏡」，和此器的銘文都可對應。汪照曰：「集解真氏曰：『鑑雖甚明，見面而不見背，猶吾一心有所明亦有所敝，患常伏於照案所不及，過常生於意慮所不周，故雖聖人懷乎隱憂。』」戴禮曰：「有始易，有卒難。亦猶照鏡之見前而不能見後也。」〔註384〕故「見其前，必慮其後」意同「瞻前顧後」之意。

### 2. 整句釋義

鑑上鑄銘曰：「瞻其前，也得顧其後。」

(八) 𥂁鑑〔1〕名曰：與亓溺於人，盅溺=於=淵□〔2〕猶可遊，溺於人不可求

---

〔註382〕容庚：《商周彝器通考》，上海人民出版社，2008 年 8 月，頁 353。

〔註383〕李學勤：《青銅器與古代史》，聯經出版，2005 年，頁 21。

〔註384〕參看方向東撰《大戴禮記匯校集注》頁 633 注[一九]，中華書局，2008 年。

## 1. 字詞考釋

〔1〕鎜

楚簡的字形「」（以下以△代），原考釋者釋為「鎜」：

「鎜」，從金，盤聲。《說文》：「盤，古文從金、盤。籀文從皿。」

復旦讀書會認為△字隸為「鎜」，讀為「盥」，古代的洗手器皿：

鎜字從宛得聲，可讀為「盥」，「盥」是古代洗手的器皿。《儀禮‧既夕禮》：「夙興，設盥於祖廟門外。」《大戴禮記》作「盥盤」。

今本《大戴禮記》〈武王踐阼〉盥盤之銘曰：「與其溺於人也，寧溺於淵。溺於淵猶可遊也，溺於人不可救也。」

何有祖在〈上博七《武王踐阼》「盥」字補釋〉認為應釋作「盥」，字的隸定為「從金從皿，從安聲」：

盥銘見於中山王器，也見於今本《大戴禮記‧武王踐阼》。所以我們贊同釋作「盥」。不過現有隸定還可商榷。「盥」字簡文作「」，楚簡「安」字有如下形：

矢 （《五行》30）　　　　　　　彔 （《民之父母》4）

與「盥」字右上形同。字當分析為從金從皿，從安聲。安上古音在元部影紐，盥在元部見紐，韻部相同，聲為喉、牙音，古音相近。劉洪濤先生在討論過程中也指出「碗」原從安，當與盥音近（見《上博七‧武王踐阼》校讀〉學者評論處，復旦網）。復旦讀書會已經證明從宛之字可讀作盥，而白于藍先生編著《簡牘帛書通假字字典》指出從安之字可與從宛之字通作。可見，簡文當隸定為「安（從金從皿）」，仍讀作「盥」。〔註385〕

張振謙在〈《上博七‧武王踐阼》箚記四則〉一文中「釋盤」認為△字應隸為「鎜」，讀為「盤」：

此字應隸定為「鎜」，讀為「盤」。楚簡「凡」作：

郭店簡・性自命出 10

郭店・語叢 38

上博六・天子建州（乙）1

上博六・天子建州（乙）7

與其所從「凡」形近，以此，此字可隸定為「盤」，讀為「盤」。

凡，並紐侵部字；盤，並紐元部字，雙聲可通。〔註386〕

福田哲之在〈《上博七・武王踐阼》簡6、簡8簡首缺字說〉一文中推測△字若為「盤」字前面應有一字「盨」為是：

……鑒銘曰：見其前，必慮其後。【簡7】[盨？]盤？銘曰：與其溺於人，寧溺於淵，……【簡8】《上博七・武王踐阼》

……鑑之銘曰：見爾前，慮爾後。盨盤之銘曰：與其溺於人也，寧溺於淵。……《大戴禮記・武王踐阼》

從簡7後「見其前，必慮其後」之「其前」與「其後」間的對應來看，「鑒銘」的內容可被認為以「後」字結束。另一方面，根據各銘文的並列關係來看，「後」字之後存在接續詞的可能性極低。據上述內容推定，簡8簡首的缺字可以毫無疑問的設想為是有兩個字組成器皿名的第一個字。針對簡8開頭器皿名第二個字的釋讀，原釋中釋為「從金從盤（盤）」，復旦大學出土文獻與古文字研究中心研究生讀書會釋為「從金從盨（盨）」，何有祖先生則釋為「從金從安從皿（盨）」。雖然何先生在字形和音韻上的見解都很出色，但依此可看出簡本與傳本的文字有異，雖對第一個字的候補有所提示，不過最終尚難定論。且若依何先生所釋字當「從金從安從皿（盨）」，就有「安」字字形稍有不自然之感的問題出現。依鄙人拙見若假設該字釋為「從金從盤（盤）」的譌體，從其與傳本的整合性來看，缺失的第一個字設想為「盨」會較為穩妥。有關此點，今後還需進一步探討。〔註387〕

〔註386〕張振謙：〈《上博七・武王踐阼》箚記四則〉，http://www.gwz.fudan.edu.cn/SrcShow.asp?Src_ID=613，2009.01.05。

〔註387〕福田哲之：〈《上博七・武王踐阼》簡6、簡8簡首缺字說〉，http://www.bsm.org.cn/show_article.php?id=1007，2009.03.24。

網友海天遊蹤（蘇建洲）和 lht（劉洪濤）在網路上的一段相關討論。〔註388〕
海天遊蹤同意福田哲之的說法：

> 簡 8 開頭讀為：「【盥】盤」有可能是對的，除了今本文獻可對
> 照外，青銅器亦有「盥盤」的文例，如《集錄》1000 所載淅川下
> 寺 M2：52 倗盤：「倗之盥盤」；又如《集成》10099 徐王義楚盤：
> 「自作盥盤」（「盥」字參李家浩先生考釋，《古研》19 頁 91）。所
> 以《武王踐阼》簡 8 簡首首字缺「盥」是可以的。至於第二字，與
> 其認為是字形訛變，恐怕分析為音近讀為「盤」更為合理。該字可
> 如何有祖先生分析為從金從安從皿，顯然是從「安」得聲，元部影
> 紐；盤，元部並鈕。疊韻，聲紐看起來似遠，不過是有可能相通的。
> 如《易‧革》：「君子豹變其文蔚也」，《說文‧文部》斐下引「蔚」
> （影）作「斐」（滂），《古字通假會典》頁 599。又如《性自命出》
> 31「鬱陶」之「鬱」（影紐物部），馮勝君先生以為實為「誖」字（並
> 紐物部），參《郭店簡與上博簡對比研究》頁 224～225，與《武王
> 踐阼》聲韻情況正同。又如膇，《說文段注》頁 215 曰讀與「靁」
> （影鐸）同。《天星觀》、《秦家嘴》的「紳膇（影紐鐸部）」即文獻
> 的「申縛（並紐鐸部）」，參《楚地簡帛思想研究（二）》頁 267。
> 亦與《武王踐阼》情況相同。綜合以上，則該字確有可能音近讀為
> 「盤」。

網友 lht：

> 我曾經寫過一則箚記，大意是今本「盤」可能為衍文。根據有
> 二，一是簡本作從「安」之字讀為「盥」，沒有「盤」字；一是今
> 本「履屨」，王念孫認為「履」字為衍文，可以類比。王念孫認為
> 本是一本作「履」、一本作「屨」，後人誤合之耳。我們推測，可能
> 也是一本「盥」一本作「盤」，後人誤合之。我們又提供了另一種
> 可能，即作器皿名稱講的「盥」不為人所熟悉，後人才在其後加一
> 「盤」字以明之。我們當時傾向於後者。後來由於考慮到從「安」
> 之字上面可能有缺文，所以在發表《用簡本校讀傳本〈武王踐阼〉》

時，刪去了這一條。雖然我放棄了上面的意見，但我對從「安」之字應讀為「盥」還是堅持的。《學記》《正義》作「盂盤」，這說明器名之字並不僅僅是「盥盤」這麼簡單，很可能有很多異文。在不能確定是否完全對應今本的情況下，我覺得還是找跟與「安」讀音最近的字為好，次序應放在其後考慮。

海天遊蹤：

　　《學記》《正義》作「盂盤」，末字依然是盤。既然已知竹簡「安」字上面有缺文，則「安」對應「盤」，總不能說無據吧？反過來說，既然《學記》《正義》作「盂盤」，則竹簡「安」字又如何確定一定讀為「盥」呢？

網友 lht：

　　蘇兄看重的是位置，我看重的語音。這是我們的分歧。以現在的材料來看，還不足以判斷孰是孰非，所以我們存異吧。我提供《學記》《正義》的異文，只是想說從「安」之字釋讀為「盤」也不是百分之百的有把握，僅此而已。

秋貞案：

　　△字較爭議的點在於應釋「盤」或是「盥」？從字形來看，△字的右上「」是「安」或是「夗」呢？筆者將△字再描一次，試圖以書手的筆順去

還原，並考慮筆墨因時間久遠而模糊掉的筆畫，形成這樣的字形「　　」。

以此看來△字的右上部應從「安」，不從「夗」。筆者認同何有祖的說法，△字「從金從皿，從安聲」，但是不認為△字釋為「盥」。△字應釋為「盤」，原因是簡 8 的長度是此篇 15 支簡中最短的一支，據原考釋者所說有 41.6 釐米，如前第 1 支簡是 42.3 釐米，都還認為少了第一字「武」，更何況是本簡比它短 0.7 釐米，如果「盤」字之前已無字，是不合理的現象。故筆者同意如福田哲之認為「盤」字之前應有「盥」字是正確的看法，網友海天遊蹤又將釋「盤」的並紐和釋「安」的影紐的關係理由說明得相當精到。另外，今本也是「盥盤」之銘，故可證之。

「盥盤」亦作「盥槃」。古代承接盥洗棄水的器皿。明劉績《三禮圖‧鼎
俎‧盥盤》：「盥，謂用匜沃盥洗手也；盤，謂承盥洗者棄水之器也，故謂之盥
盤。舊圖雲，口徑二尺一寸，受二鬥。」清夏炘《學禮管釋‧釋槃》：「奉匜者
以流注水於手，奉槃者自下承之，盥水悉注於槃，盥卒又授巾拭之。若是者
謂之盥槃。」〔註389〕在湖北省博物館裡藏有一件「塞公孫𦥑父匜」為春秋早
期的青銅禮器，1969 年湖北枝江百里洲出土。通高 20.3 釐米，長 34.5 釐米，
腹深 7.6 釐米，足高 6.5 釐米。曲緣橢形，弇口，腹微鼓，流上作獸首形，平
底，四扁體獸足。流上有象鼻紋，頸部飾蟠虺紋，腹飾一周瓦紋。器底內有銘
紋 29 字：「唯正月初吉庚午，塞公孫𦥑父自作盥匜，其眉壽無疆，子子孫孫
永寶用之。」出土時鋬已殘，匜置於盤上，為一套盥洗用具。〔註390〕是故△
字為「盤」字，而且之前的缺字應為「盥」，福田哲之的看法可從。

〔2〕淵

楚簡上的字形為「」（以下以△代），原考釋者隸為「宋」釋「淵」，深潭
之意：

> 「淵」，《論語‧泰伯》「如臨深淵」，何晏注：「淵，潭也。」《管
> 子‧度地》：「出地而不流者，命曰淵水。」指陷入深潭之中。

復旦讀書會和今本均釋「淵」。

程燕在〈上博七《武王踐阼》考釋二則〉一文中，認為△字應釋為「深」
而非「淵」，但是對照今本該處為「淵」。「深」和「淵」有文獻可通：

> 上博七《釋文》將此字隸作「宋」，釋作「淵」。按：從字形上
> 看，此字並不是「淵」，而應釋作「深」。字形與郭店簡「深」非常
> 近似：

郭店‧五行 46　　　　　　　　　　郭店‧五行 46

> 《郭店楚墓竹簡》釋文根據辭例將以上諸形釋作「深」，非常
> 正確。（151 頁）上博七水形是橫寫的，上有一橫筆，應為飾筆。

---

〔註389〕參考漢典：http://www.longwiki.net/%E7%9B%A5%E7%9B%98。
〔註390〕高至善：《楚文物圖典》，武漢：湖北教育出版社，1999 年，頁 81。

從「宀」從「水」會深之意。

　　「深」在古文獻中可以作為「深淵」之省稱。《禮記・曲禮上》「不登高，不臨深。」《抱撲子・外篇・詰鮑》：「臨深履薄，懼禍之及。」故簡文「深」可以理解為「深淵」之義，今本與之相對的字作「淵」。〔註391〕

海天（蘇建洲）在回應程燕〈上博七《武王踐阼》考釋二則〉一文中，認為△字應釋為「泉」。或可思考「泉、淵」義近而換讀：

　　（《傳抄古文字編》頁 1140），與簡文字形接近（橫看便是一字）。泉是元部，與其上的「人」為真元合韻。如同《凡物流形》27：尋墙而豐（禮），並（屏）嫛（氣）而言[元部]，不遴（失）亓（其）所然[元部]，古（故）曰𡘊（堅—賢？）[真部]。（參陳志向先生文章）。也可以思考為：泉、淵義近而換讀，如《楚帛書》的「黃淵」即古書常見的「黃泉」，參吳振武先生〈燕國刻銘中的「泉」字〉《華學》第 2 輯頁 49。〔註392〕

許文獻在〈上博七「沱」字與《詩經》「江有汜」篇詁訓試說〉一文中認為△字和古文的「淵」形不類，應釋為「沱」，指水匯急流之意：

　　據以上諸說，知學者仍多將簡文此例釋為與「淵」相涉之形構，惟「淵」字本從水之合體象形例，而楚系「淵」字雖從水、且類近《說文》古文之形，然而，所見各形或作：

楚帛書乙　　　　　　　　　郭店簡《性自命出》簡 62

　　此皆與《武王踐阼》簡此例不甚相近，故竊疑簡文此例當非「淵」字。

　　上引程燕先生又曾將此字釋作「深」。然而今復考簡文此形，知其形雖稍嫌漫漶，且其例甚至新蔡簡之「沿」等形尤為類近，然而，

〔註391〕程燕：〈上博七《武王踐阼》考釋二則〉，http://www.gwz.fudan.edu.cn/SrcShow.asp?Src_ID=607，2009.01.03。

〔註392〕程燕：〈上博七《武王踐阼》考釋二則〉，http://www.gwz.fudan.edu.cn/SrcShow.asp?Src_ID=607，2009.01.03。

楚系「深」、「介」等形分用甚明，並似與簡文此形猶存別異，今以所能辨識之形構而言，倘析言之，則或可釋為從水從它之形構，當即「沱」字。楚系「沱」字大抵可分作二形，茲復引其字表要例：

| 字形<br>隸定 | 第一形 | 第二形 |
|---|---|---|
| 沱 | <br>屈淑沱戈 | <br>包山簡簡170<br><br>郭店簡《五行》簡17 |

知《武王踐阼》簡此例之形，其與楚系「沱」字之形異者，乃在於字形結構之組成耳，而此類字形結構之關係，當如楚系「浩」、「浴」等字所從「水」旁左下二位異化互見例，亦皆可歸為一字之異構，且簡文此例上所從它，其形沒入水旁，亦具平衡字體結構之效也。

……據上所述，知上博《武王踐阼》簡簡8舊釋為「淵」之例，當即「沱」字，並指水匯急流之意也。〔註393〕

周宏偉在〈也說上博七「沱」字之義〉文中回應許文獻的看法，認為「沱」字實際是先秦時期的「池」字，「沱」、「池」本一字：

簡帛網近日發表許文獻先生《上博七「沱」字與〈詩經〉「江有氾」篇詁訓試說》（http://www.bsm.org.cn/show_article.php?id=1011），謂上博簡「盤銘曰：『與其溺於人，寧溺於沱；溺於沱猶可遊，溺於人不可救』」（《武王踐阼》簡8）中之「沱」字，「當表水流狀之義，或與『回水』義『淵』字互為義近而通之異文」。筆者以為，這樣的解釋並不正確。沱，其實簡單就是「池」字的異寫。因為，先秦時代，沱、池一字。筆者4年前曾撰《「滇池」本在成都平原考》（刊《西南師範大學學報》（人文社會科學版）2005年5期，後收入拙著《長江流域森林變遷與水土流失》，湖南教育出版社2006年）一文，其中有如下與「沱」義相關的論述，可供參考：

也許有人會說，戰國時代尚「方三百里」的「滇池」如果真在成都平原上的話，怎麼《漢書・地理志》中不見支字記載？湖泊的消失固是一個必然過程，但「方三百里」的「滇池」也不至於消失得如此之快吧？筆者以為，成都平原「滇池」在《漢書・地理志》中是有記載的，只是這個記載並不是以「滇池」一名出現的。試看《漢書・地理志》「蜀郡」條下的一處文字：

郫，《禹貢》江沱在西，東入大江。

這裏的所謂「江沱」，筆者以為就是「江池」，也就是指「滇池」。這麼說有二個理由。首先，這裏的「江沱」二字肯定不能點斷作「江、沱」，否則，這句話的意思就無法理解。今中華書局點校本《漢書》中以「江沱」作一地名是正確的。其次，上古時代，「沱」、「池」讀音相同（定紐歌韻），本為一字，「池」完全可以異寫作「沱」。近人著名古文字學家陳夢家在《禺邘王壺考釋》一文中即說：「金文沱、池一字，以池為池沼，為停水，為城池，……沱即池。」（陳夢家《禺邘王壺考釋》，載《燕京學報》21 期，1937）宋徐鉉亦雲：「池沼之池，通用『江沱』字。」（〔清〕段玉裁《說文解字注》第十一篇上二「池」。按：今《說文》本無「池」字，段《注》中「池」字乃段氏所補）所以，我們現在只要把上引文的「江沱」理解為「江池」，就言通意順了。順便說，上古文獻中的「沱」字，諸如《尚書・禹貢》「沱、潛既導」、「江、沱、潛、漢」、「岷山導江，東別為沱」，《詩・召南》「江有沱」及毛傳「沱，江之別也」，《說文》「沱，江別（流）（按：（清）段玉裁《說文解字注》雲：「今《說文》衍『流』字，宜刪。」段說是）也」之類，都應該理解為「池」，才不至於我們今天以之研究歷史地理問題時造成認識上的誤區。

可見，把「沱」理解為「池」，《武王踐阼》簡 8 中「與其溺於人，寧溺於沱；溺於沱猶可遊，溺於人不可救」一句的含義就十分清楚了。〔註394〕

---

〔註394〕周宏偉：〈也說上博七「沱」字之義〉，http://www.bsm.org.cn/show_article.php?id= 1023，2009.04.14。

**秋貞案：**

△字應為何字？綜合以上學者的意見表列如下：

| 發表人 | 釋　字 | 內　容 |
|---|---|---|
| 原考釋 | 隸為「宋」釋「淵」 | 深潭之意。 |
| 讀書會 | 釋「淵」 | |
| 程燕 | 隸為「宋」釋「深」 | 「深淵」之義 |
| 蘇建洲 | 釋為「泉」 | |
| 許文獻 | 釋為「沱」 | 水匯急流之意 |
| 周宏偉 | 釋「沱」字為「池」 | |

綜合以上，學者對△字有「淵」、「深」、「泉」、「沱」、「池」五種釋讀。

首先看「沱」字，《楚系簡帛文字編》有兩字形「（包2.170）「喜～人宋丹」、「（郭5.17）「能差～（池）其羽」。〔註395〕許文獻將△字認為是「沱」字的異體，此說不確。原因有二：一是△字和「沱」字均除去「水」旁之後，「㡴」和「㕚」不同。二、「與其溺於人，寧溺於『沱』」，「沱」字上古音在定紐歌部，「人」在日紐真部，並不諧韻，故應排除「沱」字。「沱」、「池」可通假，若非「沱」字即無「池」字之可能。

剩下「淵」、「深」、「泉」三字的可能。再看「淵」字，「淵」從「水」「開」聲，是「開」之繁文。《說文》「淵」：「回水也。從水，象形，左右岸也，中象水皃。」「開」，何琳儀《戰典》：

> 「象潭內有水之形」「淵」，《論語‧泰伯》「如臨深淵」，何晏注：
> 「淵，潭也。」《管子‧度地》：「出地而不流者，命曰淵水。」……
> 戰國文字承襲金文。〔註396〕

為了更清楚字形，以下表列「淵」字甲骨、金文、戰國文字、魏晉漢隸的字形的演變。

| | 字　形 |
|---|---|
| 甲骨文 | （後上15.2）（與說文古文同）〔註397〕 |

〔註395〕見滕任生：《楚系簡帛文字編》「沱」字條，頁938。

〔註396〕何琳儀：《戰國古文字典》下冊，北京：中華書局，2007年5月第3次印刷，頁1107。

〔註397〕《甲骨文編》頁463。

| | |
|---|---|
| | （屯 722）、（合 29401）〔註 398〕 |
| 金文 | （牆盤）（沈子它簋）（中山王礜鼎）〔註 399〕<br>（戰國・齊・子淵戈）〔註 400〕 |
| 戰國 | （郭・性・62）、（上博三・彭 4.8）<br>（上博五・君 1.2）、（上博五・君 1.8）<br>（上博五・君 2.32）、（上博五・君 3.35）<br>（上博五・君 4.1）、（秦石鼓・汧殴）〔註 401〕<br>（楚帛乙 7.10）、（楚帛乙 2.24）〔註 402〕 |
| 漢魏晉 | （西漢・老子乙前 92 上）<br>（西漢・龍淵宮鼎）<br>（漢・石門頌）<br>（趙寬碑）〔註 403〕 |

從字形看，「淵」字甲骨文呈「口」形，中象水形，表示一具深度的潭水。但到金文時，從字形上看，（牆盤）和（戰國・齊・子淵戈）的上部都有一橫畫，像是表地面的示意，此形如同表示「從地以下有深水」之意。另外的（沈子它簋）和（中山王礜鼎）字形就象一個從上空鳥瞰的示意圖，表一道水流的某處有一深潭。這兩種字形影響之後字形的發展。

到戰國時期我們所見的楚文字大多承襲甲骨的「口」形，如上博和郭店簡，但在字的筆畫寫法有兩種：一是一筆畫一個「口」，如（上博三・彭 4.8）再寫裡面的「水」；一是先寫上部的「〇」形，再寫下部「〇」形，如「〇」（上五君 1.2）。而以後者的寫法比較多。此形也可以說是「〇」下加一個「凵」形。《說文》：「凵，張口也，象形。」朱駿聲《說文通訓定聲》：「一說坎也，塹地，象地穿。」以朱說為是。故此形表一有水的深潭，應該無誤。另外我們目前戰

---

〔註 398〕《古文字類編》上冊頁 649。
〔註 399〕《金文編》頁 735。
〔註 400〕《戰國文字編》頁 743。
〔註 401〕《戰國文字編》頁 743。
〔註 402〕《楚系簡帛字編》頁 943。
〔註 403〕《秦漢魏晉漢隸字形表》頁 795。

國文字較少見的，如（楚帛乙 2.24）形的字，可見承襲金文的一類。字形如《說文》「淵」：「象形，左右岸也，中象水皃。」此形和後來秦漢字形均近，可見後來象「口」形的「淵」字並沒有繼承下來。

再看「深」字，《說文》：「深，深水出桂陽南平西入營道，從水𥥍聲。」何琳儀《戰國古文字典》「深」字，認為是「𥥍」（罙）的孳乳字。「𥥍」從「宀」「朮」聲，何琳儀謂戰國文字多承襲金文，「朮」旁或加橫筆或斜筆為飾，「宀」繁化作「穴」旁，變化多端。《說文》「，深也。一曰，竈突。從穴，從火，從求省。」〔註 404〕「𥥍」、「深」為古今字。

以下表列「深」字甲骨、金文、戰國文字、魏晉漢隸的字形的演變。

| | 字　形 |
|---|---|
| 甲骨文 | （合 18762）〔註 405〕 |
| 金文 | （中山王礜壺）〔註 406〕、（石鼓文·靈雨）〔註 407〕 |
| 戰國 | （郭店·成 23）、（郭店·性 23）<br>（郭店·尊 19）、（上博四·采 4.27）<br>（上博四·柬 8.3）、（上博四·柬 8.20）<br>（上博五·鮑 6.13）、（上博五·三 11.12）<br>（上博五·鬼 8.7）<br>（雲夢雜抄）、（雲夢封診）〔註 408〕<br>（睡虎 47.38）、（睡虎 10.11）〔註 409〕 |
| 魏晉漢 | （縱橫家書）、（老子甲 61）、（譙敏碑）〔註 410〕 |

以上的「深」字均從「朮」旁或「火」旁，明顯和△字形不類。至於程燕所列舉之例：（郭店·五行 46）、（郭店·五行 46）兩字是否為「深」字，

〔註 404〕何琳儀：《戰國古文字典》下冊，北京：中華書局，2007 年 5 月第 3 次印刷，頁 1405。

〔註 405〕《古文字類編》上冊頁 636。

〔註 406〕《金文編》頁 730。

〔註 407〕《古文字類編》上冊頁 636。

〔註 408〕《古文字類編》上冊頁 636。

〔註 409〕《秦漢魏晉漢隸字形表》頁 781。

〔註 410〕《秦漢魏晉漢隸字形表》頁 781。

還有討論的空間，和以下筆者要探討的「泉」字一併說明。

　　第三個「泉」字依蘇建洲學長的說法，△字和「」(《三體石經》)相類，把《石經》上的字橫看即是△字，蘇建洲學長所見很有道理。《說文》「泉」：「水原也，象水流出成川形。」季師《說文新證》下冊第 151 頁「泉」字條：「象水流出形。」「原」字條：「從厂、從泉。會泉水從山石間流出來之意。」漢文字或加「水」旁。何琳儀《戰典》「原」字：「從厂、從泉。會泉水出山崖之意。泉亦聲。……或說厂是泉之疊加音符。戰國文字承襲金文。齊系文字或加井旁，井與泉義近，秦系文字泉或譌作「」形。」〔註411〕

　　以下表列「泉」字甲骨、金文、戰國文字、魏晉漢隸的字形的演變。

| 字　形 | | |
|---|---|---|
| 甲骨文 | （鐵 203.1）、（後 2.39.15）、（菁 11.16）〔註412〕 | |
| 金文 | （商鞅方升）〔註413〕 | |
| | 「原」（散盤）、「原」（克鼎）〔註414〕 | |
| 戰國 | （包山 86）（地名）、（包山 143）（地名）〔註415〕 | |
| | （上博二・容 33）「㴍」（上博三・周・45） | |
| | （長沙帛書）　　　（三體石經）〔註416〕 | |
| 漢魏晉 | （睡虎・日甲 37） | |
| | （居延簡）（新莽泉布）（曹全碑）〔註417〕 | |

　　「泉」字甲骨和金文重點在會意於「泉水從山石間流出」，故疊加「厂」部，還是會「泉水出山崖之意」。

　　到戰國時的「泉」字，筆畫明顯簡化和變化許多，「厂」部可以書於右或左不一，下所從的「泉」形和「水」形極為類似。於是形成和楚文「淵」字共

---

〔註411〕何琳儀：《戰國古文字典》下冊，北京：中華書局，2007 年 5 月第 3 次印刷，頁 1406。

〔註412〕《甲骨文編》頁 449。

〔註413〕《戰國文字編》頁 763。

〔註414〕《漢語古文字字形表》頁 438。

〔註415〕《楚系簡帛文字編》頁 954。

〔註416〕程燕：〈上博七《武王踐阼》考釋二則〉，http://www.gwz.fudan.edu.cn/SrcShow.asp?Src_ID=607，2009.01.03。

〔註417〕《秦漢魏晉漢隸字形表》頁 820。

同的筆畫。前面討論「淵」字，如「」（上五君 1.2），此形也可以說是「」下加一個「凵」形。「泉」字和「淵」字有相當的筆畫，而且如（包山 143）和本簡「」字極相似。我們也不排除楚文字「淵」有「泉」聲，因為「淵」和「泉」同韻而借用，也可能如蘇建洲學長所言「泉、淵義近而換讀」，故戰國時期楚文字「淵」和「泉」字可能有混讀通用的可能。

吳筱文在〈《郭店・五行》簡 46「泉」字考釋〉一文中〔註418〕將「泉」字作了進一步的探討，認為△字的上部所從，可能是如商承祚所言「泉」字的「石罅」之形，或「洞穴」之形，下從「水」，與金文的泉字構形相同。

> 蘇師建洲引《三體石經》的「泉」字，認為與本字字形較為接近。泉，甲骨文作（《合》8368）、（《合》8371）、（《合》34165），《說文》：「，水原也，象水流出成川形。」林義光《文源・卷二》：「象水出穴之形。」商承祚《甲骨文字研究・卷下》：「，此從，象從石罅涓涓流出之狀。」《散氏盤》：「登於廠湶」，戴家祥《金文大字典・中》：「（矢人盤）字從水從，泉字篆文作，與形同，湶字說文所無……水旁是重複形符，為進一步明確表示水的含義而添加的。」（李圃主編：《古文字詁林（第九冊）》，頁 284）王輝先生《商周金文》亦將此字釋為從「泉」（頁 229）……筆者推測，本字上部的「厸」可能是象商承祚先生所言「石罅」之形，或象「洞穴之形」，下從「水」，與金文的泉字構形相同。

吳筱文認為「泉」字也從「厰」旁，「厰」有「山石」之義，與△字字形的「厸」皆能表岩石、洞穴之意：

> 長沙子彈庫楚帛書乙篇有一字作（4.15），曾憲通先生《長沙楚帛書文字編》：「：亡尿即亡泉。《三體石經》『盟於秋泉。』泉，古文作，與此形近。」（頁 29）嚴一萍《楚繒書新考》也釋為「泉」：「石經春秋僖二十九年泉作，與繒書同。」（李圃主編《古文字詁林（第九冊）》，頁 285）故「泉」字也從「厰」旁，「厰」有「山

---

〔註418〕吳筱文：〈《郭店・五行》簡 46「泉」字考釋〉，http://www.gwz.fudan.edu.cn/SrcShow. asp?Src_ID=1225#_ednref6，2010.07.23。

石」之義，與本字字形的「厶」皆能表岩石、洞穴之類的意義。

蘇建洲在回應程燕〈上博七《武王踐阼》考釋二則〉的文章時，則表示若由簡 10「卣」字看△字字形的上部，可能是書手書寫的習慣，造成「厰」旁寫成「厶」：

> 剛才拜讀劉洪濤先生〈上博竹書《武王踐阼》所謂「卣」字應釋為「戶」〉〔http://www.bsm.org.cn/show_article.php?id=1003〕，若依劉先生所釋，簡 10「戶」比對一般的戶字所書寫的角度，正與我們上面所說簡 8 的字形與《三體石經》「泉」字的情況相同。若是書手的習慣，則簡 8 的字形釋為泉的可能性還不能完全排除。〔註419〕

程燕認為△字字形和「」（郭店・五行 46）、「」（郭店・五行 46）相同，應釋為「深」字。但同此處吳筱文在〈《郭店・五行》簡 46「泉」字考釋〉一文中釋為「泉」，讀為「宣」：

> 〈郭店・五行〉簡 46 有一字作，隸作「宋」，簡文為：「耳目鼻口手足六者，心之退（役）也。心曰唯，莫敢不唯；如（諾），莫敢不如（諾）；進，莫敢不進；後，莫敢不後；，莫敢不；，莫敢不。」……

> 整段簡文可釋為：「耳目鼻口手足六者，心之退（役）也。心曰唯，莫敢不唯；如（諾），莫敢不如（諾）；進，莫敢不進；後，莫敢不後；（泉－宣），莫敢不（泉－宣）；（滯），莫敢不（滯）。」〔註420〕

**秋貞案：**

筆者曾就此問題和季師旭昇討論過，其結果為：〈武王踐阼〉的△字應為隸「淵」字，至於《郭店》字，可隸為「淵」，通讀為「泉」、「宣」。

綜合以上，筆者認為△字應可隸為「淵」，讀如本字。理由有三：

甲、從字形來看，△字可以為「淵」字的省形。以字形而言，此字作為「淵」字省略下方「凵」形，極為合理；「泉」字上方為「厰」，不易訛為「宀」，故

---

〔註419〕程燕：〈上博七《武王踐阼》考釋二則〉，http://www.gwz.fudan.edu.cn/SrcShow. asp?Src_ID=607，2009.01.03。

〔註420〕吳筱文：〈《郭店・五行》簡 46「泉」字考釋〉，http://www.gwz.fudan.edu.cn/SrcShow. asp?Src_ID=1225#_ednref6，2010.07.23。

釋為「泉」字較為困難。再者，廖名春於〈上海博物館藏‧楚簡《武王踐阼》篇管窺〉提到「《武王踐阼》篇不但見諸楚簡，其內容也為戰國時期的金文所稱引。如今本：『王聞書之言，惕若恐懼，退而為戒書。……盟盤之銘曰：「與其溺於人也，寧溺於淵。溺於淵猶可遊也，溺於人不可救也。」』《中山王䵼鼎》雲：『寡人聞之：「與其溺於人也，寧溺於淵。」』」中山王䵼鼎上的字形為「▨」形，正是「淵」形，故此銘也可以證明△字可以讀為「淵」的可能。長沙子彈庫楚帛書乙的 ▨ （4.15），曾憲通在《長沙楚帛書文字編》釋「亡厎即亡泉」。《楚系簡帛文字編》「▨」（帛乙 7.10）「出自黃淵」，「黃淵」雖可釋為「黃泉」，但是其字實為「淵」。在何琳儀《戰典》「淵」字條第 1108 頁「『𡿧尚還戈』為『𡿧尚縣戈』，『𡿧尚』為『泉上』，地名（典籍淵或避唐高祖諱改泉）見《漢書‧地理志》上穀郡。在今北京懷來。」故 ▨ 字雖釋為「泉」，與「▨」字釋為「淵」，但在戰國楚文字兩者似可以通用。

乙、從字音來看，「泉」上古音從紐元部字，「淵」在影紐真部，聲雖不近，但韻可旁轉。《詩‧大雅‧生民》一章以民（真）韻嫄（元），《易‧坤象傳》以元（元）韻天（真）。〔註421〕另外，銘文：「與其溺於人，寧溺於淵」、「人」在日紐真部，「淵」和「人」屬同真部，而「深」字上古音在書紐侵部，不同韻，故應排除「深」字。筆者認為在此處釋為「淵」即可直接和「人」字合韻，釋「泉」反而迂迴。

丙、從字義上來看，「泉」會「泉水從山石間流出來」之意，而「淵」有「深水」意，較合於「沈溺」的意涵。「溺於淵」意指溺於深水中，「溺於人」原考釋者認為溺於人之口舌。《上博七〈武王踐阼〉》第 159 頁，「『溺於人』，《詩‧大雅‧桑柔》『載胥及溺』，鄭玄箋：『陷溺於禍難』謂人之口舌所溺，陷於艱困之中，不可救。『溺於淵』，《釋名‧釋喪制》：『死於水者曰溺。溺，弱也，不能自勝之言也』」

筆者認為「溺」既有「不能自勝」之意，即「沉溺」，故有君王受小人的諂佞而不能自省之意。如商紂王寵幸妲己，在妲己的妖言蠱惑下，殘忍的殺害了一代忠臣──比干。後來周武王滅商紂後，修整比干的墳墓，封比干為國神，

---

〔註421〕陳新雄：《古音研究》，五南，1999 年 4 月，頁 467。

派人為比干鑄銅盤銘。〔註422〕再如春秋時齊桓公和易牙、豎刁的例子，桓公說未曾食過嬰兒的肉，易牙就殺子烹調而進獻，得到桓公的信任，桓公想任用他代替將死的管仲，但管仲認為：「人之情非不愛其子也，其子之忍，又將何愛於君！」所以反對由他接任，不過齊桓公仍沒有聽管仲遺言，親信易牙、豎刁。最後齊桓公得重病，易牙與豎刁作亂，填塞宮門，築起高牆，內外不通，令齊桓公飢餓而死。〔註423〕故「溺於人」受小人諂佞，比「溺於淵」受溺於深潭之中還可怕，武王在盥盤上鑄銘為日常使用盤盥洗時要時時反省自己有無如此過失。

在《朱子語類》卷第八十八〈禮五〉中提到此銘似船銘，和盥盤的性質不太貼切，或許只是因水起意：

> 《大戴禮》本文多錯，注尤舛誤，武王諸銘有直做得巧了切題者，如鑑銘是也。亦有絕不可曉者。想古人只是述戒懼之意，而隨所在寫記以自警省爾；不似今人為此銘，便要就此物上說得親切。然其間亦有切題者，如湯盤銘之類。至於武王盥盤銘，則又似個船銘，想只是因水起意，然恐亦有錯雜處。〔註424〕

筆者認為朱子所言也有其理，不過武王在使用日常用品上鑄銘提醒自己，比鑄於船上更有意義。方向東《大戴禮記匯校集解》：

> 汪照曰：「《集解》：朱氏曰：『注雲自新取戒，蓋指湯之盤銘而言也。盥盤銘因水起意。』真氏曰：『盥沐之盤，朝夕自潔，因而為銘，與湯一轍，溺人溺淵，因水生戒。蓋溺於深淵者猶可以浮游而出，一為姦邪小人所惑，則陷於危亡而不自知，故不可救。憸夫壬人所以陷溺其君者，千智百態，使君沉迷於旨酒厚味，顛倒於豔色淫聲，方恬安而莫覺，倏禍患之遄興，斯其為患，詎止於淵溺而已乎！』」〔註425〕

另外，「溺=於=淵」應於「淵」後再加上一個重文號，才是重複「溺於淵」三字，故此處的「淵」字後漏了一重文號。復旦讀書會在考釋此句時認為於此

---

〔註422〕參考百度百科「比干」條，http://baike.baidu.com/view/24984.htm。
〔註423〕參考基維百科「易牙」條，http://zh.wikipedia.org/zh/%E6%98%93%E7%89%99。
〔註424〕宋‧黎靖德編、王星賢點校：《朱子語類》，北京：中華書局，1988年8月第二次印刷。
〔註425〕參看方向東撰《大戴禮記匯校集注》第633頁注[二〇]，中華書局，2008年。

字後加「＝」，可從。應該為「溺＝於＝淵＝」。

## 2. 整句釋義

盥盤的銘曰：「與其沉溺於小人的諂佞，寧可溺於深潭中；溺於深潭還可因奮力游泳而得生，但沉溺於小人的諂佞之中，反不易自省，而無可救藥。」

## （九）桯〔1〕名雁〔2〕：毋曰可慯〔3〕，惎牁長；毋曰亞害，惎牁大〔5〕；毋曰可戔，惎牁言〔6〕

### 1. 字詞考釋

〔1〕桯

楚簡上的字形「▨」原考釋者隸為「桯」，讀為「楹」，有「柱」和「牀前几」兩種解釋：

「桯」，讀為「楹」。《集韻》：「楹，柱也，或從桯。」《說文‧木部》：「桯，牀前几。」《方言五》：「榻前几，江沔之間曰桯。」

復旦讀書會釋為「楹」，因為之前出現「機（几）」銘，故在此傾向「楹」解，和今本《大戴禮》同：

「桯」，按照字形本身可理解為「床前几」，《方言》第五：「榻前几，江沔之間曰桯。」《說文‧木部》：「桯，牀前几。」不過簡文前已有「機（几）」銘，此字仍當從《大戴禮記》讀作「楹」，「桯」「楹」音近可通。

**秋貞案：**

對於「桯」字，原考釋者的說法很模糊，不能確定是為「柱」或是「床前几」，但其將讀為「楹」。復旦讀書會則傾向釋為「柱」。查今本《大戴禮》，高明《大戴禮記今註今譯》釋為「柱」〔註426〕，方向東撰《大戴禮記滙校集解》〔註427〕和黃懷信《大戴禮記彙校集注》〔註428〕都以「柱」解。並在其後的集解曰：戴禮曰：「《釋宮》：『楹謂之梲』邢疏雲：『柱也。』」。

目前讀書會和今本《大戴禮》都傾向釋「楹」為「柱」，因為讀書會認為之

---

〔註426〕高明註譯《大戴禮記今註今譯》，台灣商務印書館，1993 年 6 月修訂版第三次印刷，頁 227。

〔註427〕方向東撰《大戴禮記滙校集解》，北京：中華書局，2008 年 7 月，頁 634。

〔註428〕黃懷信《大戴禮記彙校集注》，三秦出版社，2005 年，頁 658。

前已出現一個「機（几）」，故認為於此處不能再是「几」了，但我們可見之前原考釋「為機」但經過筆者的考釋應為「所機」的例子，此「機」為「弩機」而非「几案」之意，故此處不能排除「几案」的可能，應該探討「桯」和「楹」字在戰國時期的本義。以下筆者將「桯」和「楹」兩字的流變，以下表列各字書和韻書的說法，以朝代先後為序排列如下：〔註429〕

| 出　處 | 桯 | 楹 |
|---|---|---|
| 《說文》大徐本 | 牀前几，從木，呈聲。他丁切。 | 柱也。從木盈聲。《春秋傳》丹桓宮楹，以成切。 |
| 《玉篇》〔註430〕 | 戶經、他丁二切。牀前几也。 | 余成切。柱也。 |
| 《廣韻》〔註431〕 | | 音盈。柱也。孔子曰夢奠於兩楹。 |
| 《集韻》〔註432〕 | 楹櫺桯《說文》柱也。引《春秋傳》丹桓宮楹，或從贏，或從呈。平聲怡成切。 | 楹櫺桯《說文》柱也。引《春秋傳》丹桓宮楹，或從贏，或從呈。平聲怡成切。 |
| 《五經文字》〔註433〕 | 音盈。車蓋之杠，見《考工記》。 | |
| 《類篇》〔註434〕 | 楹櫺桯。怡成切。《說文》柱也。引《春秋傳》丹桓宮楹，或從贏，或從呈。又湯丁切。《說文》牀前几。一曰碓梢。又乎經切，又餘經切。《博雅》桯桱俎几也。 | 楹櫺桯。怡成切。《說文》柱也。引《春秋傳》丹桓宮楹，或從贏，或從呈。又湯丁切。《說文》牀前几。一曰碓梢。又乎經切，又餘經切。《博雅》桯桱俎几也。 |
| 《六書故》〔註435〕 | 他丁、戶經二切。杠之小者也。《說文》曰「牀前几也」《考工記》曰「輪人為蓋桯圍六寸八尺」鄭司農曰「蓋，杠也」又作杅，春秋地有虛杅，又宅耕切。《說文》曰「杅，橦也」 | 以成切。柱也。 |

〔註429〕參考教育部《異體字字形》檢索網站：http://dict.variants.moe.edu.tw/suo.htm。

〔註430〕南朝梁顧野王撰《玉篇》，涵芬樓影印宋刊本，中華漢語工具書書庫，安徽教育出版社。

〔註431〕宋陳彭年、邱雍等人奉旨編撰的，成書於大中祥符元年（1008年），一說成書於景德四年（1007年）。書成後皇帝賜名為《大宋重修廣韻》，簡稱《廣韻》。

〔註432〕《集韻》是宋仁宗景祐四年（西元1037年）由丁度等人奉命編寫的官方韻書。

〔註433〕唐代張參撰《五經文字》，本書具有正字作用的規範性字書。本書詳細考證《五經》中文字形體變化，兼注各字的音義。本書是日本覆刻本，中華漢語工具書書庫，安徽教育出版社。

〔註434〕宋代司馬光等撰《類篇》，汲古閣影宋本，中華漢語工具書書庫，安徽教育出版社。

〔註435〕宋代戴侗撰《六書故》，此為四庫全書本，中華漢語工具書書庫，安徽教育出版社。

| | | |
|---|---|---|
| 《四聲篇海》〔註436〕 | 戶經、他丁二切。牀前几也。 | 楹：餘成切。柱也。<br>櫺：余成切。柱也。 |
| 《龍龕手鑒》〔註437〕 | | 音盈。柱也。孔子曰夢奠於兩楹。 |
| 《重訂直音篇》〔註438〕 | | 音盈。柱也。<br>櫺，同上。 |
| 《俗書刊誤》〔註439〕 | 桯音廳，牀前橫木也。牀前几，亦曰桯。岳珂桯史用此。 | |
| 《字彙》〔註440〕 | 他經切。音汀。牀前几也。又碓桯。 | 楹：餘經切。音？桯也。《詩‧小雅》有覺其楹。《春秋‧莊公二十三年》丹桓宮楹。又余章切，音羊〈張籍祭韓愈詩〉中秋十六夜魄圓，天差晴公既相邀，宿坐語於階楹晴，音翔。<br>櫺：同楹。 |
| 《正字通》〔註441〕 | 他經切。音汀。《說文》牀前几也。宋岳珂有桯史珂武穆孫也。《六書故》杠之小者。《集韻》誤以桯同楹。 | 餘勤切。音迎，柱也。《禮‧明堂》達刮楹達鄉。註：天子明堂以密石磨柱，使精澤。鄉，窗牖也。每室四戶八窗，窗戶相對，故雲達鄉。《春秋‧莊公二十三年》秋丹桓宮楹。 |
| 《字學三正》〔註442〕 | 楹為桯。 | 楹為桯。 |
| 《字彙補》〔註443〕 | 又餘輕切，音楹蓋杠也。《考工記》輪人為蓋達常圍三寸，楹圍倍之六寸也。又柱也與楹同。又《桯史》書名，朱珂嶽所著。 | |
| 《集韻考證》〔註444〕 | 《方言》「榻前幾，凡江沔之間曰桯。」案沔訛成丏據方言五正。 | |

〔註436〕金人韓道昭著的《四聲篇海》，此為明刊本。

〔註437〕遼朝僧行均撰《龍龕手鑒》，涵芬樓影印宋刊本，中華漢語工具書書庫，安徽教育出版社。

〔註438〕明章黼撰，明萬歷三十四年練川明德書院刻本。

〔註439〕明代焦竑著《俗書刊誤》。卷五〈略記字義〉頁562。

〔註440〕明代梅膺祚撰，明萬曆四十三年刊本，中華漢語工具書書庫，安徽教育出版社。編按：本書收俗字，不收怪僻字。釋字通俗易懂。本書版本大都漶漫不清。木部，v6。木部

〔註441〕明代張自烈撰《正字通》，清康熙清畏堂刊本，中華漢語工具書書庫，安徽教育出版社。編按：全書徵引繁蕪，訛舛較多。但多采俗體和口語讀音，頗有可取之處。木部v8，頁48。

〔註442〕明代郭一經撰，《字學三正》，〈考工記‧古文異體〉頁86。

〔註443〕清代吳任臣著《字彙補》。木部，頁97。

〔註444〕清方成珪《集韻考證》10卷。

| | | |
|---|---|---|
| 《康熙字典》〔註445〕 | 《廣韻》他丁切。《集韻》湯丁切。並音汀。《說文》牀前几《楊子方言》江沔之間曰桯《博雅》桯桱俎几也。又柱類。《周禮冬官考工記》輪人為蓋達常圍三寸，桯圍倍之。註：達常斗柄下入杠中者，桯蓋杠也，足以含達常。又夷牀橫木曰桯。《儀禮既夕》遷於祖廟用軸。註：軸輁軸輁狀如長牀，穿桯前後而關軸焉。又《廣韻》碓桯。又《集韻》怡成切。音盈與楹同。又《唐韻》戶經切。《集韻》乎經切並音刑，牀前几。 | |
| 《說文》段注 | 牀前几。《方言》曰：「榻前几。江沔之間曰桯。趙魏之間謂之椸。」按：古者坐於牀而隱於几，孟子隱几而臥。內則，少者執牀與坐，禦者舉几是也。此牀前之几與席前之几不同，謂之桯者，言其平也，《考工記》：「蓋桯，則謂直杠。」從木，呈聲。他丁切。 | 柱也。《釋名》曰：「亭也。亭亭然孤立，旁無所依也」按：《禮》言：「東楹西楹，非孤立也，自其一言之耳。」《考工記》：「蓋杠謂之桯，桯即楹，如欒盈《史記》作欒逞。」從木盈聲。《春秋傳》丹桓宮楹，以成切。 |
| 《彙音寶鑒》〔註446〕 | 牀前几也。 | 柱也。 |

　　從上表列可見許慎《說文》「桯」為他丁切，牀前幾也。「楹」為以成切，柱也。兩者音和義皆不同。《玉篇》中「桯」有兩讀，戶經、他丁二切，都是「牀前幾」之意。雖然戶經切和「楹」的余成切接近，但兩者本義仍不同。不過到宋代《集韻》時，「楹櫺桯」三者讀音都相同，均為平聲怡成切，只有「柱」的意思，而不見有「牀前幾」之意。

　　宋代《類篇》均將「楹櫺桯」視為通同字，讀怡成切是「柱」也；又湯丁切是「牀前幾」；又乎經、餘經切是「桯桱俎几」，以讀音不同為不同意思。明代的《正字通》把這兩字區別很清楚，又說「《集韻》誤以桯同楹。」表示宋代兩字混訛的謬誤。到了清代，註解愈詳細的《康熙字典》羅列出歷代的字書韻書對「桯」字的註解，但是列出「桯」字有兩種讀音「他丁切」和「戶經切」，

---

〔註445〕清張玉書、陳廷敬等編。此為康熙年間版本。中華漢語工具書書庫，安徽教育出版社。

〔註446〕沈富進所編纂的《彙音寶鑑》，1954年發行，是台灣光復後第一本由台灣人自行編寫的台語字典。

於是「桯」字和「楹」字同音，而有可能相混。段注的《說文解字注》反而很清楚分別「桯」和「楹」不同的意義。

筆者也查閱教育部《異體字字典》發現，「桯」字無收異體字，但是「楹」字在《集韻》、《字學三正》、《漢語大字典》中收「桯」字為「楹」之異體字，可見「桯」、「楹」因讀音同而將「桯」字當作「楹」字的異體字，後來演變為「桯」字也釋為「柱」了。

《集韻考證》、《康熙字典》、段注《說文解字》都提到「《方言》「榻前几，凡江沔之間曰桯。」在李恕豪〈揚雄《方言》中僅見于楚地的方言詞語研究〉一文中說到「江、沔」地區屬於以郢都為核心的楚方言地區。所以讀為他丁切「桯」字，釋為「榻前几」是楚地的方言：

> 　　以郢都為中心的地區是楚國歷史最悠久最重要的地區。這一地區的方言是楚方言的核心。在《方言》中，凡是用「楚」表示者，都必然包括這一地區在內。這個地區在漢代大體相當於南郡和江夏郡。除了「楚」以外，《方言》中的「楚部」、「郢」、「江沔」、「江濱」、「自江而北」、「」（引號）所表示的地區，都屬於以郢都為核心的楚方言地區。〔註447〕

在張小豔於〈敦煌籍帳文書釋詞〉〔註448〕一文中提到在敦煌籍帳文書中「床廳」即是「床桯」。蓋因「聽」與「桯」讀音相同可以為之聲符的緣故。把「床桯」寫作「床廳」即都以讀音為樞紐來用字、造字：

> 　　①又古（故）破大床廳貳，在麻庫。（S.4199《某寺常住什物交曆》）

> 　　按：「床廳」費解，「廳」當讀作「桯」。「廳」在《廣韻》中音「他丁切」，屬透母青韻；而「桯」有兩讀，《廣韻·青韻》戶經切：「桯，床前長幾。又音廳。」「桯」又音「廳」，可見其讀音完全相同，可得通借。俗書「桯」或有從「惪」者，唐釋慧琳以為應從「聽」。《一切經音義》卷九一《續高僧傳》音義卷五：「桄桯：上音光，

---

〔註447〕李恕豪：〈揚雄《方言》中僅見于楚地的方言詞語研究〉，http://www.colips.org/conference/icicsie2002/papers/LiShuhao.doc。

〔註448〕張小豔：〈敦煌籍帳文書釋詞〉，http://www.guwenzi.com/srcshow.asp?src_id=252#_edn1，2007.12.16。

牀下中間橫桄也,《考聲》作橫。……下體丁反,《韻詮》云『𥥀一
(程)也』,即牀兩邊長汀也,亦名牀楻。傳文從惠作橞,非也,亦
恐是書誤。著文者應從木作櫳,亦不成字。《考聲》作胜也。」慧琳
認為「程」寫作「橞」非,當從木作「櫳」,蓋因「聽」與「程」讀
音相同可以為之聲符的緣故。這與例①中「牀程」寫作「牀廳」的
心理因素相似,即都以讀音為樞紐來用字、造字。

張小豔又舉文例說明「牀程」引章炳麟《新方言·釋器》:「今淮南謂牀前長凳
為程凳,音如晴,江南、浙江音樫」:

> 「程」,指牀前的長几。《方言》卷五:「榻前几,江沔之間曰
> 程。」《說文解字·木部》:「程,牀前几。」段玉裁注:「古者坐於
> 牀而隱於几……此牀前之几與席前之几不同。謂之程者,言其平
> 也。」「牀程」在後代文獻中亦有用例,如《湖廣通志》卷八四屠
> 隆《贈祁陽孝子盧伯子詩》:「罪輕而責重,父悔恐不寧。無乃妨夜
> 臥,子心良屏營。宵分往省候,下氣復柔聲。父果不成寐,輾轉倚
> 牀程。問伯何為爾,伯也道其情。父子遂感愴,相對涕淚零。」或
> 稱之為「程凳」,章炳麟《新方言·釋器》:「今淮南謂牀前長凳為
> 程凳,音如晴,江南、浙江音樫。」

張小豔又說明敦煌籍帳文書中,以「聽」注「梯」,說明當時「梯、聽」讀音相
混無別,故「牀程」又作「牀梯」:

> 敦煌籍帳文書中,「牀程」又作「牀梯」。如:
>
> ②古(故)破踏牀壹張,除;大牀肆張,內壹在妙喜;牀梯壹,
> 除。(S.1776《[顯]德伍年(958)十一月十三日某寺判官與法律尼戒
> 性等一伴交曆》)
>
> 　例②中「牀梯」亦當讀為「牀程」。唐五代西北方音中,梗攝舒
> 聲三、四等字和齊韻字,讀音往往混同無別。〔註449〕如在 P.2058
> 《開蒙要訓》寫卷中,有以「慶」注「憩」、「亭」注「提」、「敬」
> 注「髻」、「聽」注「涕」、「帝」注「鼎」、「令」注「犁」、「映」注

---

〔註449〕邵榮芬《敦煌俗文學中的別字異文和唐五代西北方音》,《中國語文》1963 年第 3
　　　　期;又載項楚、張湧泉主編《中國敦煌百年文庫·語言文字卷》(一)頁 148～149、
　　　　159,蘭州:甘肅文化出版社,1999 年。

「翳」、「精」注「薺」、「聽」注「梯」、「迎」注「鯢」、「敬」注「繫」
等音注之例。以「聽」注「梯」，說明當時「梯、聽」讀音相混無
別，所以例②中才會將「床桯」記作「床梯」。由此可見，敦煌籍
帳文書中的「床廳」、「床梯」皆當讀為「床桯」，指床前的長凳。

**秋貞案：**

綜合以上所知，「桯」為楚地方言。即使之後敦煌籍帳文書中所提到的「床
聽」、「床梯」，都是因為聲同而造字，它們指的都是同一物──「床前几」，故
《說文》和《段注》都說明很正確。我們現在應該區別戰國時期的「桯」字，
沒有「楹柱」的意思。簡本上的「桯」字不能做為「楹」字解。現在今本將其
釋為「楹柱」，是對「桯」字的源流不瞭解的緣故，以致誤將「楹」的異體字「桱」
（戶經切）和簡本的「桯」（他丁切）訛混，於是就從「床前几」而誤為「柱」
了。

有了這一層的認識之後，我們還要對「桯」的本義──床前几，進行一番
了解，再討論和銘文所對應的意義。

之前討論「所（樞）機」一詞時，已經對「几」字做了一些說明。

《說文》「几」：「踞几也，象形。《周禮》「五几：玉几、雕几、彤几、鬃
几、素几。」古代設有專門官吏掌管五几，《周禮‧春官‧司几筵》記載：「大
朝覲、大饗射、封國命諸侯，王位設左右玉几，諸侯祭祀右雕几，酢席左雕
几；甸役熊席右漆几；喪事葦席右素几。」劉歆《西京雜記》：「漢制天子，玉
几冬加綈錦，其上謂之綈几。公侯皆竹木几冬則細縟為橐以馮之。」可見古代
對几的使用很嚴格，而且不同的身分地位的人用不同的几案。清代陳元龍撰
《格致鏡原》卷五十三有云：「古者坐必設几，所以依憑之具。然非尊者不知
設，所以示優寵也。其來古矣。」在《中國古代家具》〈先秦兩漢時期的家具〉
篇中說到：「漢代以前几的使用很普徧。几和案的形制相差不大，僅長短大小
不同。几通常比案略小，是專為坐時靠的家具。席地和床上都可以應用。」
〔註450〕所以几的使用是為了憑靠，故可見几是可以機動性地應用的家具。

在陸錫興的〈憑几源流〉一文中說：「古時几杖並稱，几是坐時憑依安體之
具，杖是行時扶體之具，老者常常離不開它們。《禮記‧曲禮上》：『謀於長者，

---

〔註450〕胡德生：《中國古代家具》，台灣商務印書館，〈先秦兩漢時期的家具〉一文，頁 30。

必操几杖以從之。』《史記·淮南衡山列傳》:『上賜淮南王几杖。』這裡几杖的含義已超出敬老,而是禮隆了。」〔註451〕几也是一種敬老隆禮的象徵。

陸錫興更說明几的用法有兩種:Ⅰ式几,平面而下有兩足,因為身體前傾所以凭。Ⅱ式几的高度略低,兩端有欄板,適合於單肘凭靠之用。而床前几,已經不能支肘了,它的用途僅僅是禮制上的需要:

> 一是置胸前,體略前傾,手扶其上,這樣的狀態,上身保持端正。這種形象在漢代畫像石中常可看到。這類几都是Ⅰ式几,平面而下有兩足,因為身體前傾所以凭,故曰「伏几」……另一種用法是置身體的一側,因為單肘支撐,身體略向一側傾斜,這就是Ⅱ式几的用法。Ⅱ式几的高度略低,兩端有欄板,適合於單肘凭靠之用。……《方言》曰:「榻前几。江沔之間曰桯。」《說文·木部》:「桯,牀前几。」《廣雅》「桯㨿俎几也。」段玉裁曰:「謂之桯者,言其平也。」這類几不僅長,而且平面無凹,看來不能支肘。……這類几因為大而低,且在床前,已經不能支肘了,它的用途僅僅是禮制上的需要。漢李尤《几銘》:「昔帝軒轅,仁智恭恕,恐事之有闕,作倚几之法。」晉張華《倚几銘》:「倚几之設,設而不倚,作器於此,成禮於彼。」〔註452〕

在楊春芳的〈中國早期傳統凭几中的人體工學〉一文中說到有關「凭几」的發展形式,他以人體工學的角度認為,由於古人席地而坐,故要有所依凭才不會累,故有凭几一類的家具應運而生。而開始由直板平面的凭几到平直曲板凭几與凹面凭几的形式:

> 中國早期在唐以前的起居方式多是席地而坐,或席床榻平坐、盤坐和跪坐為主,腰部容易累,所以凭几一類的家具應運而生。……據史料記載,我國古代人的身高比現代人要矮一些,從本人測量並繪製的人在跪姿的尺寸圖來看,人們在跪坐或盤坐時從膝蓋到腰部的平均距離大約為 43 厘米。當時的人們在一些正式的場合是跪立的,在跪立時從膝蓋到腰部的平均距離大約為 56 厘米,像玉几、彤

---

〔註451〕陸錫興:〈凭几源流〉,中國典籍與文化,2000 年第 1 期。
〔註452〕陸錫興:〈凭几源流〉,中國典籍與文化,2000 年第 1 期。

几等一些在正式場合下使用的凭几比較適合這一高度。由於古代人的身高較現代人矮，所以當時凭几的高度比人體測量的尺寸要小一些，在這一範圍內極其適合人跪坐時憑靠。

從凭几的發展特點來看，直板平面的凭几應是早期的主要形式，其延續時間最長，平直曲板凭几與凹面凭几都是直板平面的凭几的進步形式。〔註453〕

**秋貞案：**

筆者認為應綜合以上學者的看法，「几」這種家具最先因應需要而產生，後來再進而有了使用的禮儀，和符合身分地位的要求，才有制度的規範。同時也從以上的資料判斷，「几」強調有「憑仗」的功能。

在聶菲的〈楚系墓葬出土漆木几研究〉一文中提到，因為地理環境的關係，可見到很多戰國楚墓出土的漆几，而且楚漆几承中原文化發展而來：

至春秋戰國時期，由於漆工藝的興起，部分家具用品開始用漆木器代替，並以楚國最為發達。考古發掘資料表明，先秦時期的漆木几前僅見於戰國時期楚系墓葬。楚系墓葬出土的漆几數量最多、品類齊全、精美絕倫。到目前為止，發掘楚墓有 5000 多座，其中千餘座出土了漆木器，出土漆木几的墓葬有數十座之多，如湖北江陵楚墓、荊門包山楚墓、湖南長沙楚墓、河南信陽楚墓等。（如下圖一、二）〔註454〕

……因為南方楚地有較好的地理環境，使漆器得以完好保存，而中原地不具備這樣的地理條件，漆器大都已腐朽不堪。西周時期楚國仍是一個弱小國家，但楚人很早就與中原地區的華夏族人民有著密切的往來。

……總之，戰國楚系墓中出土的古几恰好從造形、裝飾、色彩上體現了《周禮》五几的區別。說明楚几承中原五几之制。〔註455〕

---

〔註453〕楊春芳：〈中國早期傳統凭几中的人體工學〉，徐州經貿高等職業學校 2006 年 06 期。

〔註454〕圖引自聶菲：〈楚系墓葬出土漆木几研究〉，中國歷史文物 2004 年 05 期。

〔註455〕聶菲：〈楚系墓葬出土漆木几研究〉，中國歷史文物 2004 年 05 期。

圖一 湖北江陵九店 13 號楚墓
出土的漆几

圖二 湖南長沙馬王堆 3 號墓出
土的活動漆几

秋貞案：

「桯」其實是一種很普遍的日常生活家具，「牀桯」為「牀前几」正是可以「憑靠」之物。故有孟子「隱几而臥」，「隱」就有「憑靠」之意。《莊子·齊物論》「隱几而坐」、《知北遊》「神農隱几闔戶晝暝」成玄英疏：「隱，憑也」。《後漢書·孔融傳》「融隱几讀書」李賢注：「隱，憑也」。《大戴禮記·保傳》「隱琴瑟」孔廣森補注「隱，倚也」。〔註456〕故「牀桯」即是在床上使用的「凭几」為可「憑靠」之物，引申為可「倚仗」之意，而且因為有所「倚仗」而心無戒惕，有所鬆懈，反而容易讓禍患擴大，導致不可收拾的後果。將「毋曰可惕，憅牲長；毋曰亞害，憅牲大；毋曰可戔，憅牲言」此銘鑄於「牀桯」上，使武王在日常生活起居之器物的使用中產生警戒心，故武王朝夕見之時，也能時時有所警惕，不可因有所倚仗，有所鬆懈而失去警覺心，達到防患於未然的效果。如果武王銘於「楹柱」上，雖如盧辯所言：「夫為室者慎其楹。」但是不如「凭几」倚仗時之休憩鬆懈以致「蓋人情每忽於幽微，而禍也常生於隱伏」來得貼切，故銘於「牀桯」上較之親近可見，而且更符合銘文的意涵。

〔2〕雁

楚簡上字形「▉」（以下以△代），原考釋者釋「母」，讀為「誨」，意為「教誨」：

「母」，讀為「誨」。《集韻》：「誨，古从口，作𧥣。《詩·小雅·

〔註456〕宗福邦、陳世鐃、蕭海波主編《故訓匯纂》下冊，北京，商務印書館，2007 年 9
月，頁 4563。

鶴鳴序》:「誨宣王也」,孔穎達疏:「誨為教所未知。」《書·說命》「朝夕納誨,以輔台德」,孔安國傳:「言當納諫誨直辭,以輔我德。」

復旦讀書會認為原考釋所釋有誤,應釋為「隹（唯）」,和下面的「枳銘唯曰」、「卣銘唯曰」一式。而且△字下漏了一個「曰」字:

> 整理者誤釋為「母（誨）」,聯繫下文「枳銘唯曰」、「卣銘唯曰」可知此字即「隹（唯）」,下脫「曰」字。

陳偉在〈《武王踐阼》「應曰」試說〉一文中認為△字,於復旦讀書會隸為「隹」,可從。簡9、簡10的從「厂」從「隹」的字應隸「雁」,這應指同一字,可讀為「應」。「應曰」是有所對應而說:

> 今按,看圖版,8號簡中的那個字缺少9、10號簡所有的上端一短一長二橫畫。整理者在釋寫上加以區別,應該是對的。看9號簡中的那個字,整理者把9、10號簡此字上端一短一長二橫畫連同左側一撇畫（9號簡可見）隸作「厂」,應該也是對的。而復旦讀書會把8號簡中的字釋為「隹」亦應可從。合而觀之,9、10號簡此字實應釋為「雁」。比較楚簡中已見的「雁」（包山176、184號簡,上博竹書《弟子問》1號簡）、「應」（包山147號簡）等字,自可了然。8號簡中的那個字大概是少寫了筆劃。如果此字釋「雁」不誤,在本篇竹書中恐當讀為「應」。令人困惑的是,古書中「應曰」是回應別人時用的,用在這裏怎麼理解。

我們看到,在竹書現存文字中,武王為銘一共有10處。在「席之四端」之外的六處是:①機;②檻;③;④程;⑤枳;⑥卣。其中前三處皆作「某銘曰」,後三處皆作「某銘應曰」（復旦讀書會指出8號簡簡脫一「曰」字）一種可能的解釋是,「某銘應曰」是針對先前「某銘曰」而言的,即兩組各三銘之間可能存在某種對應關係。

前文提到的席之四端銘文,竹書一一明記「右端」、「後左端」、「後右端」。對照傳世本,可知其前還脫抄「左端」（復旦讀書會已指出這一點）作者刻意強調席銘在前後左右的位置,大概也是因為其間存在某種對應關係。從文句看,前端左右皆一句四字,後端左右皆二

句八字，前後兩端各自對應的可能性比較大。在這種情形下，對「應曰」的理解有一定的支持。當然，六種器銘之間的對應關係，沒有席銘這樣清楚，需要進一步推敲。

如果這一推測不誤，本篇竹書缺損的竹簡可能不多。傳世本《武王踐阼》在席銘之外，記有十三種器銘。竹書本大概就只有現存的六種。〔註457〕

後來網友亦趨（陳偉），在「簡帛論壇」的討論上又發表文章〈《武王踐阼》「雁曰」應是「諺曰」〉，否定他自己之前「應曰」的說法，而改釋為「諺曰」：

小文《〈武王踐阼〉「應曰」試說》在簡帛網發表之後（http://www.bsm.org.cn/show_article.php?id=947），想到另外一種可能，即「雁曰」應是「諺曰」。諺、雁皆從厰得聲，而諺曰在先秦古書中屢屢可見。引諺入銘，也很合適。兩相比較，「雁」讀為「諺」當更為合理。先前由讀為「應曰」引起的一些聯想理應放棄。〔註458〕

在同一討論區，網友海天遊縱（蘇建洲）不認同陳偉的說法，指出△字不能釋為「雁」，還是如原考釋者隸「隹」，讀為「唯」較好：

拙見以為陳偉先生之說似不確。先生所舉楚簡《包山》176、184 號簡，上博竹書《弟子問》1 號簡是「鷹（膺）」、《包山》147（案：應為 174 號簡）的「應」本亦為從「鷹」。蓋「鷹」、「雁」本不同來源，前者楚文字多用為「膺」或「應」，字形多有二斜筆表示「膺」的筆劃。至於「雁」字多作從鳥，「彥」省聲，見《戰國文字編》頁 242 所舉的《包山》145、《性自命出》7。如同《競公瘧》「約挾諸關，縛███諸市」，董珊〈雜記〉（070711）讀作「縛纓」、陳偉〈條記〉（070709）讀作「縛膺」，均有道理。或讀為「縛按」，即理解為「雁」就不正確了。所以《武王踐祚》的字形，似乎仍理解為「隹」，讀為「唯」的好。

在同一討論區又有一網友 xianqinshi，發表看法〈所謂「應」跟所謂「雁」

〔註457〕陳偉：〈《武王踐阼》「應曰」試說〉，http://www.bsm.org.cn/show_article.php?id=947，2009.01.04。

〔註458〕陳偉：〈《武王踐阼》「雁曰」應是「諺曰」〉，http://www.bsm.org.cn/bbs/read.php?tid=1561&fpage=4，2009.01.04。

为一字〉：

> 「應」見《武王踐祚》，「雁」見《凡物流形》兩小兒辯日部分，
> 應該都是佳吧。那個所謂的「誰」上面的東西，很可能也跟這個有
> 聯繫喲。〔註459〕

熊立章在〈《上博七‧武王踐阼》引諺入銘與《烝民》引言入詩合論〉一文中以盥盤之銘和中山王器上的諺語相似而證明古人引諺入銘的可能，所以他同意陳偉將△字讀作「雁」，並認為是「諺」之假借：

> 最近新出的《上海博物館藏楚竹書》第七冊中收有《大戴禮記‧
> 武王踐阼》篇在戰國時期的本子。兩相對勘，傳世本中的盥盤之銘
> 與戰國本幾乎一致：與其溺於人也，寧溺於淵。溺於淵猶可游也，
> 溺於人不可救也（傳世本）。與其溺於人，寧溺於淵。溺於淵猶可
> 游，溺於人不可救（戰國本）。不難看出傳世本僅是在戰國本原文
> 基礎上增加了虛詞，其差異是幾乎可以忽略的。巧合的是此段前句
> 亦見於《中山王𗊯鼎》銘中：「嗚呼，語不廢哉！寡人聞，蒦其汋於
> 人也，寧汋於淵。」朱德熙、裘錫圭二先生對其考釋作（《平山中山
> 王墓銅器銘文的初步研究》，《文物》1979 年第 1 期）：

> 「語」謂諺語，即指「蒦其汋於人也，寧汋於淵」一句。……
> 「汋」當讀為「溺」，「勺」與「弱」古音相近可通。（《左氏‧昭公
> 十一年》「國弱」，《公羊》作「國酌」。）……不論採取哪一種說法，
> 這個諺語的意思都是說：為人所迷惑而不能自拔，比掉在水裡還危
> 險。

> 上論「語」為諺語是非常可取的。實際在《春秋傳》中就能找到
> 「語」、「諺」互通的例子：

> 虞公弗聽，遂受其幣而借之道。宮之奇諫曰：「語曰：『脣亡則
> 齒寒。』其斯之謂與！」（《穀梁傳‧僖公二年》）

> 晉侯復假道於虞以伐虢，宮之奇諫曰：「虢，虞之表也，虢亡，
> 虞必從之，晉不可啟，寇不可翫，一之謂甚，其可再乎，諺所謂『輔
> 車相依，脣亡齒寒』者，其虞虢之謂也。」（《左傳‧僖公五年》）

〔註459〕xianqinshi〈所謂「應」跟所謂「雁」為一字〉，http://www.bsm.org.cn/bbs/read.php?tid=1560&fpage=4，2009.01.04。

　　由此可知《武王踐阼》是引諺入盥盤之銘，而他器之銘亦如是。

　　這樣看來，上博新出的戰國本《武王踐阼》篇在 8 號簡「桯銘」、9 號簡「枳銘」及 10 號簡「卣銘」之後的「曰」前又加入的一個新字，陳偉先生讀作「雁」，並認為是「諺」之假借，是非常合理的。
〔註460〕

　　許文獻在〈上博七《武王踐阼》校讀札記二則〉中，同意陳偉的說法，但是他認為△字應讀為「言」：

　　　綜上所述，知學者於簡文此例之釋讀似猶存疑義。實則學者之聚訟者，乃在於「雁」字之形源，而陳偉先生釋作「雁」之說，尤為可信。

　　　今復考甲金文「雁」字未見，其與「應」「鷹」等字本屬不同語源，自不待言，而簡文拓本或嫌漫漶，惟簡文此三例非從母，應無疑義，因此三例之女形未見合筆，且其上之二豎筆之筆勢，亦與母女相關諸字明顯有異；故亦疑簡文此三例當即「雁」字，其理為：

　　　一、今復考楚系「雁」字，大抵可分作三形，茲復引其字表要例：

| 字形　　隸定 | 第一形 | 第二形 | 第三形 |
|---|---|---|---|
| 雁 | <br>天星觀卜筮簡 | <br>包山簡簡 12） | <br>包山簡簡 165 |

　　　據上引諸形，知第一形至第二形、第二形至第三形，當分表「雁」字之繁化與異化，而上博簡簡 9 例之形當屬「雁」字第二形，並推勘形義，則與簡 9 例形近、且屬同一語法位置之簡 8 例之形，亦當為「雁」字之另一簡化異體。故疑《武王踐阼》舊釋為從「母」二例，當改隸作「雁」，一則為繁形，另一例則屬簡形。

　　　二、簡 8 與簡 9 亦云武王於諸器銘志之事，據此文義，寔亦可知武王應未致於銘其文又言誨己，而當遞言銘志之內容，茲復引此

---

〔註460〕熊立章：〈《上博七・武王踐阼》引諺入銘與《烝民》引言入詩合論〉，http://www.bsm.org.cn/show_article.php?id=984，2009.01.29。

二簡之辭例：

（一）「楹銘雁：『毋曰何傷，懲將長；【簡8】毋曰胡害，懲將大；毋曰何殘，懲將延。』」【簡10】

（二）「枳銘雁曰：『惡危？危於忿連。惡失？失道於嗜慾。惡【簡9】忘？忘於貴福。』」【簡10】

（三）「卣銘雁曰：『位難得而易失，士難得而易外』」【簡10】

而據上所述之釋形，疑「雁」字之釋讀疑有二式，惟讀為「言」者，似猶義勝於「諺」，其理為：

（一）疑讀為「言」（「雁」、「言」與「彥」等聲系聲韻畢近，當可通假），以示言語之意。經傳「言曰」習見，語例亦多，其語用遠勝「諺曰」，而簡9「言曰」連文，以詞彙之發展而言，先秦文獻所見「言」字多有虛義詞綴者，此於《詩經》中尤為習見，故簡文此所見「言曰」一詞，或可為先秦之並列式或派生詞等詞彙之發展，提供另一補證之參考。

（二）而古籍所見「諺曰」，雖示古諺之意，惟其語用稍受限，雖「雁」、「言」與「諺」三聲系聲韻畢近，理可相通，且《說文》釋「諺」為「傳言也」（卷三上「言」部），段注則補云其義乃「前代故訓」，然而，今復考古籍文獻所引古諺之內容與格式，依其語用分析，卻與《武王踐阼》之內容不甚相合，今以《左傳》引諺為例，其類大凡有六：

1. 引前代史事類，例如：《左傳‧閔公元年》：「大子不得立……且諺曰：『心苟無瑕，何卹乎無家？天若祚大子，其無晉乎？』」

2. 引喻象徵類，此類為數甚夥，例如：《左傳‧宣公四年》：「初楚司馬子良生子……是子也，熊虎之狀，而豺狼之聲，……諺曰：『狼子野心，是乃狼也，其可畜乎？』」他如《左傳‧昭公七年》之「蕞爾國」，亦此類矣。

3. 引經籍故訓類，例如：《左傳‧宣公十六年》：「《詩》曰：『戰戰兢兢，如臨深淵，如履薄冰。』善人在上也。善人在上，則國無幸民。諺曰：『民之多幸，國之不幸也，是無善人之謂也。』」

4. 引故舊良習類，例如：《左傳·昭公三年》：「及晏子如晉，公更其宅，……且諺曰：『非宅是卜，唯鄰是卜，二三子先卜鄰矣。』」他如《左傳·定公十四年》所云「民保於信，吾以信義也。」亦此類例矣。

5. 引宿者語類，例如：《左傳·昭公三年》：「魏子曰：『吾聞諸伯叔諺曰：『唯食忘憂。』」

6. 疑引習用語類，例如：《左傳·昭公十三年》：「諺曰：『臣一主二』」，又如《左傳·昭公十九年》所引諺云「無過亂門」者，亦此例矣。

惟非故訓籍者，故簡 8、簡 9、簡 10 之「雁」字，疑當讀為「言」，以示言語言曰之意也。

綜上所述，知陳偉先生之釋形可从，然而，以典籍文獻所見古籍諺語體例而論，則簡文「雁」字猶以讀為「言」為適。〔註461〕

**秋貞案：**

楚簡 8「」和簡 9「」和簡 10「」此三字字形有所不同，但是在文中的用法一致，故判斷應為同一字義，可以一起討論。茲先整理各家不同的說法。

| | 發表人 | 內 容 |
|---|---|---|
| 1 | 原考釋 | 釋「母」讀為「誨」。 |
| 2 | 復旦讀書會 | 釋「隹」讀為「唯」。 |
| 3 | 陳偉 | 釋「雁」讀為「諺」。 |
| 4 | 海天遊縱 | 釋「隹」讀為「唯」。 |
| 5 | xianqinshi | 「應」和「雁」同一字。 |
| 6 | 熊立章 | 讀作「雁」，並認為是「諺」之假借。 |
| 7 | 許文獻 | 釋作「雁」，讀為「言」。 |

原考釋者釋「母」和字形明顯不類於「母」。復旦讀書會和海天遊縱釋「唯」，但「唯」在楚系文字中都會加上「口」形。〔註462〕而且兩者都未說明

---

〔註461〕許文獻：〈上博七《武王踐阼》校讀札記二則〉，http://www.gwz.fudan.edu.cn/SrcShow.asp?Src_ID=737，2009.03.30。

〔註462〕滕任生：《楚系簡帛文字編》，武漢：湖北教育出版社，2008 年 10 月第一次印刷。頁 111「唯」字條。

含意，如果「唯」字在此當「發語詞」也不合適。所以去掉這兩種說法，剩下我們要探討的問題有二。第一：這三個字要釋為「應」還是「雁」？第二：「應」和「雁」是否為同一字？

首先看「應」字。「應」是由「膺」字假借而來。「膺」也假借為「鷹」字，古籀文為「䧹」。

「膺」在甲骨文作「𦏊」，從隹，半圓形指示「膺」之部位。金文作「䧹」（集成 2841 毛公鼎），左上方從「人」形，並將半圓形的指示符號變成一小豎筆。《說文》說「人」亦聲。「人」是否為聲符？季師和劉釗的看法不同。劉釗在《古文字構形學》一書認為：「古音䧹在影紐蒸部，人在日紐真部，古音侵部字和真部字或可相通，郭店簡『慎』有從『丨』得聲，『丨』為針的初文，〔註463〕針為侵部，慎為真部，即是侵真相通之例。而侵蒸關係極近，所以蒸真關係亦不遠。文獻中蒸真相通亦不乏其例，如《詩‧大雅‧下武》：『繩其祖武。』《後漢書‧祭祀志》劉注引繩作『慎』即是。故古文字䧹可加人聲」。〔註464〕季師在《說文新證》上冊「䧹」字條中說到「上古音䧹在影紐蒸部，人在日紐真部，古音頗有距離。人難以作『䧹』的聲符。」而且指出「𠂤」是「人」形和指事符號的訛變。〔註465〕

戰國文字中和「雁」有關的字形如下：

| 隸 定 | 出 處 | 字 形 |
|---|---|---|
| 膺 | 《楚系簡帛文字編》〔註466〕 | 䧹（新甲 1.13） 䧹（新甲 3.238）「背、膺疾」 |
| 雁 | 《上海博物館藏戰國楚竹書(一～五)文字編》〔註467〕 | 雁（上博五‧弟子問 1.7）<br>雁（港‧戰 3.6）此字編按：今之「鷹」字，簡文中讀「膺」。秋貞案：此字《楚系簡帛文字編》釋「雁」。〔註468〕 |

〔註463〕裘錫圭：《釋郭店〈緇衣〉「出言有丨，黎民有誩」——兼說「丨」為「針」之初文》，荊門郭店楚簡研究（國際）中心編《古墓新知》，國際炎黃文化出版社，2003 年。

〔註464〕劉釗：《古文字構形學》，福建人民出版社，2006 年 1 月，頁 82。

〔註465〕季旭昇師《說文新證》上冊，台北：藝文印書館，2004 年 10 月初版二刷，頁 276。

〔註466〕滕壬生《楚系簡帛文字編》，湖北教育出版社，1995 年，頁 821～822。

〔註467〕李守奎、曲冰、孫偉龍編著：《上海博物館藏戰國楚竹書（一～五）文字編》，作家出版社，2007 年，頁 197。

〔註468〕滕壬生《楚系簡帛文字編》，湖北教育出版社，1995 年，頁 368。

| 雁 | 《楚文字編》〔註469〕 | （包 2.91）　（包 2.165）　（天卜） |
| 雁 | 《楚系簡帛文字編》〔註470〕 | （包 2.121）　（包 2.122）　（包 2.123） |
| 癕 | 《戰國文字編》〔註471〕 | （陶彙 4.53）秋貞案：此字上部的「肉」有別於「膺」的「肉」形。 |
| 應 | 《戰國文字編》〔註472〕 | （十鐘）　（雲夢・日甲 34 反） |
|  | 《楚文字編》〔註473〕 | （包 174） |
| 雒 | 《楚文字編》〔註474〕 | （曾侯乙鐘）秋貞案：此字從「雁」形「音」聲。 |
| 鄺 | 《楚文字編》〔註475〕 | （曾侯乙鐘）　　（曾侯乙鐘）<br>（包 201）　（包 204）編按：應氏之應。<br>（天卜） |
| 纙 | 《楚文字編》〔註476〕 | （包 85） |
| 鳶（鴈） | 《戰國文字編》〔註477〕 | （郭店・性自 7）、　（包山 145） |

　　海天遊縱所言「字形多有二斜筆表示『膺』的筆劃，至於『雁』字多作從鳥，『彥』省聲」。李守奎也認為寫作兩撇或三撇形的正是「雒」字的特徵：

（瘫）（天卜）　　　　　　　　　（膺）（新蔡・零 199）

（膺）（新蔡・零 221 甲三 210）　　　（膺）（新蔡・乙二 19）

---

〔註469〕李守奎：《楚文字編》，華東師範大學出版社，2003 年，頁 235。
〔註470〕滕壬生《楚系簡帛文字編》，湖北教育出版社，1995 年，頁 368。
〔註471〕湯餘惠主編：《戰國文字編》，福建人民出版社，2005 年 8 月第 2 次印刷，頁 533。
〔註472〕湯餘惠主編：《戰國文字編》，福建人民出版社，2005 年 8 月第 2 次印刷，頁 701。
〔註473〕李守奎：《楚文字編》，華東師範大學出版社，2003 年，頁 606。
〔註474〕李守奎：《楚文字編》，華東師範大學出版社，2003 年，頁 155。
〔註475〕李守奎：《楚文字編》，華東師範大學出版社，2003 年，頁 412。
〔註476〕李守奎：《楚文字編》，華東師範大學出版社，2003 年，頁 749。
〔註477〕湯餘惠主編：《戰國文字編》，福建人民出版社，2005 年 8 月第 2 次印刷，頁 242。

　　單從字形上看，與「雁」字最為形近，但古文字與後世字書所收文字即使字形相同，也不一定是同一個文字。《說文》的「雁」來源不明，讀若鴈，音在疑紐元部，應當是「鴈」字的異體。「瘫」字即現在的「鷹」字，「膺」、「應」皆从「瘫」聲，音在影紐蒸部。（包91）、諸字的音義在簡文中與《說文》的「瘫」相當。除了用作人名外，就是用作「背膺疾」的「膺」和姓氏「應」。〔註478〕

　　我們從上表可看出釋為「瘫」的字應該都有兩小撇的特徵，或是加上聲符「音」或是加上形符「肉」或是「邑」旁表示地名。如果是「雁」字，基本上是不加上撇筆的，但是我們也看到有例外的，但《楚系簡帛文字編》中把留有撇的字形釋為「雁」的，故「膺」和「雁」，字形成混同的情形。再如曾侯乙鐘的「鄺」字，所從「瘫」旁，就有兩小撇的如：（曾侯乙鐘），也有

無兩小撇的如：（曾侯乙鐘）。「膺」上古音在影紐蒸部，「雁」在疑紐元部，聲為喉牙音可通，但韻部較遠，不應該混同為一字。戰國楚文字有「」一形隸為「薦」（鴈），從鳥产省聲，讀為「諺」。季師《說文新證》上冊「鴈」字條，釋形的部分提到：

> 段注云：「雁鴈不分久矣」，誠然西漢「鴈」字從「广」，《說文》以為「從鳥人、厂聲」未見。《武威儀禮‧士相見禮》「下大夫相見以鴈」、鴈足鐙等「鴈」字，與「雁」字似無不同。〔註479〕

　　我們再看〈武王踐阼〉簡中的簡8「」、簡9「」和簡10「」三字，除了簡9字形稍嫌漫漶，其他二字可以看出簡8是「隹」形，簡10從隹從「厂」省形，簡9的字形應是從「厂」從「隹」，此三字都可以釋為「雁」讀為「諺」，陳偉所說為是，而且同熊立章所言，〈武王踐阼〉簡中有引「諺」的例子，此處若釋為「雁」讀為「諺」是比較合理的。

　　另外，讀書會認為簡8的「桯（楹）名（銘）母（誨）」句後少一「曰」

〔註478〕李守奎：〈包山楚簡120-123號簡補釋，http://www.gwz.fudan.edu.cn/srcshow.asp?src_id=861#_ednref33，2009.08.01。

〔註479〕何琳儀：《戰國文字通論（訂補）》，江蘇教育出版社，2003年，頁211。

字。故此處可能也有訛誤的可能。復旦讀書會之說可從。

〔3〕惕

楚簡上的字形為「」，原考釋者釋為「傷」，「害」之意：

> 「惕」，《說文通訓定聲》：「傷叚借為惕。」「傷」，害也。

復旦讀書會釋和原考釋者所釋一致。

**秋貞案：**

「」字形從「易」從「心」，讀為「傷」。此字形不見於以往的楚簡。以前曾有從「易」從「刀」的「」（包2.22）「」（包2.83）和「易」從「戈」的「」（包2.144）「」（上二从甲.19）〔註480〕。現在「易」從「心」的字形，對照今本的句子「毋曰胡傷，其禍將長」，讀為「傷」是合理的。

〔4〕檌

楚簡的字形「」，原考釋隸作「檌」和簡9「」和「」兩字，隸為「檌」視為同一字，皆釋作「懲」，謂「引以為戒」之意：

> 「檌」，本篇第九簡作「檌」，實為同一字。「檌」，字書所無，讀
> 為「懲」。《禮記・表記》：「以怨報怨，則民有所懲。」鄭玄注：「懲
> 為創艾。」「懲」亦「戒」也，引前事之失敗以為戒也。

復旦讀書會以為上部從「化」下部從「示」，釋為「禍」：

> 簡文，整理者誤釋為「檌」。疑此字或從「化」，從「示」，即
> 可讀為《大戴禮記》之「禍」。

張振謙在〈《上博七・武王踐阼》箚記四則〉一文中釋「禍」字，他認為字形應是上從「化」下從「示」，其他筆畫為飾筆，讀為「禍」：

> 簡9「禍」字作：A、B，此字形體亦見於簡8，作：C，
> 其形體頗難分析，整理者誤釋為「檌」，讀為「懲」，誤。復旦讀書
> 會認為：「疑此字或從『化』，從『示』，即可讀為《大戴禮記》之
> 『禍』。」可從，A形可以拆分為：、，C形可以拆分為：、
> ，其基本聲符應為、，就是匕（音化）字，餘者、、
> 、等為飾筆，因此此字上部從「人」、「匕」應是「化」字。

---

〔註480〕滕壬生：《楚系簡帛文字編》，湖北教育出版社，1995年，頁750～751。

不過此字也可能隸定為「儮」，即分析為從「人」，「禍」聲，假使這種觀點成立，那麼其聲符有變形聲化為「化」的傾向。〔註481〕

小龍在〈論《武王踐阼》之「祡」應為「亓祡」〉文中認為此字是「亓祡」的合文。亓、化中間有共用的借筆情形：

此字「从示」無疑，謂其「从化」或是將「🔲、🔲，🔲、🔲」視為羨符，都是值得商榷的。戰國楚文字固然是羨符使用較為頻繁，但是所增羨符還是有一定規律可循的，從未見過如此增添羨符者。楚文字中化旁常見，也未見作此形者。略舉數例：

禍：祡🔲（二‧容16.24）　祇：🔲（五‧競8.8）

過：迪🔲（四‧曹52.28）　🔲（一‧緇11.31）

𠱻：🔲（三‧周56.9）

怎：🔲（一‧性32.20）

🔲、🔲、🔲三形所從皆與上舉化旁不同，楚文字祡字上部從未見如🔲、🔲、🔲三形這樣上部出現橫形筆畫者。此字釋祡，於形未安，需另作考慮。

《大戴禮記‧武王踐阼》相應文字作「楹之銘曰：『毋曰胡殘，其禍將然，毋曰胡害，其禍將大。毋曰胡傷，其禍將長』」。筆者認為🔲A、🔲B1、🔲B2三形應為「亓祡」合文。三形中🔲B1、🔲B2兩形寫法相同，🔲A形稍異。🔲B2可分為🔲（亓）與🔲（祡）兩部分，🔲中所從化旁與🔲（三‧周56.9）所從化旁相同；如果這麼拆分，則亓旁與化旁有借筆。又可將🔲分為🔲（亓）與🔲（祡）兩部分，🔲中化旁與🔲（一‧性32.20）所從化旁相同。🔲A形較之🔲B，中間簡省一豎筆，可以將🔲A其拆分為🔲（亓）與🔲（祡）兩部分，這麼拆分就是將中間的兩豎筆皆視為借筆，即亓、化共用中間的兩豎筆。

〔註481〕張振謙：〈《上博七‧武王踐阼》箚記四則〉，http://www.gwz.fudan.edu.cn/SrcShow. asp?Src_ID=613，2009.01.05。

也可以將A 拆分為 ⺁（亓）與 ⺁（柴）兩部分，這麼拆分就是認為

亓、化共用中間的一豎筆。

需要說明的是，丌、亓楚文字常見，作：

孔1　　　　　緇8　　　　　周28　　　　　語一59

性7　　　　　民9　　　　　從乙5　　　　　采4

⺁旁下部筆畫的方向與上述字形不同，但⺁旁位於字形一隅，又

要顧及與化旁共用的筆畫，稍作改變，亦是可能的。類似情況還可參

看《楚文字編》707、708 頁之瑟字（《楚文字編》頁707〜708）。〔註482〕

**秋貞案：**

簡8的「　」、簡9「　」和「　」視為同一字，故三字可以一起討論。原

考釋者釋為「㥥」、「㥥」，不確。查核字書，「正」字大部分作「　」形，中間

兩筆會有所相交，和本簡這三字所從的右上部「　」不同。

簡8的「　」字形可以分析為上下兩部分，下部從「示」無誤。上部為左

部從「人」，右部從「　」形。此形和「正」字筆畫不同，故不當釋為「正」。此

字上部為「二」、下部為「匕」，小龍以為係「匕」字和「亓」字的合文，而且

「匕」的上兩筆和「亓」的下兩筆有共筆的情形。

簡9「　」、「　」字上部左邊從「　」和「　」。「　」如「屡」字楚文字作

「　」（九56.87）「尸」為「人」形。故「　」和「　」可視同形。上部的右邊

為「　」形，與前段一字同形。

這三個字，小龍以為「亓柴」的合文，釋為「其禍」，跟今本《大戴禮記·

武王踐阼》「其禍」同。何琳儀《戰國古文字典訂補》談到戰國文字形體的演

變，簡化當中的「合文借用筆畫」也就是兩個字之間的筆畫共用。〔註483〕「合

〔註482〕小龍：〈論《武王踐阼》之「柴」應為「亓柴」〉，http://www.gwz.fudan.edu.cn/Src
　　Show.asp?Src_ID=727，2009.03.19。
〔註483〕何琳儀：《戰國文字通論（訂補）》，江蘇教育出版社，2003年，頁211。

文可以不用合文符號，但習慣上多用合文符號」〔註484〕。在這一句中因為句法排比，連續出現三次，故為了節省空簡及時間，「其禍」一詞寫作「稈」的合文，看起來也頗合理。不過，目前楚系文字還沒有看到「亓」旁因為合文共筆而省作「二」的例子，所以復旦讀書會逕把此字隸作「崈」，不理會「匕」上的「二」（應該是以為飾筆），也是非常合理的釋文，姑從之。

〔5〕毋曰亞害，稈牁大

簡10的上端殘，可見的「曰」字上應還漏了一字，原考釋者據今本補「毋」字。簡上的字形「𢆶」，原考釋者隸為「亞」字，讀為「胡」：

> 「毋」，據今本補。「亞」、「胡」音通。本句讀為「毋曰胡害，懲將大」。今本作「毋曰胡害，其禍將大」。不說何害，則懲戒將大。

復旦讀書會釋為「惡」，句為「毋曰惡害」。

**秋貞案：**

簡10的上端殘，故以此句的句法開頭都是「毋曰可愓」，下一句是「毋曰可戔」，故此句的開頭應是「毋」字無誤。

「𢆶」字可以如復旦讀書會所釋為「惡」。在許世瑛《常用虛詞用法淺釋》中很清楚地說明「惡」字作為疑問限制詞時，與「何」字的作用相同。如《左傳‧桓公十六年》：「棄父之命，惡用子矣」，「惡用子矣」可為「何用子矣」，白話釋為「背棄君父的命令，哪裡（哪兒）會有人肯任用這樣不孝的兒子呢？」或「背棄君父的命令，怎麼（怎樣）會有人肯任用這樣不孝的兒子呢？」。又如《史記‧武帝本紀》：「臣恐效文成，則方士皆掩口，惡敢言方哉？」，「惡敢言方哉？」翻譯為「哪裡（哪兒、怎麼、怎樣）敢說那可以長生不死的藥方呢？」又如《司馬相如傳》「百姓雖勞，又惡可以已哉？」翻譯為「百姓雖然勞苦，但哪裡（哪兒、怎麼、怎樣）可以停止呢？」〔註485〕本句「毋曰惡害」，其「惡」字可以指的是「不要說哪裡（哪兒、怎麼、怎樣）會有傷害」。

而「胡」字的用法，許世瑛《常用虛詞用法淺釋》中也說明了，「胡」字多數用於「不」或「為」之前。如《詩經‧鄘風‧相鼠》：「人而無禮，胡不遄死？」或《史記‧平原君列傳》：「楚王曰：胡不下，吾乃與而君言，汝何為者

〔註484〕何琳儀：《戰國文字通論（訂補）》，江蘇教育出版社，2003年，頁252。
〔註485〕許世瑛編著：《常用虛詞用法淺釋》，復興書局，1963年4月初版，頁385～389。

也？」再如，《墨子·公輸》：「子墨子曰：胡不見我於王？」和《韓非子·難二》：「此有國之恥也，公胡不雪之以政？」以上這些例子的「胡」字用於「不」之前。另外，歐陽脩〈秋聲賦〉：「噫嘻，悲哉！此秋聲也。胡為乎來哉？」這裡的「胡為」就是「何為」。故「毋曰惡害」一句以「惡」字會比用「胡」字恰當。

〔6〕毋曰可戔，惿牲言

原考釋者釋「戔」為「殘」，釋「言」為「延」：

> 此句讀為「毋曰何殘，懲將延」。懲戒將會延長。

復旦讀書會釋「戔」為「殘」，釋「言」為「然」，與今本《大戴禮記》同。「言」、「然」音近可通。「然」為「自然而成」之意：

> 簡文「言」，與《大戴禮記》「然」音近可通，《詩·小雅·大東》「睠言顧之」，《韓詩外傳》三、《後漢書·劉陶傳》引言作然。（參看高亨纂著、董治安整理《古字通假會典》，178 頁）王念孫曰：「《廣雅》曰：『然，成也。』謂其禍將成也。」

劉雲在〈上博七詞義五札〉一文中，討論「禍將言」一句，認為原考釋者釋「惿」為「懲」，非也，應釋為「禍」。而原考釋者釋「言」為「延」，是也。「言」為「延」均和「然」字可通，而且「延」字可以和另外二句的「大」和「長」相對應，均表「程度」的詞。故此句應讀為「禍將延」：

> 《武王踐阼》8～9 號簡中有一段「桯（楹）銘」，經過整理者和復旦大學出土文獻與古文字研究中心研究生讀書會（下文簡稱讀書會）的整理，文意已經很明朗了，不過最後一個「言」字的破讀還有討論的必要……。
>
> 讀書會將簡文中的「言」與《大戴禮記》中的「然」聯繫了起來，又引用了王念孫的意見，看起來很具有說服力，這樣一來大家忽略了整理者在誤釋之字的基礎上讀「言」為「延」的觀點也就是情理之中的事了。讀書會將簡文中的「言」與《大戴禮記》中的「然」聯繫起來考慮無疑是正確的，「言」與「然」代表的顯然是同一個詞，但讀書會所引王念孫之說其實是經不起推敲的。王氏認為《大戴禮記》中的「然」是「其禍將成」的意思，但是我們若將《大戴

禮記》相關文句中的三個排比句〔註 486〕聯繫起來看就會發現，除了「言」字之外的另外兩個句子中的最後一個字，也就是和「言」字對應的「大」、「長」，都是表示程度的詞。如果將「言」讀為「然」，訓為「成」，則不能和「大」、「長」對應。

我們認為雖然整理者將「祀」釋錯了，但其讀「言」為「延」的觀點是正確的。「言」字古音是疑母元部，「延」字古音是喻母元部，兩字聲母分屬牙、侯，相距不遠，韻部相同，可見兩字音近可以相通。傳世文獻中「言」字與「延」聲字可以假道於「然」字相通，「言」字與「然」字相通的情況可以參看上文所引讀書會意見，「然」字與「延」聲字相通的例子如：今本《老子》中的「埏埴以為器」，漢帛書《老子》甲本「埏」作「然」。

「延」字有「長久」的意思，如：《爾雅・釋詁上》：「延，長也。」《逸周書・作雒》：「予畏周室不延。」朱右曾《集訓校釋》：「延，長也。」《楚辭・離騷》：「延佇乎吾將反。」王逸《注》：「延，長也。」「延」字「長久」的意思放到《武王踐阼》的這段話中，正好與其中與其對應的「長」、「大」等表示程度的詞呼應起來，而且更重要的是傳世文獻中也正有用「延」字來描述「禍」的，如：《左傳・成公十三年》：「君亦悔禍之延，而欲徼福于先君獻穆，使伯車來命我景公。」杜預《注》：「延，長也。」可見讀「言」為「延」是再合適不過的了。〔註 487〕

**秋貞案：**

「祟牆言」一句，上一則已經釋「祟」字為「禍」，故應為「禍將言」。「言」字如何釋讀呢？筆者認為應從原考釋和劉雲所言，將「言」釋為「延」。「言」與「焉」可通，如《詩・小雅・大東》「睠言顧之」。「焉」與「然」可通。《詩・小雅・大東》「潸焉而出」，《荀子・宥坐》、《韓詩外傳》三、《後漢書・劉陶傳》引焉作然。〔註 488〕《老子》十一章「埏埴以為器」漢帛書甲本「埏」作「然」。

〔註 486〕這三個排比句是：「毋曰胡殘，其禍將然；毋曰胡害，其禍將大；毋曰胡傷，其禍將長。」

〔註 487〕劉雲：〈上博七詞義五札〉，http://www.bsm.org.cn/show_article.php?id=1004，2009.03.17。

〔註 488〕高亨纂著、董治安整理：《古字通假會典》，齊魯書社，1989 年，頁 176。「焉字聲系」。

《釋文》「埏」俗作「梴」。《詩‧商頌‧殷武》「松桷有梴」《太平御覽》九五三引梴作延。﹝註489﹞「延」和「然」可通，故「言」和「延」可通，原考釋和劉雲之說可從。而且在音韻上「言」上古音在疑紐元部，「延」在余紐元部，聲韻可通。

### 2. 整句釋義

牀桯上銘諓曰：「不要說這有何毀傷，如此禍患會更加增長；不要說這有什麼害處，如此禍患會更加擴大；不要說這有什麼殘損，如此禍患會更延續不止。」

## （十）桿﹝1﹞名戹曰：亞至＝﹝2﹞於忿連﹝3﹞

### 1. 字詞考釋

〔1〕桿

楚簡上的字形「」，原考釋者隸為「桿」，讀為「枝」。

> 讀為「枝銘誨曰：『惡危？危於忿縺。』」

復旦讀書會隸為「枳」，認為「枳」、「枝」可通，也可能「枝」和「杖」是一字的分化，或是字形的訛誤，但仍主張「枝」可為「杖」：

> 簡文「枳」，《大戴禮記》作「杖」。「枳」與「枝」音近可通，
>
> 「枝」與「杖」之間的關係比較複雜，或以為係一字分化，或以為
>
> 是字形訛混，不過「枝」這個字形可以表示「杖」應無問題。

劉洪濤在〈談上博竹書《武王踐阼》的器名「枳」〉﹝註490﹞一文中，認為「枳」就是酒器「戹」，也就是「欹器」。舉孔子觀魯桓公之廟，見「欹器」裝滿水之後而傾倒，故告戒弟子凡事不可自滿：

> 上博竹書《武王踐祚》9 號簡文有一種名叫「枳」的器物，我們
>
> 認為就是酒器「戹」。東周時期青銅戹的自銘一般都寫作「枳」或從
>
> 「只」、從「枳」的字（李學勤：《釋東周器名戹及有關文字》，《文物中的古
>
> 文明》，商務印書館 2008 年，頁 330～333），《武王踐祚》假借「枳」來表

---

﹝註489﹞高亨纂著、董治安整理：《古字通假會典》，齊魯書社，1989 年，頁 177。「延字聲系」。

﹝註490﹞劉洪濤：〈談上博竹書《武王踐阼》的器名「枳」〉，http://www.bsm.org.cn/show_article.php?id=926，2009.01.01。

示「卮」，並不奇怪。從出土實物來看，卮是一種半球狀類似瓢的酒器。凡是半球狀的物體都有一個特點，即重心不穩。《莊子‧天下》「以卮言為曼衍」，成玄英疏：「卮言，不定也。夫卮滿則傾，卮空則仰，故以卮器以況。」《淮南子‧道應》：「孔子觀桓公之廟，有器焉，謂之宥卮。」「宥卮」在《荀子‧宥坐》中被稱為「攲器」，「攲」也有不正不定的意思：孔子觀於魯桓公之廟，有攲器焉。孔子問於守廟者，曰：「此為何器？」守廟者曰：「此蓋為宥坐之器。」孔子曰：「吾聞宥坐之器者，虛則攲，中則正，滿則覆。」孔子顧謂弟子，曰：「注水焉。」弟子挹水而注之，中而正，滿而覆，虛而攲。孔子喟然而嘆曰：「吁！惡有滿而不覆者哉！」子路曰：「敢問持滿有道乎？」孔子曰：「聰明聖知，守之以愚；功被天下，守之以讓；勇力撫世，守之以怯；富有四海，守之以謙；上所謂挹而損之之道也。」

劉洪濤認為「枳」指「卮器」、「攲器」，對應此器之銘言，符合警戒意義：

> 卮器「虛則攲，中則正，滿則覆」的特點，跟「滿招損，謙受益」的為人處事原則有相通之處，所以古人常用以自戒。《文子‧守弱》：「三皇五帝有戒之器，命曰侑卮。其沖即正，其盈即覆。」為使警戒之意更為明顯，在卮器上製作些具有告戒意味的銘文，再合適也不過。《武王踐阼》卮上的銘文為：
>
> 惡危？危於忿戾。惡失道？失道於嗜欲。惡【相忘？相忘】於貴富。翻譯成現代漢語就是：
>
> 在什麼情況下會危殆呢？在憤怒的情況下。在什麼情況下會喪失道德呢？在充滿嗜欲的情況下。在什麼情況下會彼此相忘呢？在為富貴所迷的情況下。
>
> 「忿戾」、「嗜欲」、「貴富」都是不滿足，沒有學會怯、儉、謙、讓等持滿之道，所以才導致「危」、「失道」、「相忘」等覆敗。這跟卮器特點所表現出的警戒意義完全一致，可見我們把「枳」讀為「卮」是有道理的。

劉洪濤不認同讀書會所言，而認為「枳」和「杖」僅僅是字形上的混訛，二者不是一字的分化，也不是音近通用的關係。「枳」和「杖」是沒有任何直接的關係，最後他還是認為「枳」應為「卮」才是：

　　傳本《大戴禮記・武王踐阼》跟「枳」對應的字作「杖」。復旦大學出土文獻與古文字研究中心研究生讀書會說：

　　「枳」與「枝」音近可通，「枝」與「杖」之間的關係比較複雜，或以為係一字分化，或以為是字形訛混，不過「枝」這個字形可以表示「杖」應無問題。

　　讀書會指出「枝」是「枳」、「杖」演變的中間環節，這是對的。我們認為，「枝」表示「杖」僅僅是字形上的混訛，二者不是一字的分化，也不是音近通用的關係。「枳」演變為「杖」，經過音近轉寫和文字訛混兩個不同階段，這兩個階段性質不同。因此，「枳」與「杖」應該沒有任何直接的關係，後者並不能成為我們把前者讀為「厄」的反證。

　　劉信芳在〈《上博藏（七）》試說（之三）〉〔註491〕一文中「枳（枝）名（銘）」一段，談到在《包山楚簡解詁》一書中出現「櫝枳」和「竹枳」，經他的考釋結果，這兩樣物品疑似和「杖」有關，所以他認為簡本上的「枳」也讀為「枝」，若為「杖」的話，間接可證明「櫝枳」也可能為杖名：

　　包山簡259：「一櫝枳（枝），又（有）繪（錦）緙，緆宮（裹）。」260：「一竹枳（枝），繪（錦）宮（裹）。」

　　關於包山簡「櫝枳」，我曾經做過以下說明：

　　《說文》：「櫝，柜也。」《詩・大雅・皇矣》「其檉其柜」，陸璣〈疏〉云：「節中腫，似扶老，今人以為馬鞭及杖。」《爾雅・釋木》「柜，檵」，郭璞〈注〉：「節腫可以為杖。」《漢書・孔光傳》「賜太師靈壽杖」，服虔曰：「靈壽，木名。」孟康曰：「扶老杖也。」師古〈注〉：「木似竹，有枝節，長不過八九尺，圍三四寸，自然有合杖制，不須削治也。」「枳」讀為「枝」，《莊子・齊物論》「師曠之枝策也」，司馬注：「枝，柱也。策，杖也。」疑「櫝枝」是杖名。該墓北室出土有「龍首杖」一件（標本2：224）由銅質首、鐏和積竹柲等三部分構成，通長155.2釐米。該杖與席、枕、几、匲、梳、篦、瑟同出，與簡文所記大略相合。簡260記有「一竹枳」，

〔註491〕劉信芳：〈《上博藏（七）》試說（之三）〉，http://www.gwz.fudan.edu.cn/articles/up/0331，2009.01.18。

疑是竹杖。

　　信陽簡2-023：「一枏枳。」李家浩釋「枳」為桃枝席（《信陽楚簡中的「柿枳」》，《簡帛研究》第二輯）。「檳枳」究竟是杖名還是席名，尚有待於更多的辭例才能判明（劉信芳《包山楚簡解詁》，頁273，藝文印書館，2003。所引李家浩文見頁1～11，北京，法律出版社，1996）。

　　現在看來，釋「檳枳」為杖名的可能性有所增加。

　　劉洪濤在〈用簡本校讀傳本《武王踐阼》〉一文中，又再以傳世文獻支持自己先前的看法，今本的「無勦弗及，而曰我杖之乎」及「食自杖，食自杖，戒之憍，憍則逃」的兩「杖」字，古人校讀疑為「枝」字之訛，而「枝」和簡本對應的是「枳」字，故證明應是「枝」的訛字。他認為以簡本「枳」對應的句子來看，應讀為「卮」，而且「卮器」警戒「滿招損，謙受益」的意思，跟戒驕戒滿的銘文思想正相合：

　　　　傳本戶銘「無勦弗及，而曰我杖之乎」，王應麟曰：「『杖』，一作『枝』。朱子謂別本作『枝』，今以韻讀之，當從『枝』字。」孫詒讓引丁校云：「『枝』、『杖』二字易誤，但『枝』實非韻。」觴豆之銘「食自杖，食自杖，戒之憍，憍則逃」，俞樾曰：「『自杖』之義與食不合，下文『無勦弗及，而曰我杖之乎』，孔氏《補注》曰：『「杖」，朱子謂別本作「枝」，今以韻讀之，當從「枝」字。』然則此文兩『杖』字疑亦『枝』字之訛。『枝』與『支』通。《保傳》篇『燕支地計從』，注曰：『支猶計也。』『食自杖』者，每食必自計度，不過於醉飽也。」

　　　　按簡本跟「杖之銘」之「杖」字對應的字作「枳」。「枳」、「枝」音近古通，可證此「杖」字也是「枝」字之訛，跟上引三「杖」字同例。枳銘主題思想在於戒驕戒滿，疑「枳」應讀為「卮」。卮器具有滿招損謙受益的特點，跟戒驕戒滿的主題思想正相合。〔註492〕

　　劉雲在〈上博七詞義五札〉〔註493〕一文中認為「枳」應為「杖」。他先將各家說法一一列出：

---

〔註492〕劉洪濤：〈用簡本校讀傳本《武王踐阼》〉，http://www.bsm.org.cn/show_article.php?id=997，2009.03.03。

〔註493〕劉雲：〈上博七詞義五札〉，http://www.bsm.org.cn/show_article.php?id=1004，2009.03.17。

為了討論方便下面我們先將與「朼」相關的語句抄錄於下：

朼名（銘）隹（唯）曰：「亞（惡）危=（危？危）於忿連（戾）。亞（惡）達=道[=]（失道？失道）於脂（嗜）谷（欲）。亞（惡）[忘=]〔註494〕（忘？忘）於貴賵〔註495〕（富）。」

整理者讀「朼」為「枝」。讀書會云：簡文「朼」，《大戴禮記》作「杖」。「朼」與「枝」音近可通，「枝」與「杖」之間的關係比較複雜，或以為係一字分化，或以為是字形訛混，不過「枝」這個字形可以表示「杖」應無問題。

劉洪濤先生認為：上博竹書《武王踐阼》9 號簡文有一種名叫「朼」的器物，我們認為就是酒器「卮」。東周時期青銅卮的自銘一般都寫作「朼」或从「只」、从「朼」的字，《武王踐阼》假借「朼」來表示「卮」，並不奇怪。

劉信芳先生也讀「朼」為「枝」，並引其對包山簡中「檟朼」的考釋來與此處的「朼」字相互發明，其對包山簡中「檟朼」的考釋如下：《說文》：「檟，椐也。」《詩·大雅·皇矣》「其檉其椐」，陸璣疏云：「節中腫，似扶老，今人以為馬鞭及杖。」《爾雅·釋木》「椐，檟」，郭璞注：「節腫可以為杖。」《漢書·孔光傳》「賜太師靈壽杖」，服虔曰：「靈壽，木名。」孟康曰：「扶老杖也。」師古注：「木似竹，有枝節，長不過八九尺，圍三四寸，自然有合杖制，不須削治也。」「朼」讀為「枝」，《莊子·齊物論》「師曠之枝策也」，司馬注：「枝，柱也。策，杖也。」疑「檟枝」是杖名。該墓北室出土有「龍首杖」一件（標本2：224）由銅質首、鐏和積竹秘等三部分構成，通長155·2釐米。該杖與席、枕、几、匜、梳、篦、瑟同出，與簡文所記大略相合。簡260記有「一竹朼」，疑是竹杖。信陽簡 2-023：「一枏朼。」李家浩釋「朼」為桃枝席（《信陽楚簡中的

〔註494〕劉雲：此處當從整理者意見，補一個帶重文號的「忘」字即可，不必為了和傳世本保持一致而補帶重文號的「相忘」二字，因為單獨一個「忘」字也可以表達「相忘」的意思，更重要的是根據10號簡的形制此處只容補一個字。

〔註495〕劉雲認為此字應該是一個從貝畐聲的字，不過其中「貝」的上部與「畐」的下部是共用的，此字應該就是「富」的一個異體。此字整理者隸為「福」是錯誤的，讀書會直接隸為「富」，若放寬一點標準的話這樣隸定也未嘗不可，若嚴格一點的話最好隸為「賵」。

「枳」》，《簡帛研究》第二輯）。「櫎枳」究竟是杖名還是席名，尚有
待於更多的辭例才能判明。

劉雲認為各家說法都還有些許問題並不圓滿，故提出自己的看法：

以上各家的說法雖然互有發明，但各自的問題也是比較明顯的。
讀書會注意到了簡本與傳世本《武王踐阼》在「枳」與「杖」上的
對應關係，但對「枳」、「枝」、「杖」關係的論述疑點太多，難以令
人信服；劉洪濤先生避免了讀書會的問題，但其對「卮」的特點與
「枳名（銘）」內容的關係的論述很牽強；〔註496〕劉信芳先生也注意
到了簡本與傳世本《武王踐阼》在「枳」與「杖」上的對應關係，
但其認為「枝」有「杖」義卻是有問題的，因為文獻中無此用法，
其所舉的《莊子》中的「枝」字其實並不是「杖」的意思，其所引
的「司馬注」也只是說「枝，柱也」，此處「柱」的意思是「拄」，
王先謙《集解》說得很明白：「枝策者，拄其策而不擊。」

劉雲認同讀書會與劉信芳將「枳」與「杖」在意義上聯繫起來的想法是正
確的，並以傳世本（今本）《武王踐阼》校注中「杖銘」內容與「杖」的關係的
作闡發，說明「枳銘」和「杖」的關係：

我們認為讀書會與劉信芳先生將「枳」與「杖」在意義上聯繫
起來考慮的思路是正確的，因為這樣可以使「枳」與「枳名（銘）」
的內容照應上，至於「枳名（銘）」的內容與「杖」的關係，前人對
傳世本《武王踐阼》中「杖銘」內容與「杖」的關係的闡發是很好
的注腳，下面轉引於下：王應麟引真氏曰：「忿懥，怒也。大易所貴
懲忿懥，欲逞忿者有危身之憂，縱欲者有失道之辱。杖之為物於以
自扶，操之則安全有賴，捨之則顛踣可虞。富貴奢淫，易忘競畏，
於杖為銘，是或此義。」戴禮曰：「杖，扶危，故戒忿；杖依道，故
戒失；杖等身，故免以安貞。」（轉引自黃懷信主撰《大戴禮記彙校集注》
下冊，三秦出版社，2005年1月，頁659）

<hr>

〔註496〕劉雲：這一點從其所引的與卮器有關的評論與簡文中所謂的卮銘內容的對比中就
可以看出來，與卮器有關的評論如下：孔子喟然而嘆曰：「吁！惡有滿而不覆者
哉！」子路曰：「敢問持滿有道乎？」孔子曰：「聰明聖知，守之以愚；功被天下，
守之以讓；勇力撫世，守之以怯；富有四海，守之以謙；上所謂把而損之之道也。」
「三皇五帝有戒之器，命曰侑卮。其沖即正，其盈即覆。」

劉雲認同清儒對杖銘的註解，而且認為銘文中「失道」顯然與「杖」是有聯繫的，因為「杖」是人探路和助步的工具：

> 前賢所言雖有附會之處，但大體是不錯的。我們認為「枳名（銘）」中的「亞（惡）迣=道（失道？失道）於脂（嗜）谷（欲）」之語最能體現「枳名（銘）」的內容與「杖」的關係，因為「失道」顯然與「杖」是有聯繫的，因為「杖」是人探路和助步的工具。而且這樣考慮還可以照顧到傳世本的異文。確定了「枳」字具有「杖」的意思，下一步我們就來看看為什麼「枳」字會有「杖」的意思。

劉雲認為此處「枳」應讀為「策」，有聲韻上的關係。「策」有「杖」之意，如此一說補充了讀書會的看法，和劉信芳的說法稍有出入，但基本上同意「枳」為「杖」之意：

> 《說文解字・木部》：「枳，木似橘。」可見「枳」字的本義與「杖」沒有任何關係，這樣的話「枳」的「杖」義只能是假借義了。

> 我們認為此處的「枳」當讀為「策」，「枳」的古音是章母支部，「策」的古音是初母錫部，聲母分屬舌、齒音，相距不遠，韻部是嚴格的對轉關係，可見兩字古音相近。「枳」從「只」聲，「策」從「朿」聲，「只」聲字與「朿」聲字在古書中有輾轉相通的例證，如：「只」聲字「肢」與「支」聲字「肢」是一對異體字（《說文解字・肉部》：「肢，體四肢也。從肉只聲。肢，肢或从支。」），「支」聲字「翅」可以與「啻」相通，「啻」聲字「摘」可以與「朿」聲字「刺」相通。（見《古字通假會典》頁 460【翅與啻】條、頁 466【摘與刺】條）另外，李家浩老師認為「只」是「啼」的本字，[註497]據上文這也可以作為「只」聲字與「朿」聲字相近的證據。

> 「策」在古書中有「杖」的意思，如：

> 《莊子・齊物論》：「昭文之鼓琴也，師曠之枝策也，惠子之據

---

〔註497〕李家浩：《釋老簋銘文中的「濾」字——兼談「只」字的來源》，《古文字研究》第27 輯 245～250 頁，中華書局，2008 年 9 月。秋貞案：本文，李家浩先生認為「只」通「也」字，「濾」所從「也」作象子張口啼號之形，疑是「嘷」字的象形初文。李先生是說明：古代從「也」聲之字與從「虒」聲之字可以通用。雖「嘷」、「啼」為一字之異體，劉雲先生認為「只」為「啼」的本字，以此類比「只」和「朿」聲字相近的例證，不妥。

梧也，三子之知幾乎，皆其盛者也，故載之末年。」陸德明《釋文》
引司馬云：「枝，柱也；策，杖也。」《淮南子‧墜形》：「夸父棄其
策，是為鄧林。」高誘《注》：「策，杖也。」

　　既然「枳」的含義應該是「杖」的意思，「枳」與「策」的古音
十分相近，「策」又有「杖」的意思，那麼我們讀「枳」為「策」就
應該是很合理的了。〔註498〕

劉雲認為「枳」到「杖」的關係是可能有兩線：一是「枳（策）」先被同音字
「枝（策）」替換，「枝（策）」再訛變為意義上有密切關係而且更為常用的「杖」。
二是「枳（策）」直接被同義詞「杖」替換：

　　弄明白了簡文中「枳」字的含義，我們再來看看簡本「枳」字與
傳世本「杖」字的關係。對於這個問題，劉洪濤先生有很精彩的論
述：

　　讀書會指出「枝」是「枳」、「杖」演變的中間環節，這是對的。
我們認為，「枝」表示「杖」僅僅是字形上的混訛，二者不是一字的
分化，也不是音近通用的關係。「枳」演變為「杖」，經過音近轉寫
和文字訛混兩個不同階段，這兩個階段性質不同。因此，「枳」與「杖」
應該沒有任何直接的關係，後者並不能成為我們把前者讀為「卮」
的反證。

　　我們認為劉先生所構擬的「枳」、「杖」之間的嬗變關係是很有
道理的，可能事實上就是這麼個情況，但劉先生全然否定了這個嬗
變過程中語義可能會起到的作用，是很遺憾的。

　　我們認為「枳（策）」先被同音字「枝（策）」替換，這一演變過
程只是用「策」的另一個通假字「枝」代替了「策」在簡文中使用
的通假字「枳」，「枝（策）」再訛變為意義上有密切關係而且更為常
用的「杖」。〔註499〕當然也不排除「枳（策）」直接被同義詞「杖」

---

〔註498〕劉雲：劉信芳先生所舉的包山簡中的「橫枳」、「竹枳」中的「枳」字，參考劉先生
　　　　的意見，現在看來也應該讀為「策」，這無疑是本文讀「枳」為「策」的一個有利
　　　　旁證。至於其所提到的李家浩老師考釋的「柿枳」中的「枳」字，似仍當從李老師
　　　　之說，兩處語境不同，不能牽合。

〔註499〕劉雲：此觀點是我在與劉洪濤兄的爭論中受啟發而突然想到的，但劉兄不同意我
　　　　的觀點，依然堅持自己的觀點。

替換的可能性。

**秋貞案：**

以各家對「枳」字的看法眾說紛紜，茲整理後，依發表時間先後，表列如下：

| | 發表人 | 內　容 |
|---|---|---|
| 1 | 原考釋者 | 釋為「枝」，沒說明原因。 |
| 2 | 讀書會 | 釋為「杖」，「枝」和「杖」是一字的分化，或是字形訛誤。 |
| 3 | 劉洪濤 | 釋為「厄」，也就是「敧器」，〔註500〕認為和「杖」字無關。 |
| 4 | 劉信芳 | 釋為「枝」，再經包山簡的考釋類推，可能應為「杖」之意。 |
| 5 | 劉雲 | 讀為「策」，再由「策」意的「杖」字所取代。 |

從以上各家的說法，△字可能與「枝」、「杖」、「厄」、「策」有關。《說文》「枳」：「似橘。从木只聲。」可見「枳」是一種似橘的植物，不是可鑄銘之物，所以各家或往音同或形近的通假字方向去思考。

我們從字形來看，簡上的「枳」字形為「　」（以下以△代），如果將字形描繪得清楚一些，可見其字為「　」形。

就字形上，△字不見於甲骨、金文。在戰國文字方面，出土的文獻中有包山楚簡「　」（包2.265）「二～盞（錢）」出現過，此字隸作「枳」。筆者查閱戰國文字「枳」字的字形羅列如下：〔註501〕

| | 字　形 | 文　例 |
|---|---|---|
| 1 | 　（信2.023） | 「一柿～繢純」 |
| 2 | 　（信2.023） | 「□櫘～」 |
| 3 | 　（包2.259） | 「一櫃～」 |
| 4 | 　（包2.260） | 「一竹～」 |
| 5 | 　（包2.265） | 「二～盞（錢）」 |
| 6 | 　（郭・唐26） | 「四枝（肢）倦懈」 |

---

〔註500〕劉洪濤在2009年1月1日〈談上博竹書《武王踐阼》的器名「枳」〉寫「敧器」，在2009年3月3日〈用簡本校讀傳本《武王踐阼》〉寫「厄器」。

〔註501〕1～7的字形見滕任生：《楚系簡帛文字編》，武漢：湖北教育出版社，2008年10月第一次印刷。頁540。第8字形見湯餘惠《戰國文字編》，頁358。

| 7 | 𣏚（郭·語四 17） | 「不折其～」 |
| 8 | 𣏚（雲夢·日甲 49） | 「與～剌艮山之胃離日」〔註 502〕 |

在戰國文字中「只」字和從「只」的字還有以下表列：

| 字　形 | 文　例 |
| --- | --- |
| 𠬞（郭·尊 14） | 「教以～（技）」 |
| 𠬞（上三·彭 4.2） | 「既～（躋）於天」 |
| 𠬞（上五·鬼 2 背 12） | 「而紂首於～（歧）社」 |
| 𦵩（茋）（曾 212）<br>𦵩（茋）（包竹簽 19）<br>𦵩（蓛）（包 258）〔註 503〕 | 在《楚文字編》此字隸「茋」 |
| 𨙻（郍）（包 173）、𨙻（郍）（包 188） | 「～易少司馬」、「～人陳坡」 |
| 𨧥（䤺）邵方豆 | 「邵之迎～」 |

故「枳」的「只」形可能有「𠬞」、「𠬞」、「𠬞」、「𠬞」、「𠬞」形。參考何琳儀《戰國古文字典》上冊「只」字條，〔註 504〕我們可知：「『只』，秦系文字作𠬞形，楚系文字作𠬞、𠬞、𠬞，形體稍異。」故「枳」字可以釋為「枳」。

《說文解字·肉部》：「胑，體四胑也。從肉只聲。肢，胑或从支。」「支」是聲符。「只」和「支」上古音同在章紐支部，故「只」旁可和「支」旁通。「枳」字可以是「枝」、「肢」字，如「𣏚」（郭·唐 26）「四枝（肢）倦懈」、「𣏚」（郭·語四 17）「不折其～」。

就字音上，原考釋者、劉信芳都沒有提到「枳」和「杖」字音關係。讀書會只認為「枳」通「枝」有聲音上的通假關係而已。劉洪濤是以銘文的意涵和「卮」做聯想，沒有提到「枳」和「卮」的聲韻的關係。只有劉雲在「枳」和「杖」之間字音上的演變討論最多，但其聲韻關係的說明很迂迴，但說「枳」

---

〔註 502〕張守中《睡虎地秦簡文字編》，文物出版社，1990 年 9 月第一版，頁 84。張守中按：通「支」。
〔註 503〕李守奎《楚文字編》列為「包 158」，誤。
〔註 504〕何琳儀：《戰國古文字典》上冊，北京：中華書局，2007 年 5 月第 3 次印刷，頁 746。

通「枝」，「枝」再訛成「杖」。也是一種合理的推測。故目前為止，戰國文字中比較確定「枳」和「枝」有字音和字形的通假關係，但以現有的條件來看，若要證明「枳」和「杖」字有可通假的情形，可能需要更多直接的證據。

另外，要釋出△字除了字音字形的部分要考慮外，還有器物的銘文也是一條線索。就銘文方面，讀書會和劉信芳都沒有提到銘文，劉雲認同清儒對「杖銘」的註解，認為「杖」是人探路和助步的工具，所以銘文中「失道」與「杖」是有聯繫的。我們且看今本此句為「杖之銘曰：『惡乎危？於忿懥。惡乎失道？於嗜慾。惡乎相忘？於富貴。』其器名為「杖」，今本註解：

> 盧辯曰：「惡，於何也。忿者，危之道也，怒甲及乙，又危之甚。杖危，故以危戒也。杖依道而行之，言身杖相資也。因失道相忘，乃嗜慾安樂之戒也。」汪照曰：「《集解》：真氏曰『忿懥，怒也。《大易》所貴懲忿窒欲，逞忿者，有危身之憂，縱慾者，有失道之辱。杖之為物，於以自扶，操之則安全有賴，舍之則顛路可虞。富貴奢淫，易忘競畏，於杖為銘，是或此義。戴禮曰：『杖，扶危，故戒忿；杖依道，故戒失；杖等身，故免以安貞。』」〔註505〕

看其註解，以「杖危」釋之。本句銘文以問句的形式主要說明「在忿怒下會危險，在嗜慾下會失道，在富貴下會忘失自身」的道理，所以是勸人戒「忿怒、嗜慾和營求富貴」。如果因「失道」而要以「杖」自扶，尚容易聯想，但是「杖」和「富貴」的關係又如何連繫呢？「富貴奢淫，易忘競畏，於杖為銘」人倚杖而立，若無杖則傾；猶言富貴而驕人，因富貴而無所畏懼，則不是件好事，故以杖自戒，如此一說，兩者關係尚能牽合。故從義理來看，釋為「杖」也有一定的道理。但是「枳」若要釋為「杖」必得因「枳」通「枝」再由「枝」訛變為「杖」才能成立。故「枳」釋為「枝」、「杖」存疑待考。筆者認為從字形、字音上和銘文對應器物這三方面來看，以「杖」作為此句銘文的對應器物，還有很多未能圓滿解釋的地方，故不能確釋△字為「杖」。

接下來剩下劉洪濤的說法值得我們討論，筆者認為劉先生從字音和銘文的意涵推測「枳」為「庪」、「攲器」，是一種很有意思的說法，但是以此為結論似乎太快，其中還有很多疑問未解。我們有必要進一步釐清「枳」字和「庪」、「攲

---

〔註505〕方向東撰《大戴禮記匯校集注》頁634註[二二]，中華書局，2008年。

器」的關係才能定論。

「卮」為「卮」之異體。「攲」為「攲」之異體。〔註506〕先從古代文獻中的
字書韻書看「卮」和「攲」。

「卮」：

| 文　獻 | 內　容 |
|---|---|
| 大徐本《說文》 | 圜器也。一名觛，所以節飲食。象人卩在其下也。易曰：「君子節飲食」，凡卮之屬皆从卮。 |
| 《說文》段注 | 卮匜酒漿器。角部曰觛者，小卮也，《急就篇》亦卮觛並舉。此渾言析言之異也。 |
| 《廣韻》 | 卮，酒器。 |
| 《正字通》 | 卮，章伊切，音支。《說文》圜器也。所以節飲食。《漢高帝紀》上置酒未央宮，奉玉卮為太上皇壽。又《淮南子》盲者得鏡，則以蓋卮，不知所施之也。又江河不能實漏卮。又《文子·守弱》「三皇五帝，有觀戒之器，命曰宥卮」，註攲器也。又《莊子》「卮言日出。」註，酒器，滿則傾，空則仰。比之於言，因物隨變也。 |

「攲」：

| 文　獻 | 內　容 |
|---|---|
| 大徐本《說文》 | 持去也。从支奇聲。去奇切。 |
| 《說文》段注 | 「支」有持義，故持去之攲从「支」。宗廟宥坐之器曰攲器。按：此攲當作「敧」，危曰部敧，敧隔也。 |
| 《玉篇》零卷 | 丘之反。《說文》敧隔也。野王案：敧，滿即覆，中即正，是也。《韓詩》為「攲」字。 |
| 《廣韻》 | 「攲」，宗廟宥坐之器。《說文》又居宜切。持去也。 |
| 《正字通》 | 「攲」，同「敧」《家語》孔子觀於周廟，見攲器問守廟者。對曰「此宥坐之器」註，形似瓶而方，虛則攲，滿則平，溢則覆。宥與侑同，亦曰侑卮，攲器，觀戒之器也。《法言·重黎篇》或問持滿曰「扼攲」註「扼，抑也」猶損也。當自抑損以正其攲也。又以箸取物，《說文》持去也。 |

從以上表列的資料看，「卮」為酒器，《說文》段注認為和「觛」同一類。
《正字通》中所指的「卮」有很多意義，除了承《說文》的「圜器也」之外，
又提到「玉卮」、「漏卮」、「宥卮」、「卮言」。這裡的「卮」字意義變得很複雜。

「攲」字從《說文》「持去也」，沒有提到「攲器」。《正字通》解釋「持去
也」為「以箸取物」。而《說文》段注、《玉篇》零卷、《廣韻》、《正字通》都把

〔註506〕參考教育部《異體字字典》「卮」和「攲」字條。

「敧」解為「敧器」,觀戒之器或是與之相關。

「卮」和「敧」在《正字通》的一個共通處是提到:「宥卮」為一個觀戒之器,和「敧器」為同一物。

筆者查閱《玉海》及一些相關典籍中有關「敧器」的紀錄,羅列以下:
〔註507〕(將宥卮、敧器、宥坐下加橫線標明,方便後面討論)

1.《文子‧守弱》「三皇五帝,有戒之器,命曰<u>宥卮</u>,其中即正,其滿即覆」。

2.《荀子‧宥坐》有「孔子觀於魯桓公之廟,有<u>敧器</u>焉。孔子問於守廟者曰:『此為何器?』守廟者曰:『此蓋為<u>宥坐之器</u>。』孔子曰:『吾聞<u>宥坐</u>之器者,虛則敧,中則正,滿則覆。』……」。此段也見於《孔子家語‧三恕》文句大致相同,在「虛則敧,中則正,滿則覆。」句後加「明君以為至誠,故常置之於坐側」一句。《說苑‧敬慎篇》有「孔子觀於周之廟,而有<u>敧器</u>焉。孔子問守廟者曰:『此為何器?』對曰:『蓋為<u>右坐之器</u>。』孔子曰:『吾聞<u>右坐</u>之器者,滿則覆,虛則敧,中則正。有之乎?……』。另《淮南子‧道應訓篇》「孔子觀威公之廟有<u>敧器</u>焉,謂之<u>宥卮</u>,顧謂弟子曰:『取水注之』,中則正,滿則覆。」《韓詩外傳》卷三:「孔子觀於周廟,有<u>敧器</u>焉。孔子問於守廟者曰:『此謂何器也?』對曰:『此蓋為<u>宥座之器</u>。』孔子曰:『聞<u>宥座</u>器滿則覆,虛則敧,中則正,有之乎?』……」

3.《唐文粹》李德裕作〈敧器賦〉、《隋志》小說部有魯史敧器圖一卷。《文選注》曹大家〈敧器頌〉。

4.《杜預傳》「周廟敧器至漢東京尤在御座,漢末喪亂不復存,形制遂絕,預創意造成奏上,武帝嘉嘆焉。」《南史》「杜預有巧思,造敧器三改而成」、「南齊永明中竟陵王子好古,祖沖之造敧器獻之,與周廟不異」。後魏敧器,使祖晅之作敧器漏刻銘。後周文帝清徽殿初成,薛憕為之頌帝又造二敧器。《藝術傳》耿詢有巧思進敧器,隋煬帝善之。唐《嗣曹王皋傳》皋嘗自創意為敧器。

5.《實錄》中宗景龍四年正月丁巳,內出敧器,示侍臣曰:「朕今造成置之座右以戒盈滿。」宋太宗淳化中,翰林學士蘇易簡,內直嘗以水試敧器。皇

---

〔註507〕〔宋〕王應麟《王海》(三),大化書局,頁1710～1713。

祐四年三月戊辰，御邇英閣內出欹器，一陳御座前，諭丁度等曰：「朕思古欹器之法，示令工人制之以示卿等。」

**秋貞案：**

在以上文獻中，《文子‧守弱》稱「宥巵」；《荀子‧宥坐》稱「欹器」、「宥坐之器」；《說苑‧敬慎篇》稱「欹器」、「右坐之器」；《淮南子‧道應訓篇》稱「欹器」、「宥巵」；《韓詩外傳》卷三稱「欹器」、「宥坐之器」。《荀子‧宥坐》「此蓋為宥坐之器」楊倞注：「『宥』與『右』同。言人君可置於坐右以為戒也。」、「或曰：『宥』與『右』同。勸也。」王先謙《集解》引盧文弨曰：「今《說苑》作『右坐』，見〈敬慎篇〉。」《左傳‧僖公二十五年》：「命之宥」，洪亮吉詁：「右、宥、侑古字皆通也。」〔註508〕故不論是「宥坐」、「有坐」或「右坐」都是助人持戒的「觀戒之器」。它的特性是「虛則欹，中則正，滿則覆」，放在帝王座旁，作用是用以警戒帝王「滿招損，謙受益」的道理。

據說「欹器」這一種巧器很不容易做，何時開始第一件「欹器」沒有明確記載，在文獻中有春秋時代孔子於魯廟觀「欹器」的記載，但其器形無從得知。漢末之後制作欹器的工藝技術失傳，後來西晉杜預、南朝祖沖之、隋代耿詢、唐代馬代封和李皋等人都有意而作欹器。兩宋滅亡之後，此器又失傳，直到清代中期才又出現，乾隆皇帝曾有詠「欹器詩」，光緒十五年二月，醇親王依史書記載仿制欹器，此器全用黃銅制成，吊座上有篆銘「子子孫孫永矢弗諼」八字，容器形如盉，大口，直徑25，高17厘米，容器正面刻「滿溢」背面刻「坦坦蕩蕩」。（如下圖1）另外，光緒帝也有一御製欹器，至今還在北京故宮裡。〔註509〕所以目前所見的欹器是否和當初春秋時代孔子所見的欹器樣貌一致，無從而知。

有學者考證「欹器」的原形是新石器時代的陶製「尖底瓶」。程軍在〈欹器與半坡尖底陶罐〉〔註510〕一文中說：

「欹器的來由是距今 6000 年前仰韶文化時期的西安半坡遺址
發現的一種陶罐。（如下圖下2）底尖、腹大、口小，在腹部中央偏

〔註508〕宗福邦、陳世鐃、蕭海波主編《故訓匯纂》上冊，北京：商務印書館，2007 年 9月，頁 1065。

〔註509〕胡德生：〈漫談欹器〉，故宮博物院，家具 2008 年第 1 期。

〔註510〕程軍：〈欹器與半坡尖底陶罐〉，山西大同大學學報（自然科學版），2008 年 2 月。

下處有兩個可以

圖 1　清末醇親王府的欹器　　　圖 2　西安半坡遺址發現的陶罐

圖片轉引自胡德生〈漫談欹器〉　　圖片轉引自程軍〈欹器與半坡尖底陶罐〉

繫繩的環耳，双耳稍低於豎直放置時陶罐的重心，陶罐形狀左右對稱，將繩繫於双耳上，提起陶罐，陶罐會轉動，最後罐口豎直朝下。當向開口向上豎直放置的陶罐裡注水，高度差不多半罐，這時陶罐是正立的，但注滿水後，提起陶罐，陶罐肯定傾覆。」〔註511〕

在葉茂林《陶器投資與鑒賞》〔註512〕一書中提到新石器時代，仰韶文化時期有一種「尖底器」的陶器，在新石器時代比較多見，在四川的商周階段，出現過一種尖底杯和尖底盞，富有地方特色。尖底放置不便，但是有些居室地面是座坑的，可放尖底瓶，所以它可能有其特殊用途。尖底瓶在仰韶文化時期是一種有代表性的陶器，有強烈的文化屬性和時代特點。他於文中介紹一種陶器「繩紋双耳尖底瓶」，此器於 1972 年陝西臨潼姜寨遺址發掘出土，是仰韶文化典型的陶器。長期以來，考古學家認為它是盛水器，或稱古器「甀」，為「欹器」，是繫繩於双耳置水中打水，空則傾斜進水，滿則自然尖底下垂。到底是不是盛水器？有人經過實驗說並非如此。但是實驗過程是否有其他的問題，不得而知。

在〈原始器灌農業與欹器考〉〔註513〕一文中說這一陶罐的用途是原始農業

〔註511〕程軍引自戴念祖：《中國科學技術史‧物理卷》，北京，科學出版社，2001 年，頁 40～41。

〔註512〕葉茂林：《陶器投資與鑒賞》，台北，台灣廣廈出版，1996 年 9 月，頁 30。

〔註513〕參考黃崇岳、孫霄：〈原始器灌農業與欹器考〉，農業考古 1994 年 01 期。

生產時人們用以灌溉作物的器灌。先民從長期的經驗累積，認識到為了保障農作生產的穩定，光靠雨灌是不行的，所以進一步施以人工灌溉，而原始的方法是到江河去「抱瓮而汲」，隨著陶製的技術進步，漸漸生產出專業化的灌溉器具——攲器。根據現有的古文獻資料和考古發現來看，攲器的發展大致經歷了仰韶文化時期的器灌農業用器、酒器和青銅時代的禮器的歷史演變過程。仰韶時期的器灌農業對後來產生影響，在商周銅器銘文的徽號文字中，有一種象形字頗似對攲器的記載。一人形手托一器，器口有一下行弧線指向下面象一「容器」的符號。其手托之器大有向下傾覆之意。（如圖 3）商周時期，後人感念祖先發明攲器器灌的恩德，又以酒澆地的形式祭祀，攲器變為一種祭器、禮器。

圖 3　銅器徽號文字〔註 514〕

上海向明中學創明小組對「攲器」產生興趣，所以經過反覆的學習和研究實驗，他們肯定了攲器原為灌溉用的汲水陶罐。它是用於從河裡或井裡打水。攲器的巧妙在於其繫繩的罐耳在罐腹靠下的部分，水罐空的時候重心在罐耳之上，用繩懸掛時，罐身傾斜便於打水，當水半滿重心在罐耳以下，所以罐身扶正，利於拎起，當水灌滿時，重心上升到罐以上，就會傾覆。〔註 515〕

但在程軍〈攲器與半坡尖底陶罐〉一文中也提出一些不同的思考方向：

> 關於攲器與半坡尖底陶罐的關係，有些學者認為攲器可能是由半坡尖底陶罐演變而來（蔡賓牟、袁運開《物理學史講義——中國古代部分》，北京，高等教育出版社，1985，頁 92），甚至有學者鑑定它是攲器（王錦光、洪震寰《中國古代物理學史話》，石家莊，河北人民出版社，1981，頁 48），也有學者認為攲器是否是半坡尖底陶罐則需要作多方面的考證（王大鈞〈半坡的尖底紅陶瓶〉，《力學與實踐》1990，頁 71～75）。〔註 516〕

〔註 514〕〈原始器灌農業與攲器考〉一文中引自高明《古文字類編》。
〔註 515〕上海向明中學創明小組：〈也說攲器之謎〉，〈科學 24 小時〉2003 年 6 月。
〔註 516〕程軍：〈攲器與半坡尖底陶罐〉，山西大同大學學報，2008 年 2 月。

秋貞案：

由以上的學者的相關論文和學校的科學實驗，我們可以看到以目前的工藝技術要做到欹器並不是難事，但是以古代二三千年前的技術來說，欹器的製作是須要一些巧妙的設計和技術。因為我們對欹器的真實面貌沒有文獻的記錄，所以只能以它的特性加以揣摩製造，滿足這種器物符合「虛則欹，中則正，滿則覆」的特性。我們雖不敢斷定仰韶時期的半坡尖底陶罐是否就是欹器，但可以肯定的是：「欹器」要符合「虛則欹，中則正，滿則覆」的特性。

孔子在周廟所見的「欹器」是不是這種器具？我們在《文子‧守弱》、《荀子‧宥坐》、《說苑‧敬慎篇》、《淮南子‧道應訓篇》、《韓詩外傳》這些文獻上所看到稱「欹器」或「宥卮」或兩者並稱，所以會將「欹器」和「卮」聯想在一起，但是目前出土的青銅器中未見以「卮」自名者，故以宋人的《博古圖》的定義的那種「卮」器，是否能認定為「欹器」還是個問題。也就是說劉洪濤所說的「枳」字所代表的器具，是不是「卮」呢？這是第一個問題。再來，劉先生把「卮」等於是「欹器」的看法，是不是正確的？這是第二個問題。對於這些疑問可能需要更多的資料來證明。筆者認為目前綜合「半坡尖底陶罐」、「欹器」、「宥卮」這三者的唯一關聯是這三種器具都有「虛則欹，中則正，滿則溢」的特性，所以很自然讓人將此三物作了如此的繫聯。

對於第一個問題，我們有必要回到「枳」字的考釋部分，推敲「枳」和「卮」是否有關。劉洪濤在文中提到「東周時期青銅卮的自銘一般都寫作『枳』或從『只』、從『枳』的字」，其註解為李學勤在〈釋東周器名卮及有關文字〉一文〈為青銅器卮正名〉的一段。筆者認為李學勤的這一篇或許給我們一個再深入思考和研究的方向，所以特別查閱此文，文中李學勤說到其偶然見到一組青銅器，器呈橢圓形，深腹，兩側中間內凹，有一對小環耳，銘文未能拓摹，有器的自名，字如下：

新見青銅器「釳」

---

〔註517〕李學勤：〈釋東周器名卮及有關文字〉，出自《文物中的古文明》一書，商務印書館，2008 年 10 月，頁 330～334。本文亦收入在張光裕主編《第三屆國際中國古文字學研討會論文集》，2003 年 10 月。

李學勤在文中提到青銅㡭器的形制特點及㡭器曲折的正名過程：

這種形制的青銅器見於東周時期，現在通稱為「鉦」。朱鳳瀚先生《古代中國青銅器》關於這種器物上說：「鉦的形制特點是敞口或斂口，腹的橫截面與口部皆作橢圓形，腹較深；兩長邊上腹部多有双環耳，腹壁內收成平底，此外鉦亦有下接矮圈足，或接四足的。無蓋或有蓋。其與杯雖皆橢圓形，但鉦腹較深且作環耳，不同於耳杯淺腹弧狀耳。此外鉦或作斂口鼓腹形，或有蓋，或接四足，亦皆不見於耳杯（朱鳳瀚《古代中國青銅器》，頁124，南開大學出版社，1995）。上面說的一件器，符合這樣的形制特點，時代屬春秋中期偏早也相吻合，但器的自名難釋為「鉦」。

類似青銅器的定名，有一段曲折的過程。最早著錄的一器，見北末宣和時的《博古圖錄》卷六有稱之為「㡭」，為後人沿用。到清乾隆時《西清古鑑》卷十四收有兩件，改名為「舟」，而在卷二十六將一件束頸双耳鼓腹的壺形器稱為「㡭」。這其實是不妥當的，因為典籍裡的舟是尊下面的盤形器（參看李學勤《論雷鼓墩尊盤的性質》，《江漢考古》1989年第4期）。不過《西清古鑑》之說影響不小，到今天還有人把這類青銅器叫做「舟」，見於一些簡報、報告。

在青銅器的定名方面很有權威的容庚先生《商周彝器通考》，並不接受「舟」的說法。容先生說：「《說文》㡭部『㡭，圜器也，一名甂，所以節飲食。』《博古圖》定㡭之名，今從之。嘗見大中宜酒酒器，巨腹斂口，兩環為耳，與垂葉象鼻紋㡭相似，其為酒器可信（容庚《商周彝器通考》上冊，頁454，哈佛燕京學社，1941）。不僅堅接宋人的意見，還進一步說明其性質是酒器，但繼續容先生的說法的人不多。

20世紀80年代以後，多數有關著作都對這種器物改用「鉦」這一名稱。產生如此轉變的契機，是當時在河南洛陽玻璃廠出土的一件這種青銅器於《文物》發表（《洛陽哀成叔墓清理簡報》，《文物》1981年第7期），其銘文被釋為「哀成叔之鉦」。隨後，武漢市文物商店收集的另一件同種器物刊布（《武漢市收集的幾件重要的東周青銅器》，《江漢考古》1983年第2期），銘文被釋為：「唯王正月初吉壬午，蔡

太史秦（？）作其鉌，永保用」，並與洛陽一器相對照。〔註518〕

同時李學勤也說到，比較系統性地討論這一問題的是劉翔的《說鉌》一文的發表，〔註519〕該文是在哀成叔鉌、蔡太史鉌（見下圖1、2）〔註520〕兩器外，又舉史孔鉌和左關鉌。在《說鉌》這篇論文之後，「鉌」這個名稱就普遍被採用了。

圖1　蔡太史鉌　　　　　　　　圖2　其銘文（拓片）

後來李學勤在看到新見青銅器的 「觙」字時，再把有關「鉌」的器名並列出來。如下：

蔡太史厄「鉌」字　　　　　　　　哀成叔厄「鉌」字（反書）

史孔厄「枳」字　　　　　　　　　左關厄「枳」字

《說文》「只」字　　　　　　　　楚簡的「只」字旁

他認為把這幾件器物的「鉌」字去掉「金」、「木」部所從，經過我們對戰國文字的研究，都可以釋為「只」字。如之前筆者所表列分析「枳」字，所從「只」形，在戰國時期形體多變。故以上的厄器都可見其自銘所從應為「枳」，

〔註518〕李學勤：〈釋東周器名厄及有關文字〉，出自《文物中的古文明》一書，商務印書館，2008 年 10 月，頁 330～334。本文亦收入在張光裕主編《第三屆國際中國古文字學研討會論文集》，2003 年 10 月。

〔註519〕劉翔：《說鉌》，《江漢考古》1986 年第 2 期。

〔註520〕圖片轉引自劉翔：《說鉌》，《江漢考古》1986 年第 2 期。

從「木」從「只」。李學勤認為這些器物以其自名為佳，因「枳」和「卮」音同，故此種形制的器物應正名為「卮」：

> 「只」和「枳」古音在章母支部，與「卮」字的音完全相同，可相通假，這證明宋人把這種青銅器定名為「卮」是十分正確的。「卮」為什麼可以寫作從「角」從「只」聲的「觗」？《漢書‧高帝紀》注引東漢應邵云：「卮，鄉飲酒禮器也。古以角作，受四升。古『卮』字作『觗』」，說明了這個問題。古以角作，故字可從「角」；今以銅作，故字又可從「金」。至於聲旁作「只」、「枳」、「氏」等，都是一樣的。作為通假字，僅以表音，也就可以用「枳」來代替了。

> 青銅器的定名，銘文自名是最好的根據，據此我們認為種形制的器物仍應定名為卮。

李學勤再進一步申論金文的「枳」字，以左關鉌的「」字為例，說明「口」下一筆與「木」字右上的斜筆為共筆。此字即是「枳」，子禾子釜的「鉌」也是從「枳」，故「鉌」應為「卮」：

> 一般稱為左關鉌的器物，作圓杯形而有一小流，圖見《商周彝器通考》九一三。其銘舊多釋為「左關之和（鉌）」……這裡的「和」，實際是在「木」的右上斜筆上端加一「口」形，仔細考慮，釋「和」是非常勉強的，因為「和」的要點是從「禾」聲，「禾」不能改為「木」，況且子禾子釜首行明有「禾」字，同此處的「木」迥然有別。……左關鉌的「和」字，其實是「枳」字。這經過本文上節中的分析，不難看得清楚。其結構是將「只」字，即「口」下加一筆的那一垂筆與「木」字右上的斜筆合一共用，所以左關鉌的所謂「和」是「枳」。子禾子釜的「鉌」也是從「枳」。「鉌」亦應為「卮」。〔註521〕

**秋貞案：**

筆者認為李學勤的說法可信，所以除了「蔡太史鉌」之外，筆者再從《殷周金文集成》中把名為「鉌」的金文拓片羅列如下，以茲對照。這裡可見「哀成叔鉌」的「鉌」從「禾」部，不知是李先生錯摹，還是《集成》的拓本有誤？

〔註521〕 李學勤：〈釋東周器名卮及有關文字〉，出自《文物中的古文明》一書，商務印書館，2008 年 10 月，頁 330～334。本文亦收入在張光裕主編《第三屆國際中國古文字學研討會論文集》，2003 年 10 月。

「左關之鉫」的「鉫」從「金」旁，和李先生所列的不同。另外筆者也發現《集成》名為「邵宮和」的「和」字和「哀成叔鉫」的「鉫」字所從的「和」字一樣，所以懷疑「邵宮和」應為「邵宮枳」。見下圖：

哀成叔鉫〔註522〕　　　　　左關之鉫〔註523〕　　　　　邵宮和〔註524〕

史孔和（枳）、拓片〔註525〕

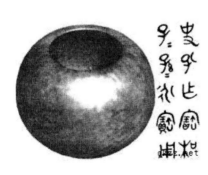

〔註522〕圖片取自《殷周金文集成》4650。在圖片中的「鉫」字從「禾」。
〔註523〕圖片取自《殷周金文集成》10368。這張圖很明顯可見「左關之鉫」的「鉫」字從「金」旁，和李學勤先生所摹不同。
〔註524〕圖片取自《殷周金文集成》10357。名為「邵宮和」，筆者認為「和」字應如「史孔枳」的「枳」字。
〔註525〕圖片取自《殷周金文集成》10352。

李學勤釋「鉔」為「厄」，也可以解釋本簡「」字，隸為「枳」是正確的，這類器物有銘文為證，可以確定：「枳」和這種銘為「鉔」的器物應是指同一種器物。在宋王應麟《玉海》〔註526〕「欹器」條中見：「天下之理至於中而止故。列聖和傳以中為大法而制器，亦象焉過與不及，均為非中，惟中則正矣。斯器日陳於前，亦几杖有銘之意。」自古歷代帝王聖賢製「欹器」以告戒「允執厥中」之意，其來有自。筆者認為「列聖和傳」的「和」應是「枳」字，見史孔厄的「」、左關厄的「」字。而且「斯器日陳於前，亦几杖有銘之意」正是指〈武王踐阼〉篇中武王鑄銘以自戒之事。再依李學勤的看法：在春秋戰國時代「枳」字可以指為同音的「厄」字，而且容庚在《商周彝器通考》釋「厄」器的形制和李學勤所見名為「鉔」的器物一致，正和宋人所釋的「厄」器的形制一致。這些條件可以使本簡的「枳」亦為「厄」器的可能性大增，但因為目前未見自名為「厄」的青銅器出土，或許有日得以一見，在還未見銘為「厄」器的真實面貌之前，我們只能說「枳」為「厄」在聲韻和器物的考證上有很大的關聯性。

至於對劉洪濤的第二個問題：「厄」是否是「宥厄」、「欹器」呢？如果循著劉洪濤的思路和同意李學勤的「枳」即是「厄器」的說法，筆者對於「厄」器是否為「宥厄」、「欹器」很感興趣。要研究這個部分，必須先看看目前定名為「厄」的器物能否達到「虛則敧，中則正，滿則覆」的狀態，才能進一步研判其為「欹器」的可能性。以目前所見的定名為「厄」的這些器物都沒有確切經過實驗，不知這種形制的器物可否達到欹器的「虛則敧，中則正，滿則覆」的特性。如果能將此種形制的器物透過加水的過程模擬實驗，結果得出符合欹器的特性，才能證明定名為「厄」的器物就是「宥厄」也就是「欹器」。

北京清華大學工程力學系的高云峰，他提出欹器的三種可能形態，介紹其原理，並根據有關力學的原理設計，把欹器製作出來，最後對這三種欹器的可能性進行推測。結論是（1）「懸浮式的欹器」技術要求不高，對外形沒有要求，双耳的位置也不要求很準確，故這種器物不可能會失傳近千年，因此真正的欹器是懸浮式的「欹器」的可能性不大。（2）「觸地式的欹器」技術要求很高，其

---

〔註526〕〔宋〕王應麟《玉海》，大化出版社，頁1710。

外形與重心變化對它的平衡位置都有影響，並且所有參數要滿足一定的條件。這種欹器的底部不能太尖，並且外形的精度要很高的要求，以古代的製作水平可能性不高。（3）「懸掛式的欹器」技術要求稍高，對外形沒有要求，双耳的位置也要準確，真正的欹器是「懸掛式的欹器」的可能性很大。在燒製這種欹器的陶器夾有氣泡，而鼓出的陶土相當於配重。如此一來，其懸掛時，不加水是「虛則攲」，加水約半時是「中則正」，而加滿水後則「滿則覆」，完全符合欹器的特點。〔註527〕

「懸掛式的欹器」的模型（如下圖），右為正視圖，左為側視圖。

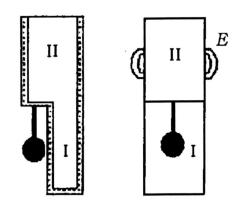

　　E為懸掛點（双耳），其中裝水的內管是特殊的，分上下兩部分，上管II橫截面是圓，下管I橫截面是半圓，旁邊有一配重。滿足的條件是：當管I加滿水時，此時所加水的重量等配重的重量。當管II加滿水時，重心位置正好達懸掛點的位置。在這樣的條件下，欹器空的時候，重心偏向配重這邊，從而欹器是斜的，若加水使管I滿時，總重心開始處於中軸線上，欹器處於垂直狀態。再加水，總重心仍處於中軸線上，欹器一直是垂直的，當管II也加滿水時，總重心的位置到達懸掛點E，欹器不穩定，外界極小的干擾就會使欹器傾倒，當水倒出後，又會回到傾斜的狀態。〔註528〕

　　依照北京清華大學高云峰的實驗，這種懸掛式的欹器的設計可以符合古代欹器的特點。再對照今日我們定名為「卮」的欹器，是否也有可達到相同條件的構造呢？筆者觀察到容庚在《商周彝器通考》附圖八〇八的「垂葉象鼻

〔註527〕高云峰：〈欹器的原理及設計〉，〈力學與實踐〉，1999年第21卷。
〔註528〕高云峰：〈欹器的原理及設計〉，〈力學與實踐〉，1999年第21卷。

紋厄」（如下圖）其外形結構據容庚形容：「高三寸二分，口縱三寸，橫四寸二
分。橢圓無足，旁有兩小半環為耳，前有一環為鼻，腹飾垂葉象紋」

筆者於是特別請教了學有工程力學背景的大學教授，以他們的專業對於垂
葉象鼻紋厄加以判斷，假設器物的厚薄一致，其中寬邊二小環耳以繩索吊起於
支架，如清末醇親王府所製的欹器一般，因為窄邊一側有一環鼻，另一側無，
則加環鼻的一邊會比較重，重心偏於環鼻的一側，於是整個器物會向重的一邊
傾斜，故可能可以達到「虛則欹」的狀態。如果向其容器內注水，加至環鼻的
高度，則重心會漸漸處於中軸線上，此時器物也會慢慢直立，達到「中則正」
的狀態。如果持續進水，水位到達兩小環耳的高度，重心的位置也到達兩小環
耳處，則器物會不穩而再度傾斜，故水會傾倒，而成為「滿則覆」的狀態。

故宮博物院藏有一青銅器——「回紋厄」〔註529〕，形制為「厄，侈口，鼓
腹，單環耳，平底，腹側双繫，腹飾弦紋三道，間以幾何紋，高8.1公分，宋以
後器」。其形制和「垂葉象鼻紋厄」類似。可見「厄器」有腹側双環，和一側單
環的形制，而此一形制可能和解開「欹器」之謎有很大的關聯，本論文中推測
「垂葉象鼻紋厄」或「回紋厄」是否具有「欹器」的特點？可能都只是紙上談
兵，有待一日若可以將此器以科學的方法加以驗證，或許對這一器形的青銅器
會有更深入的了解。

綜合以上，筆者認為欹器是經過一個長時間的演變而來的器物。一開始絕
不可能就是製作出來置於廟堂上的禮器，最先應是先民的日常生活物品，後
來因此物的特性而能使人有所警戒，於是置於廟堂之上，成為一種有觀戒性
質的禮器。有些學者們推測以「半坡尖底陶罐」正好符合這種特性，而對其
外形和作用加以研究，得出這是欹器原形的結論。因為欹器的特點是「虛則

〔註529〕故宮器物典藏資料檢索網站：http://antiquities.npm.gov.tw/~textdb2/NPMv1/show2.
php#。

欹，中則正，滿則覆」，所以只要符合這個特點的欹器，它的面貌可能因時代不同而有所改變，欹器的外形和材質就由農業用的陶製尖底瓶演變到生活或禮儀用青銅酒器，所以筆者推測這可能是「欹器」又名為「宥卮」的原因。之前有言「宥」有「勸戒」之意，故「宥卮」為可供勸戒之用的酒器，表示「卮」可為「酒器」，亦可成為「觀戒之器」。但要符合欹器的特性的卮器可能與飲酒用的卮器會有不同，這同時也可以解釋，為何同是卮器，但外形還是有所不同。故也可以細分「宥卮」和「卮」有所不同。以筆者對楚簡本〈武王踐阼〉的銘文考釋，武王在日常生活所用之物上鑄銘自戒的可能性較大，故簡本上寫出武王於席、機（弩機）、鑑、盥盤、桯（床前几）等器物上鑄銘。筆者推測本簡的「枳」應該是指「酒器」較為合理，而不是放於廟堂的觀戒之器。武王飲酒時使用卮器，因卮器可做為「宥卮」之用，故於器上鑄銘以自戒。

最後，筆者發現本簡枳器上銘文的意涵，和古代「欹器」相關文獻互有闡發之處。以下例出相關的古代文獻的資料加以說明。

> 三皇五帝，有戒之器，命曰宥卮，其中即正，其滿即覆。夫物盛則衰，日中則移，月滿則虧，樂終則悲。是故聰有廣智守以愚，多聞博辯守以儉，武力勇毅守以畏，富貴廣大守以狹，德施天下守以讓。此五者，先王所以守天下也。「服此道者不盈，夫淮不盈，是以弊不新成。」（《文子·守弱》篇）

> 孔子觀桓公之廟，有器焉，謂之宥卮。孔子曰：「善哉！予得見此器。」顧曰：「弟子取水。」水至，灌之。其中則正，其盈則覆。孔子造然革容曰：「善哉，持盈者乎！」子貢在側曰：「請問持盈。」曰：「益而損之。」曰：「何謂益而損之？」曰：「夫物盛而衰，樂極則悲，日中而移，月盈而虧。是故聰明睿智，守之以愚；多聞博辯，守之以陋；武力毅勇，守之以畏；富貴廣大，守之以儉；德施天下，守之以讓。此五者，先王所以守天下而弗失也；反此五者，未嘗不危也。」故老子曰：「服此道者不欲盈。夫唯不盈，故能弊而不新成。」（《淮南子·道應訓》）

> 孔子觀於魯桓公之廟，有欹器焉，孔子問於守廟者曰：「此為何

器？」守廟者曰：「此蓋為宥坐之器。」孔子曰：「吾聞宥坐之器者，虛則欹，中則正，滿則覆。」孔子顧謂弟子曰：「注水焉。」弟子挹水而注之。中而正，滿而覆，虛而欹，孔子喟然而歎曰：「吁！惡有滿而不覆者哉！」子路曰：「敢問持滿有道乎？」孔子曰：「聰明聖知，守之以愚；功被天下，守之以讓；勇力撫世，守之以怯，富有四海，守之以謙：此所謂挹而損之之道也。」（《荀子‧宥坐》）

孔子觀於魯桓公之廟，有欹器焉。夫子問於守廟者曰：「此謂何器？」對曰：「此蓋為宥坐之器。」孔子曰：「吾聞宥坐之器，虛則欹，中則正，滿則覆。明君以為至誡，故常置之於坐側。」顧謂弟子曰：「試注水焉。」乃注之水，中則正，滿則覆。夫子喟然歎曰：「嗚呼！夫物惡有滿而不覆哉！」子路進曰：「敢問持滿有道乎？」子曰：「聰明叡智，守之以愚；功被天下，守之以讓；勇力振世，守之以怯；富有四海，守之以謙。此所謂損之又損之之道也。」（《孔子家語‧三恕》）

孔子觀於周廟，有欹器焉。孔子問於守廟者曰：「此謂何器也？」對曰：「此蓋為宥座之器。」孔子曰：「聞宥座器滿則覆，虛則欹，中則正，有之乎？」對曰：「然。」孔子使子路取水試之，滿則覆，中則正，虛則欹。孔子喟然而嘆曰：「嗚呼！惡有滿而不覆者哉！」子路曰：「敢問持滿有道乎？」孔子曰：「持滿之道，抑而損之。」子路曰：「損之有道乎？」孔子曰：「德行寬裕者，守之以恭；土地廣大者，守之以儉；祿位尊盛者，守之以卑，人眾兵強者，守之以畏；聰明睿智者，守之以愚；博聞強記者，守之以淺。夫是之謂抑而損之。」《詩》曰：「湯降不遲，聖敬日躋。」（《韓詩外傳》卷三）

丁原植在《〈文子〉資料探索》一書中闡述分析這些文獻，「三皇五帝，有戒之器」的主旨是「不欲盈」、「抑而損之」之道：

「故三皇五帝，有戒之器」段：見於《淮南子‧道應訓》、也出現於《荀子》與《韓詩外傳》。四者敍說的方式略有不同。《文子》羅列出「愚、儉、畏、狹、讓」五種「不欲盈」的持守狀態；《荀子》僅指出「愚、讓、怯、謙」四種；《韓詩外傳》說明「恭、儉、卑、

畏、愚、淺」六種；《淮南子》則舉出「愚、陋、畏、儉、讓」五種。

《荀子》總結此事為：「此所謂挹而損之之道也」《韓詩外傳》亦曰：「夫是之謂抑而損之」二者義理相同。〔註530〕

在此頗能符合本簡柶器的銘文，武王告戒自己「惡危？危於忿戾；惡失？失道於嗜欲；惡忘？忘於貴福」，如《文子‧守弱》、《淮南子‧道應訓》「夫物盛而衰，樂極則悲，日中而移，月盈而虧。」的道理，告誡凡事不能太滿，極端之下，會有所危害。再如《孔子家語》、《荀子‧宥坐》「富有四海，守之以謙」告誡其富貴之後要懂得謙抑之道，正和簡中的「惡乎忘？忘於貴福」之戒有異曲同功之妙。

唐朝李德裕在《全唐文》卷六九六〈欹器賦共序〉一文：

> 癸丑歲，余時在中樞，丞相路公見遺欹器。贈以古人之物，永懷君子之心，嚐欲報以詞賦，屬力小（一作少）任重，朝夕踞，固未暇於體物。今者公已歿世，餘又放（一作旋）逐，忽睹茲器，淒然懷舊，固追為此賦，寘公靈筵。詞曰：

> 昔周道砥平，既安且寧。赫赫公旦，配德阿衡。謂難守者成，難持者盈。始作茲器，告於神明。至仲尼憲文武之道，思周公之德。入太廟而觀器，睹（一作見）遺法而歎息。且曰：「月滿而虧，日中（一作盈）則昃。」彼天道而常然，欲久盛而焉得。乃沃水於器，微（一作俯）察要終。挹彼注茲，受（一作授）之若衝。虛則龍脆，似君子之困蒙；中則端平，若君子之中庸。既滿則跌（一作滿則傾跌），霆浪電發。器如坻隤，水若河決。非神鼎之自盈，異衢樽之不竭。蓋欲表人道之隆替，明百事之有節。然茲器也，不以中而自藏，不以跌而自傷。其過也如彼薄蝕，其更也浸發輝光。得其道者，居則念於豐蔀，動乃思於謙受。顏既複而不遠，惠屢黜而何咎。知任重之必及，悟物盈之難久。雖神道之無形，常參然於前後。昔與君子，同秉國鈞。公得之為賢相，餘失之為放臣。睹遺物之猶在，懷舊好而悲辛。思欲克己以複禮，永報德於仁人。

上文所說，周公作欹器告於神明，孔子至太廟觀器而嘆息，並把欹器的三

---

態和君子作聯結，以下筆者再加上「枳器上的銘文」表列作一比較，可以更清楚此三者的關係。

| 欹器三態 | 李德裕〈欹器賦共序〉 | 枳器上的銘文 |
| --- | --- | --- |
| 虛則欹 | 虛則詭脆，似君子之困蒙。 | 惡危？危於忿戾 |
| 中則正 | 中則端平，若君子之中庸。 | 惡失？失道於嗜欲 |
| 滿則覆 | 既滿則跌（一作滿則傾跌），霆浪電發。 | 惡忘？忘於貴福 |

上文還總結〈欹器賦〉的主旨為「蓋欲表人道之隆替，明百事之有節。」凡事要有所節制之意，和銘文的主旨互有闡發。所以「枳」器的銘文和欹器的警戒作用一致，這也可以作為「枳」就是「欹器」的旁證。

就此以劉洪濤的「枳」為「卮」器，也就是欹器的看法來說，筆者目前未敢直接斷言，因為未見以「卮」自銘的器物，至於「欹器」的真實原形也不可得見，即使那些學者在實驗室所設計的欹器是不是真的欹器原形？答案是很難肯定的，但筆者認為為此說也是有其合理的推論，可提供後人再深入研究的一個方向。

另外，劉洪濤在〈談上博竹書《武王踐阼》的機銘〉一文中談到「卮這種器物大概只流行于東周以後，武王時可能根本不存在」的看法，其原文是：

> 需要的說明的是，我們說武王制作機銘，是指《武王踐阼》文中的武王，歷史上的武王應該不會有這種事。《武王踐阼》所記的武王和師尚父兩人，大概只是一個符號，可以甲某、乙某視之。我們曾經論述過武王在卮上制作銘文，據考古材料，卮這種器物大概只流行于東周以後，武王時可能根本不存在。如果這是事實，那麼《武王踐阼》的成篇年代的上限應該不能早於春秋時期。〔註531〕

筆者認為劉先生言「卮這種器物大概只流行于東周以後，武王時可能根本不存在」的說法未必正確。一是目前未見「卮」為銘的器物，故「卮」的真正身分未明。二是「枳」若是「卮」，「卮」為酒器，周人雖戒酒為尚，酒器在西周中期漸漸消失，但這之前的商朝應該有很多的，武王時代是周初，故應還可見「卮」器的。

同時此句也不能推論「《武王踐阼》的成篇年代的上限應該不能早於春秋時

---

〔註531〕劉洪濤：〈談上博竹書《武王踐阼》的機銘〉，http://www.gwz.fudan.edu.cn/SrcShow.asp?Src_ID=601，2009.01.03。

「期」的說法。經過筆者之前對「攲器」的探討，孔子所見的「宥卮」可能已是「攲器」演進為一種「觀戒之器」的形態。理由是在《文子‧守弱》中有言「三皇五帝，有戒之器」的說法，以及孔子在魯周廟見到攲器時說「吾聞宥坐之器者，虛則攲，中則正，滿則覆」，可見孔子是早有耳聞此器之名，只是未見其實體而已。是故攲器的原形若是新石器時代早有的陶製尖底瓶，則在周武王時可能還見有此器，而且可以想見在「卮」器上鑄銘自戒是很有可能的事。此楚簡本雖推測為戰國中晚期之物，但是文獻的內容應是傳抄的，並非當時作家的原創作品，所以用武王於「枳」上為銘一事，是不能用來推測《武王踐阼》的成篇年代。

〔2〕坐

楚簡上的字形為「」，原考釋者隸為「坐」，會人跪地之意。讀為「危」，「不自安」、「戒懼」之意：

> 「坐」，字從卩，從土，如人跪地，當古「跪」字，會意。讀為「危」。「危」，《荀子‧解蔽》「處一之危之」，楊倞注：「危，謂不自安，戒懼之謂也。」「惡危」，即「惡乎危」。《公羊傳‧莊公十二年》：「魯侯之美，惡乎至？」何休《解詁》：「惡乎至，猶何所至。」《孟子‧梁惠王上》：「天下惡乎定？」趙岐注：「問天下安所定，言誰能定之。」

復旦讀書會和今本均釋為「危」。

**秋貞案：**

大徐本《說文》「危」字：「在高而懼也，從厃自卪止之，凡危之屬皆從危。」「厃」：「仰也，從人在厂上。」

戰國「危」字，可能有三個來源：一是「」（陶彙5.145）上從厃下從卩，和《說文》同，何琳儀《戰典》說「疑跪之初文」。二是「」（郭店‧六德17）、「」（璽彙3335），上從人下從山形，會人在高山上有「危險」之意。三是本簡的「」字，上從「卩」、下從「土」，一般釋為「坐」字，但陳劍在〈上博竹書《昭王與龔之脽》和《柬大王泊旱》讀後記〉〔註532〕中指

---

〔註532〕陳劍：〈上博竹書《昭王與龔之脽》和《柬大王泊旱》讀後記〉，簡帛研究2005.2.15。

出「『迬』從『坐』聲，古代之『坐』本即『跪』，『危』應是『跪』之初文，『危』與『坐』形音義關係皆密切，很可能本為一語一形之分化」，故此字既可釋為「坐」、亦可釋為「跪」，「跪」可讀為「危」。所以原考釋者認為「當古『跪』字，讀為『危』」，「跪」上古音羣紐歌部，「危」在疑紐歌部，〔註533〕聲紐同屬牙音，又同韻部，故可通假，原考釋者和讀書會之說可從。

〔3〕忿連

楚簡上的字形為「」「」，原考釋者釋為「忿連」，「結怨不解」之意：

> 「連」，讀為「縺」。《集韻》：「縺，縷不解。」「忿縺」，結怨不解。

復旦讀書會釋為「忿戾」。傳本作「忿懥」。讀書會舉陳劍釋郭店簡《尊德義》簡1的「忿繺」為例，李零和陳偉以為「忿繺」讀為「忿戾」。《楚辭·九章·懷沙》：「懲連改忿兮」，「連」和「忿」應是同一個意思，「忿連」屬並列結構的詞，故王逸和王念孫認為將「連」改為「違」是錯的。「縺」、「連」讀音相近，《古字通假會典》有例證明「連」和「厲」通，「厲」又可與「戾」相通，故簡文「忿連」當讀為「忿戾」：

> 簡文「忿連」，《大戴禮記》作「忿懥」。

> 郭店簡《尊德義》簡1有「忿繺」，陳劍《尊德義釋文注釋》（未刊稿）云：

> 忿繺，何琳儀讀為「憤懣」（參看何琳儀〈郭店竹簡選釋〉，《文物研究》總第12輯，1999），謂「『忿』與『憤』音義均同（《集韻》），『繺』與『萬』聲系亦通（《說文》「萬讀若蠻」）。《文選·報任少卿書》『僕終不得舒憤懣以曉左右。』簡文意謂『抑止憤怒，改正忌勝，此人主所應留意。」周鳳五、顏世鉉說略同（參看顏世鉉〈郭店楚簡淺釋〉，《張以仁先生七秩壽慶論文集》，頁393～394）。讀為「忿戾」，謂「『忿戾』是古書常用的字。」（參看李零〈郭店楚簡校讀記〉，《道家文化研究》第17輯（「郭店楚簡」專號），頁523）陳偉從之（參看陳偉〈郭店簡書〈尊德義〉校釋〉，《中國哲學史》，2001年第3期，頁109），引《論語·陽貨》「古之矜也廉，今之矜也忿戾」何晏注引孔安國說「惡理多怒」為證。

---

〔註533〕見郭錫良《漢字古音手冊》，北京大學出版，1985年。

按讀為「忿戾」之說似可從。《楚辭・九章・懷沙》:「懲連改忿
兮,抑心而自強。」以「連」與「忿」對舉,肇、連讀音相近,表示
的應是同一個詞。王逸注:「懲,止也。忿,恨也。《史記》連作違。」
王念孫《讀書雜誌・餘編下》以為「連」字當從《史記・屈原賈生
列傳》作「違」,「違」有「恨」意,其例見於《詩》、《書》。結合簡
文來看,王說恐不確。古「連」聲字可與「列」聲字、「厲」聲字相
通(看《會典》212頁「連與烈」、「蓮與裂」條,630頁「列與厲」
條,631頁「裂與厲」條。古帝王「烈山氏」,古書或作「厲山氏」、
「連山氏」。又《說苑・談叢》:「猖蹶而活,先人餘烈。」馬王堆漢
墓帛書《稱》作:「商闕而栝,先人之連。」皆其證),「厲」又可與
「戾」相通(看《會典》537頁「戾與厲」條),「列」聲字也可與
「戾」聲字相通(《會典》537頁「戾與冽」、「悷與例」條),故《懷
沙》「連」字與簡文「肇」字可讀為「戾」。

據此,簡文「忿連」當讀為「忿戾」。

劉洪濤在〈用簡本校讀傳本《武王踐阼》〉一文中認為傳本「忿寙」的「寙」是
「連」字或「連」字之誤。「連」和「連」聲韻可通,應從復旦大學讀書會讀為
「戾」:

> 據簡本,傳本在「危」、「失道」、「相忘」下都應脫去重文符號,
> 故答語皆以「於」開頭,沒有重出上引三詞。「忿寙」的「寙」簡本
> 作「連」,二字音不近,「寙」當是「連」字或「連」字之誤。上古音
> 「連」屬定母元部,「連」屬來母元部,二字韻部相同,聲母都屬舌
> 頭音,可以通用。無論「連」或「連」,都應從復旦大學讀書會讀為
> 「戾」。[註534]

劉洪濤在武漢簡帛網中又上一篇文章〈《大戴禮記・武王踐阼》「忿寙」的
「寙」非誤字〉引《禮記・大學》「身有所忿懥」證明有「忿寙」一詞,更正之
前「『寙』當是『連』字或『連』字之誤」的說法:

> 《禮記・大學》:「所謂修身在正其心者,身有所忿懥,則不得
> 其正,有所恐懼,則不得其正,有所好樂,則不得其正,有所憂患,

---

〔註534〕劉洪濤:〈用簡本校讀傳本《武王踐阼》〉,http://www.bsm.org.cn/show_article.php?
id=997,2009.03.03。

則不得其正。」「忿懥」即「忿懫」，鄭玄注又作「忿懥」。因此「懫」非誤字。我們的說法有誤。〔註535〕

**秋貞案：**

原考釋者所釋之「忿連」一詞，討論最多的是「連」字。本簡字形為「」（以下以△代），從「辵」從「車」。

為釐清「連」字，以下表列戰國時出現的「連」，以茲比較。

| 出　　處 | 字形、文例 |
|---|---|
| 《璽彙》〔註536〕 | 「」（0145）、「」（1952） |
| 《包山楚簡》〔註537〕 | 「」（包2.118）、「」（包2.112）、「」（包2.225）等，當作官名「連囂」。 |
| 《上博楚簡》 | 「」（上三‧周35.39）「往訐來～」、「」（上四‧柬15.8）「中余與五～少子」、「」（上四‧曹32.10）「戟～皆栽」。 |

從以上字形來看，「連」都是從「辵」從「車」，和本簡的△字一樣。故劉洪濤認為「連」字之誤的說法，不確。「連」字如「」（郭‧尊28）、「」（帛甲‧7），右邊所從「」形和「車」字明顯不類。故不可能為「連」字之誤。

今本「忿懫」的「懫」字，《戰國文字編》〔註538〕「」（陶彙5.20）、「」（上博五‧鬼5.39）、「」（包山105）、「」（包山167）〔註539〕，都和本簡的△字不同。「懫」，《說文》以為「礙不行也。從重，引而止之也」，其實「懫」不從「重」，參看季師《說文新證》上冊，第311頁「懫」字條。故《說文》之說不可信，至於「懫」字的本義為何？不明。今本不知為何釋為「懫」？《禮記‧大學》「身有所忿懥」。陸德明《釋文》：「忿懥，怒貌也。」故「忿懫」雖

---

〔註535〕劉洪濤：〈《大戴禮記‧武王踐阼》「忿懥」的「懥」非誤字〉，http://www.bsm.org.cn/bbs/read.php?tid=1600&fpage=3，2009.03.19。

〔註536〕湯餘惠主編：《戰國文字編》，福建人民出版社，2005年8月第2次印刷，頁99。

〔註537〕劉信芳：《包山楚簡解詁》臺北：藝文印書館，2003年1月，頁13：「戰國之『連囂』即春秋之『連尹』《左傳》襄公十五年：『屈蕩為連尹』服虔〈注〉：『連尹，射官，言射相連屬也。』」「連」字可參考滕任生：《楚系簡帛文字編》，武漢：湖北教育出版社，2008年10月第一次印刷，頁162。

〔註538〕湯餘惠主編：《戰國文字編》，福建人民出版社，2005年8月第2次印刷，頁248。

〔註539〕包山簡的「」、「」字在劉信芳《包山楚簡解詁》、《楚系簡帛文字編》、《楚文字編》釋為「步」。

有「忿怒」之意，劉洪濤雖又有一文補充說明「寙」非誤字，但是在字形上和△字不類，所以可能為後人傳抄時以相類的詞義取代，而產生的譌誤。

「忿連」一詞應以復旦讀書會所釋為是。郭店簡《尊德義》簡1「忿纞」的「纞」字形為「」，從「車」從「絲」，「絲」的上面一筆和「車」字巧妙共筆。筆者認為此字可能是雙聲字，從「絲」和「連」省聲，讀為「聯」。「連」和「聯」上古音都是來紐元部字，可通。原考釋者讀△字為「縺」。「縺」字也是從「連」從「絲」省聲，「絲」字在漢代以後訛為「絲」，〔註540〕故「忿縺」同「忿連」。原考釋說「忿縺」，「結怨不解」之意。讀書會「忿連」釋為「忿戾」，《古字通假會典》有例證明「連」和「厲」通，「厲」又可與「戾」相通，故簡文「忿連」當讀為「忿戾」之外，「戾」字上古音在來紐質部，和「連」字聲同韻也可通轉，《詩經·小雅·賓之初筵》「賓之初筵，左右秩秩」，「筵」是元部字和「秩」是質部字，「筵」、「秩」可押韻，故「忿連」讀為「忿戾」應是沒有問題的。在《論語·陽貨》篇，子曰：「古者民有三疾，今也或是之亡也。古之狂也肆，今之狂也蕩；古之矜也廉，今之矜也忿戾；古之愚也直，今之愚也詐而已矣。」「今之矜也忿戾」何晏注引孔安國：「惡理多怒」，邢昺《疏》：「謂忿戾而多咈戾，惡理多怒」。〔註541〕故「忿戾」是「暴戾忿怒」之意。今筆者認為△字隸為「連」讀為「戾」押質部，可以和「欲」屋部和「福」職部旁轉，都是入聲韻。〔註542〕

### 2. 整句釋義

枳器上鑄銘文諺語曰：「什麼情況會有危及正道？在於自己有暴戾忿怒之氣時。」

## （十一）亞逆〔1〕＝道於脂谷〔2〕

### 1. 字詞考釋

〔1〕逆

本簡的字形為「」，原考釋者隸為「逆」，釋為「失」。「失道」即「失去

---

〔註540〕季旭昇師《說文新證》下冊，台北：藝文印書館，2004年11月初版，頁179。

〔註541〕《論語》清·阮元《十三經注疏》，藝文印書館。

〔註542〕陳新雄：《古音研究》，五南圖書出版，1999年4月，頁461～464。見「質職旁轉」和「屋職旁轉」條。

正道」之意也：

> 「迻」，《玉篇》：「進退皃。」本篇第十一簡「遊」字為「迻」之
> 繁構，釋為「失」。「失道」，《漢書‧董仲舒傳》：「國家將失道之敗，
> 而天迺先出災害，以譴告之。」《呂氏春秋‧慎小》：「人臣之情，不
> 能為所怨；人主之情，不能為所非。此上下大相失道也。」是謂失
> 正道也。

**秋貞案：**

〈武王踐阼〉簡出現過「◆」三個相同的字形，分別是本簡9「◆」字、
簡10「◆」、簡11「◆」，簡11的「失」字，原考釋者所說「第十一簡『遊』
字為『迻』之繁構」，可從。

「失」字在其他楚簡也出現過，作「遊」形較多，如：

◆（包2.80）　　　　◆（帛乙3.32）

◆（上二‧魯‧1）　◆（郭店‧6.41）〔註543〕

本簡此三字都應該從「羊」從「辵」，隸作「迻」即可。

本簡「失」字下有一重文號。

〔2〕脂谷

楚簡的字形「◆」、「◆」，原考釋者釋為「嗜」、「慾」。耽於耳、目、口、
舌，聲色之慾之意：

> 「脂谷」，「脂」讀為「嗜」，音同；「谷」，古文「慾」字。「嗜
> 慾」，謂耳、目、口、舌之所慾。《韓非子‧解老》：「嗜慾無限，動
> 靜不節。」《淮南子‧本經訓》：「嗜慾多，禮義廢。」《列子‧楊朱》：
> 「若觸情而動，聊於嗜慾，則性命危矣。」

復旦讀書會和今本均作為「嗜慾」，意同原考釋者所釋。

**秋貞案：**

「谷」字在本論文〈武王問道章〉討論過，這裡略。「脂」字從「肉」從
「旨」。戰國楚文字「旨」，有從「口」形，也有從「曰」形，本簡「脂」字所
從「旨」為從「口」形，上面的「氏」聲多橫畫為飾筆，仍為「氏」字。「脂」

---

〔註543〕參見滕壬生《楚系簡帛文字編》，湖北教育出版社，1995年，頁1004「失」字條。

上古音為章紐脂部,「嗜」上古音為禪紐脂部〔註544〕,聲母均為正齒音,韻母相同,故可通。《禮記・祭統》:「…不齊則於物無防也,嗜欲無止也。及其將齊也,防其邪物,訖其嗜欲,耳不聽樂……」「嗜欲」即謂耳、目、口、舌之所慾。

另外,今本此句為「惡乎失道?於嗜慾」,復旦讀書會為「惡迲=道l=〕(失道?失道)於嗜欲」,這兩句的語法和簡本的隸定為「惡失?失道於嗜欲」的不同,這裡先不做討論,待下一句釋完再一併討論。

### 2. 整句釋義

什麼情形下會失去正道?在耽溺於耳、目、口、舌之欲時。

## (十二)〔亞〕忘=〔1〕於貴福

### 1. 字詞考釋

#### 〔1〕忘=

原考釋者認為簡 10 此處上部殘損一字,按今本補「忘」字及重文符號:

> 「亞」字在上簡末,「忘=」字殘,按文意補。本句讀為「惡忘?
> 忘於貴福」。意為不忘在富貴之時。

復旦讀書會釋讀為「惡乎相忘?相忘於貴富。」今本為「惡乎相忘?於富貴。」

**秋貞案:**

原考釋者和復旦讀書會及今本最大不同之處,在於本簡上端所殘的部分應為「忘」一字或「相忘」二字?

筆者認為應是「忘」一字。原因有二:

甲、就本簡的字距來看。本簡 42.4 釐米,中契口距頂端 18.9 釐米,中契口至下契口為 20.9 釐米,這其中存 28 字,故本簡一字和其空白處約 1.4 釐米,故一字約 0.7 釐米。若本簡和沒有缺字的第 11 簡比對,第 11 簡長 42.8 釐米,本簡和第 11 簡只差 0.4 釐米,如果考慮上端殘損的情形,大概只能擠進一個約 0.7 釐米字而已,故以此判斷無誤的話,應該只能是「忘」一字再加個重文符號。

---

〔註544〕見郭錫良《漢字古音手冊》,北京大學出版,1985年。

乙、就本簡此句的句式來看。開頭為「枳（扂）銘諺曰：『惡危？危於忿連（戾）』」既為諺語，多句式整齊。所以第二句「惡迲（失）？失道於脂（嗜）谷（欲）」筆者認為原考釋者所釋，正確。復旦讀書會認為「惡迲（失）道？失道於嗜欲。」，為非。「失」字可以包含「失道」之意，故「道」字下不必有重文符號。第三句所殘的部分只容「忘₌」一個字及重文號，此句為「惡忘？忘於貴富」。筆者認為本句都是以兩個字為開頭的問句形式，簡本的寫法並沒有訛誤或缺漏。

今本的「惡乎危？於忿憲。惡乎失道？於嗜欲。惡乎相忘？於富貴。」語義上和簡本沒有不同，但是語法上的不同是很明顯的。其實這兩者間不能說孰好孰壞，我們只能以審慎的態度看待簡本，因為這些出土材料，可能更接近原典，而且以當時簡帛典籍的貴重來看，如有寫訛的部分都可能作更正，如第 1 簡的「不可得而睹乎？」的「而」字，從字與字的間距來看，應是後來再加進去的。以此推論，要在此句的「道」字下加一個「重文號」有何困難呢？所以原考釋者認為原簡「道」字下沒有「重文號」是對的，復旦讀書會不必因為今本的文句而將此句加進「重文號」。由此又更可以推論最後一句應是「惡忘？忘於貴富。」

### 2. 整句釋義

什麼情形下會忘卻正道呢？在得到富貴之後容易忘卻正道。

## （十三）卣 [1] 名扂曰：立 [2] 難尋而惕 [3] 迲

### 1. 字詞考釋

〔1〕卣

楚簡上的字形為「[字形]」（以下以△代），原考釋者隸為「卣」釋為「牖」，即今之窗也：

> 「牖」，《說文‧片部》：「穿壁以木為交窗也。」段玉裁注：「交窗者，以木橫直為之，即今之窗也。在牆曰牖，在屋曰窗。」

復旦讀書會同意原考釋者所釋。今本《大戴禮記》為「戶」銘。故復旦讀書會釋為「戶牖」的「牖」：

> 簡文「卣」可讀為「牖」。銘文講得位、得士，則銘於「戶牖」

之上的可能性要比銘於酒器「卣」之上的可能性大。

劉洪濤在〈上博竹書《武王踐阼》所謂「卣」字應釋為「戶」〉〔註545〕一文中認為原考釋者釋「牖」，非是。此字形應為「戶」字，非「卣」字。劉洪濤舉上博竹書《周易》、郭店竹書《緇衣》的「卣」字相比對，發現△字中間沒有一豎畫，故不是「卣」字：

> 上博竹書《武王踐阼》10 號簡有一個整理者釋為「卣」的字，
> 原作 a：

> 傳本《大戴禮記·武王踐阼》同 a 相當的字作「戶」，因此整理者把 a 讀為跟「戶」相關的「牖」。復旦大學出土文獻與古文字研究中心研究生讀書會同意整理者的意見，並補充說：「銘文講得位、得士，則銘於『戶牖』之上的可能性要比銘於酒器『卣』之上的可能性大。」這種解釋很有道理，所以為大多數學者所接受，至今還沒看到有人表示過反對。

> 上博竹書《周易》、郭店竹書《緇衣》等也有「卣」字，作下引之形：

上博《周易》1 號

上博《周易》28 號

上博《周易》20 號

郭店《緇衣》45 號

> 這些「卣」字的共同特點是中間有一豎畫。a 中間看似也有一豎畫，但把圖版放大後仔細觀察就可發現，所謂豎畫實際上是沾染了墨跡的竹簡的紋理。可見把 a 釋為「卣」並不十分合適。

劉洪濤以上博《周易》中也有「戶」字和△字類比，認為兩個偏旁字形相近，只有書寫角度的不同而已，並舉上博《周易》「利」字所從「刀」旁的不同寫法

---

〔註545〕劉洪濤：〈上博竹書《武王踐阼》所謂「卣」字應釋為「戶」〉，http://www.bsm.org.cn/show_article.php?id=1003，2009.03.14。

為例，證明△字即是「戶」字：

上博《周易》中也有「戶」字，這種寫法的「戶」字也見於郭店《語叢四》，分別作下引之形：

上博《周易》5 號　　　　　　　　郭店《語叢四》4 號

我們把這種寫法的「戶」字跟 a 都拆分為兩個偏旁，然後試做一下比較：

（1）

（2）

（1）的兩個偏旁字形相近是沒有問題的，二者只有書寫角度的不同。（2）的兩個偏旁雖然書寫角度也不同，筆畫的屈曲與柔和程度也不同，但把它們看作同一偏旁也應該是可以的。這可以比較下引上博《周易》「利」字所從「刀」旁的不同寫法：

30 號　　　　　　　　28 號

因此，a 跟上博《周易》的「戶」字應是一字的異體，再結合今本跟 a 相當的字也作「戶」來看，把 a 釋為「戶」就可以確定下來。

**秋貞案：**

復旦讀書會認為「銘文講得位、得士，則銘於『戶牖』之上的可能性要比銘於酒器『卣』之上的可能性大。」，但沒有進一步說明為何原因？我們先看「牖」字。「牖」字見甲骨、金文，戰國文字只見睡虎地秦簡《日書》，季師《說文新證》上冊「牖」字條。「牖」應為從片從日用聲，和「卣」沒有字義的關係。

「牖」字從「片」從「日」，會木壁透日光之處之意。其下似從「甫」，但西漢《馬王堆漢墓》「牖」字五見，右下都從「用」，當為「用」聲。……秦文字及《說文》小篆右下從「甫」，當屬形近而訛。

《說文》引譚長說「甫上日也，非戶也」，是對的，小篆從「戶」為

訛形。〔註546〕

　　白於藍《簡牘帛書通假字字典》第 52 頁「秀字聲系」:《叢辰》:利以串
（穿）戶秀（牖），舀（鑿）汬（井），行水事，吉。」「秀」和「牖」可通。
〔註547〕「牖」字之意近「窗」字。這些和「卣」字的意義不同，但字音上，
「卣」和「牖」字上古音都是喻紐幽部，聲韻皆同，是有同音假借的可能，但
目前沒有更直接的資料證明「牖」「卣」兩字通假。所以此字所指何物？仍值
得進一步探討。

　　劉洪濤認為「卣」為「戶」字，其實本簡「卣」字形「」，中間應

是從「土」形，並非「戶」字。雖劉洪濤所言中間那一豎為沾染了墨跡的竹簡
的紋理，但可以比較此筆畫和本字偏左一點的豎筆，那才是沾染墨跡的竹簡紋

理，可見兩者並不平行，前者是稍從上偏往右下。（如　　　　，左邊紅線是

墨跡，右邊紅線是「土」字的中豎筆），而且如果真是沾染的墨跡為何不是一
整豎直達到底部呢？反而是不偏不倚只呈現一個「土」形？

　　另外劉洪濤舉上博《周易》和郭店《語叢四》的「戶」字和此字相類。這
點為非，雖然楚文字「戶」和本簡此字筆畫均很簡單，但是劉先生也認為其
兩者筆畫「(1) 的兩個偏旁字形相近是沒有問題的，二者只有書寫角度的不
同。(2) 的兩個偏旁雖然書寫角度也不同，筆畫的屈曲與柔和程度也不同」，
這兩點不同，就是字形間不能類比的重要證據。首先，「戶」字的「厂」和「卣」
字的「厂」書寫的角度不同。第二，「戶」字「夕」的筆畫順序是　　，
先是第 1 筆由上到左下，第 2 筆由上而下作一大彎，第 3 筆在兩畫中間的一
撇；「卣」的筆順為「　　」，第 1 筆和第 2 筆可以先後，但基本上分為

〔註546〕季師《說文新證》上冊，藝文印書館，2004 年 10 月初版，頁 567。
〔註547〕白於藍:《簡牘帛書通假字字典》，福建人民出版社，2008 年 1 月。

上下兩筆，中間再寫「土」形。「戶」和「卣」的筆畫和筆順明顯不同。第三，「」形偏於左下，如「所」字「」（郭·尊·2）從「戶」的偏旁也偏在左邊，故「戶」字為左右結構，「卣」為上下結構，兩者明顯不同。筆者認為兩者會拿來類比的原因，可能是本書手並沒有把「卣」字的外圍完全收口，和其他楚簡的「卣」字不大一樣，這一點是因為書手將此字寫得超出簡的寬度，但是不管如何，中間的「土」形就足以辨識出「卣」字形的特徵。故筆者認為此字仍釋為「卣」為是。

首先在字形考釋上，筆者將「卣」字從甲骨、金文、戰國文字演變如下表：

| 字　形 | | 文　例 |
|---|---|---|
| 甲骨 | （乙 7835）、（京津 4234）、（京津 4234）、（合 27301） | |
| 金文 | （孟鼎）、（曶鼎）、（臣辰卣）、（毛公鼎）、（虢叔鐘） | |
| 春秋戰國 | （石鼓文） | |
| | （《集成》燕·甂生不戈） | |
| | （郭·緇 45） | 朋友～（攸）攝 |
| | （上博一·緇 23） | 朋友～（攸）攝，攝以威儀 |
| | （上博三·周 1.4）、（上博三·周 30.15）、（上博三·周 40.17） | 《上博楚竹書一～五文字編》按：今本皆作「攸」 |

在字義上，《說文》中無「卣」字，但有「卤」字，即是指「卣」。何琳儀《戰典》「卤」字條云：

> 「甲骨，象盛酒器之形。」金文「」（曶鼎），中從「土」表示陶製盛酒器。典籍作「卣」。《爾雅·釋器》「彝、卣、罍，器也。」注「皆盛酒尊」小篆譌作卤。《說文》「卤，艸木實垂卤卤然，象形，讀若調。𣷷，籀文三卤為卤。」，土旁演變序列為丄、土、爻、工、口。甂生不戈，不詳，疑讀為迢。《史記·趙世家》「烈侯迢然」，正義「氣行貌，寬緩也。」《漢書·敍傳上答賓戲》「主人逌爾而咲」

注「師古曰，逌，古攸字也。攸，哭貌也。」〔註548〕

《戰典》「卣」字條下：

「甲骨 ，卣下加皿繁化，故卣、𪓐古本一字。金文作 ，皿旁省為一形，石鼓演變為L形，為小篆所承。《說文》「逌，气行貌，从乃，卣聲。讀若攸。典籍訛从辵作逌逌。」〔註549〕

季師《說文新證》上冊「卣」字條云：「甲骨、金文卣字，象瓠壺之形」季師又云：「依甲、金文字形，當隸定作『卣』。」小篆「卣」字的「仌」是由戰國文字「土」形訛變來的。〔註550〕

　　筆者認為從甲骨、金文到戰國文字，「卣」字誠如何琳儀所言「卣」形中間形態多變，到戰國文字其中間多从「土」形。但「卣」字的樣貌很一貫，沒有相差多少，狀如匏瓜，上有蒂之形。今日我們所見青銅器「卣」的造型多種多樣，有長頸圓體形、扁體或橢方體形、筒形、方形、有提梁和無提梁等等，但這些卣的形貌和「卣」字相差很大，實在令人難以聯想。

　　「卣」到底為何物？容庚在《商周彝器通考》〔註551〕上編第三章彝器的分類中，將「卣」歸為「酒器」，並形容「卣」為「或圓或橢，有蓋及提梁」並對名為「卣」形的器物有具體的描述，如下：

　　其狀橢圓，碩腹斂口，上有蓋，蓋有紐，下有圈足，側有提梁，四面有稜（鼎卣），有下有方禁者（鼎卣二）。有腹及蓋有柱棋出者（鳳紋卣）。有四面無稜者（𣄤父己卣）。有體圓四面有稜者（丁 卣）。有蓋與頸圓而腹足方者（饕餮紋方卣）。有體方者（鳥紋方卣）。有體扁如瓶而梁特高者（饕餮蟬紋卣）。有紐蓋作圈狀，體圓如柱者（亞其 作母辛卣）。有圈紐長頸者（亞冊作父辛卣）。有有流者（非子 父庚卣）。有無提梁而貫耳者（圓渦四瓣花紋卣）。有狀若鴟鴞四足而有提梁者（鴟鴞紋卣）。有狀若鴟鴞四足而無提梁者（ 卣）。有作饕餮形攫人欲啖者（饕餮食人卣）。有作鳥形者（鳥形卣）。此皆商代形制，西周前期略同。有附勺者（ 卣）。

---

〔註548〕何琳儀《戰國古文字典》，中華書局，1998年9月第1版，參第202頁。
〔註549〕何琳儀《戰國古文字典》，中華書局，1998年9月第1版，參第202頁。
〔註550〕季旭昇師《說文新證》上冊，台北：藝文印書館，2004年10月初版二刷，頁384。
〔註551〕容庚：《商周彝器通考》，上海人民出版社，2008年8月，頁313。

有橢圓圈紐無耳無提梁者（騻卣）。……其銘皆在器腹內。〔註552〕

朱鳳瀚認為「卣」：「現通稱作『卣』的青銅器均碩腹，頸兩側有提梁，上有蓋，下有圈足。但此類器並無於銘文中自銘之例，其名稱實得自宋人，沿用至今。」〔註553〕，容庚也在《商周彝器通考》下編第二章中釋酒器「卣」以古代文獻加以說明，並也提出「今所見的卣器，無稱『卣』名者，其名定自宋人，皆屬西周前期以前之物，西周後期以後未見其器，何也？」的疑問：

> 盛秬鬯之器也。《周禮‧鬱人》：「凡祭賓客之祼事，和鬱鬯以實彝而陳之。」則鬯當在彝。而《詩》、《書》、《左傳》、毛公鼎等器皆言「秬鬯一卣」者，蓋彝者禮器之共名者，而卣者其專名。然今所見之卣，無稱卣名者，其名定自宋人，皆屬西周前期以前之物，西周後期以後未見其器，何也？卣又假攸或脩為之：《詩‧江漢》：「秬鬯一卣」釋文：「卣本作攸。」《周禮‧鬯人》：「廟用脩」注：「脩讀曰卣，卣中尊。」〔註554〕

是故目前所見的「卣」器是不是真為「卣」還值得討論。有些學者對於「卣」的形貌，提出不同的看法。

季師《說文新證》上冊釋「卤」字中引徐中舒云：「『瓠壺』是最原始的『卣』，目前所認為有提梁的『卣』，其實應該是『壺』」。季師認為「瓠壺」也可能是「卣」器的原始形態：

> 徐中舒云：「卣字，為古時盛酒的葫蘆，底部不穩，故盛以盤，作，金文作，銅器中有瓠壺，就象葫蘆形，這是真正的卣，此器最近山西省曾經發現。現在許多金文書籍，把提梁壺稱為卣，這是沿襲宋人的錯誤，應該糾正。凡有提梁的，都應稱壺，與卣有別。」（〈怎樣研究中國古代文字〉）有提梁的是否一定要稱壺，學者也許還有討論的空間，但是瓠壺是最原始的卣，學者大致都能同意（參附圖）。〔註555〕

---

〔註552〕容庚：《商周彝器通考》，上海人民出版社，2008年8月，頁314。

〔註553〕朱鳳瀚：《文物鑑定指南》，陝西人民出版社，1995年12月第1次印刷，頁17。

〔註554〕容庚：《商周彝器通考》，上海人民出版社，2008年8月，頁313。

〔註555〕季旭昇師《說文新證》上冊，台北：藝文印書館，2004年10月初版二刷，頁384。

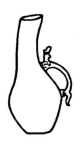

《中國青銅器》221 頁

　　筆者認為「卣」的名稱是宋人所定，因為目前未見一件「卣」上有自名為「卣」的器物，故「卣」者是否如上述甲骨、金文及考古典籍所見之「卣」，目前沒有確證，我們只能在古代文獻上知道它是一種盛酒器。有一北京故宮藏的「匏形壺」（如下圖 1），壺為匏形，腹上有一活動提柄，圈足，有蓋，蓋上有一桶狀凸口，通體無紋飾。另外筆者查閱《中國青銅器全集》有一春秋晚期「莒大叔瓠形壺」（如下圖 2），壺作瓠形，帶蓋，蓋上有環紐和直流，獸首活動鋬，通體素面，頸下有銘文二十八字，記莒大叔之孝子平作此壺之事。

圖 1　匏形壺　　　　　　圖 2　莒大叔瓠形壺〔註 556〕

　　另外，春秋晚期「蟠龍紋瓠壺」（如下圖 3）和「蟠蛇紋匏形壺」（如下圖 4），據考古學家、古文字學家張頷對這種「瓠壺」的說法認為形如「匏瓜」即「葫蘆」的一種。據其考證此器輪廓形象古天文星像中「匏瓜星」亦即「天雞」之象：

---

圖3　蟠龍紋瓠壺〔註557〕　　　　　圖4　蟠蛇紋匏壺〔註558〕

　　1973年山西聞喜縣出土戰國時帶有鳥頭蓋的偏頸陶壺。張頜作此文考證該器形制的涵義，指出這件器物即古文獻中所說的「玄酒陶匏」的「匏壺」，即盛玄酒（水）用的禮器。此類形制的銅器已見於容庚《殷周青銅器通論》中著錄的圖版「鳥蓋瓠壺」。文章又指出，壺形為匏瓜即葫蘆的一種，鳥頭壺像雞形。此器輪廓形象恰如古天文星像中「匏瓜星」亦即「天雞」之象。蓋西周時以匏瓜作為日用器物，古人見物形對照以名星象，有其淵源有自。以「匏瓜」為星名，確係中國古代所固有，而非外來的名稱。〔註559〕

　　張頜對這種匏形的器物稱為「匏壺」。徐中舒、季師也認為銅器中象葫蘆形的瓠壺，就是真正的卣。筆者認為若以字形來看，此說比較可信。「卣」的原始

〔註557〕「蟠龍紋瓠壺」：陝西歷史博物館藏。蓋成伏鳥形，尖喙有冠。器作側頸鼓腹，圈足，匏瓜狀。有雙首龍形鋬，以鏈與蓋鳥尾相連。腹部飾六周浮雕蟠龍紋。花紋纖細，造形優美。此壺出土地綏德臨近黃河，春秋晚期在晉管轄範圍內，應屬於晉器或魏國之器。

〔註558〕山西省考古研究所藏：蓋成伏鳥形，頭頂長冠，雙目圓睜，鈎形尖喙。鳥身俯伏蹲坐狀，頸、腹部中空，鳥身羽毛豐滿，雙翅搭在背部，一對利爪緊緊抓住兩條掙扎扭曲的小龍。器頸側斜，鼓腹，平底，矮圈足。肩部一側附有虎形提梁，虎昂首張口，蹲伏狀。虎口啣環，環上有鏈，與鳥尾部相連。壺頸飾一周絢索紋，腹飾四周蟠蛇紋，虎形提梁飾重環紋、鱗紋和雲紋。此壺形同匏瓜，用於盛玄酒。

〔註559〕大家張頜（三）「匏形壺與匏瓜星」，引自 http://www.daynews.com.cn/culture/ysrs/429626.html，降大任《張頜傳略》見《晉陽學刊》1988年第五期。

形象應是可盛酒的葫蘆。在曾凡的〈關於「陶匏壺」問題〉一文中說到黃河流域發現的新石器時代早期出土的「双耳壺」，其造型模仿植物葫蘆瓜樣式：

> 裴李崗文化，目前是黃河流域的中原地區已發現的新石器時代早期的一種文化類型，經碳十四測定，距今約 7000 餘年左右。從其遺址的調查和發掘中，出土的「双耳壺」，器身作球型，或橢圓形，小口，其領或高或矮，確像「其造型模仿植物葫蘆瓜樣式」，而且是這種文代類型中「最常見，也最有代表性」的器物。由此可以推知，當時的人們是大量播種這類植物的，以作為食物的一種來源。〔註560〕

另外曾凡還行文說明「磁山文化」的遺址中也出土「双耳壺」，和裴李崗文化相似，當時也有播種葫蘆這類植物。仰韶文化也出土大量的「葫蘆瓶」，這也是《禮記》中所說的「太古之器」的「陶匏」。陝西龍山文化中的遺址發現其「整個器形近似葫蘆形」或小口細長頸鼓腹陶瓶。這些新石器文化的遺址中都有似葫蘆形的陶匏出土的記錄。到商周時期，因為青銅器的發展，在一些西周時期的墓葬中，出土過一些形製比較精緻的「陶匏」，到東周時則偶有發現青銅製的「匏形壺」。在 1959 年河北省邯鄲市出土的一件「彎頸壺」和 1973 年山西聞喜縣戰國墓出土的「匏形壺」相似，但聞喜的這一件上蓋有鳥狀的紐，在閩侯縣荊溪廟後山一座西漢的墓中出土「陶双耳匏形壺一件」，此件也有鳥形的上蓋紐。曾凡認為這些有鳥形蓋紐的匏形壺並非偶然，而認同張頷在〈匏形壺與匏瓜星〉一文所言的「天鷄」有所關聯。

關於陶匏的傳說和來歷，曾凡認為「陶匏的初形是葫蘆」：

> 陶匏的初形是葫蘆。而葫蘆在古代有寫為壺盧、蒲蘆、胡盧、瓠瓟等這些名詞，都是双音節詞，假如從漢語的發展規律來說，這種双音節詞的出現時代，可能遲至南北朝前後。其實在漢代以前，它是單音詞。稱為「瓠」、「匏」或「壺」，故《詩經》中的「八月斷壺」的注云：「壺，瓠也。」而再根據現代的《辭海》云：「匏，音盧，舊讀胡。蔬菜名。瓠瓜也叫『扁蒲』、『葫蘆』、『夜開花』，通壺」，是一種瓜屬蔓藤類的植物，也是一脈相承的解釋，這種植

---

〔註560〕孫海、藺新建主編《中國考古集成》華南卷 10，商周至秦漢（二），中州古籍出版社，頁 853。

物經過勞動人民的長期培育，又逐漸演變出許多類型，根據西晉人
著的《廣志》中已經提到的有三種，即都瓠（扁蒲）「如牛角，長
四尺有餘」；約腹瓠（細腰葫蘆）「其大數斗，其腹竊挈」；苦葉瓠，
其味苦，不可食，短頸大腹。到了元代王禎的《農書》中又提出來
有四種，即大葫蘆、小葫蘆、長柄葫蘆和亞腰葫蘆等。明代李時珍
的《本草綱目》又依其藥用價值把它分為五種，（1）兩端同大，形
似橢球名瓠；（2）長頸大腹名懸瓠；（3）短頸大腹名壺；（4）無頸
大腹似球形名匏；（5）兩頭大而亞腰名蒲蘆。可以說我國的葫蘆類
形到了明代已經具備。因此張頷先生說：「古代匏、瓠二字經常相
互稱謂，界線並不怎麼清楚。」又說：「我國古代陶器和青銅器中
的壺就是從匏瓜形象演代而成。壺字，即瓠的象形字，兩個字音相
同，在古代文獻中，壺、瓠二字可以假借。」（《光明日報》1979 年 8
月 22 日《文物與考古》109 期）由於這個原因，所以，匏、瓠、葫、壺
等字可以通稱。張頷先生的說法，同時在上述考古發現和殷虛甲骨
文中，也可以得到印證。由於這類植物可以食用，也可以制作用
具，因此與遠古人類有著密切的關係，所以在《詩經》中也有不少
的記載，如：「八月斷壺」、「幡幡瓠葉」、「甘瓠累之」、「齒如瓠犀」
等，這些都是關於瓠瓜與古代人民生活關係的描寫。

　　葫蘆是很不容易保存下來的，但人類發明了陶器之後，首先就
想起了它。如《中國原始社會史》說：「最初的陶器，可能以一定編
織物、葫蘆為內模製成的。因為有些陶器形制與葫蘆及其變體如出
一轍。」（宋兆麟《中國原始社會史》，文物出版社，1983 年版，頁 171）我們
再根據上述裴李崗文化和仰韶文化等遺址出土的陶器來看，器形比
較簡單，而尤以「陶匏」形為最多，同時，這類陶器，還是這類文
化的代表。因此，我認為上述學者們的推斷，是符合陶器發展規律
的，所以，也是正確的。也就是「陶匏」的最初來歷，得到歷史與
考古的見證。〔註561〕

---

〔註561〕曾凡：《關於「陶匏壺」問題》，《考古》1990 年 9 期。此篇載於孫海、閻新建主編
　　　　《中國考古集成》華南卷，商周至秦漢（二），中州古李學勤：《青銅器與古代史》，
　　　　聯經出版，籍出版社。

以上文獻考證的結果，我們可以解釋從「陶匏」到青銅器的「匏壺」、「瓠壺」都是如出一轍，「卣」為葫蘆形，所以筆者認為真正的「卣」應該指的是這類「瓠壺」，如徐中舒、季師所言為是。

這類形的器物是否也可以同時對應此器的銘文「位難得而易失，士難得而易間」的意涵？筆者透過和季旭昇師的討論，他認為這是很有可能的。在早期的甲、金文裡的「卣」字如 ◊（京津 4234）、◊（京津 4234）、◊（合27301）、◊（臣辰卣）、◊（毛公鼎）等字，下部都有一個象盛座的器物，表示此物如果不加一個盛座加以支撐，其下部應是不穩的，而「卣」以葫蘆的形象自是不能穩固，正如銘文所言「其位易失，其士易間」一般，容易因不能穩固而有失策。故以「卣」字的字形判斷，很能符合銘文的意涵。

另外，以「卣」字是一種盛酒的器物來看，也頗能符合銘文的內涵。原因是商人以酒亡國，故周初即對酒的限制也同時表現在武王的戒銘之中。之前容庚也提出「西周後期以後未見其器，何也」的疑問，所以我們從「卣」器的消失原因談起。

對於「卣」器的消失，據李學勤在《青銅器與古代史》一書中表示周代從西周初到周中國力漸衰，青銅器的發展也漸趨式微，早期最華麗的卣、方彝等器種，此時減少以至消失：

> 周朝的統治在武王、成王兩代奠定了基礎。康王時進一步得到了鞏固。昭王南征，遭到嚴重的挫折，穆王力圖擴大王朝影響的行動也未取得預期的效果。此後西周中期的幾個王世，只能處於守成的局面。這種由盛而衰的變化，在青銅器上也有曲折的反映。穆王時期開始，青銅器的紋飾漸趨簡樸，帶狀花紋又流行起來，早期最華麗的卣、方彝等器種，此時減少以至消失。銘文字體也由雄肆轉為規整，規範化的套語逐漸加多，只有鐘的產生，是一種新現象。〔註534〕

李學勤並舉《尚書·酒誥》的記載，對「卣」於周代中期的消失提出一種解釋，認為這是周人鑑於商代以酒亡國，所以對酒器的限制，以致造成很多酒器的消失：

> ……器種方面，卣器的減少也是值得注意的。《尚書·酒誥》

---

〔註534〕李學勤：《青銅器與古代史》，臺灣：聯經出版社，2005 年，頁 14～15。

記載，周人鑑於商朝統治階層酗酒沈湎，對飲酒設立了種種限制。以糾正社會風氣，大盂鼎銘文也曾提到這一點。西周酒器確比商代少。商代最多見的觚、爵、角、斝、尊、卣、方彝等，西周早期還多，中期後竟一起走向消滅。〔註563〕

筆者認同李學勤提出的看法，大部分學者也認為如此，對「卣」器為何在西周中期消失給一個很合理的答案，這點如果成立，從其中就可見和本簡的「卣」器對應的銘文講的「得位」是有所關係。《尚書・酒誥》作於西周立國之初，周公以成王名義對其年幼之弟康叔受封時所作的一篇訓誥之詞，內容闡述殷鑒之亡與酒事行為的關係。從《酒誥》的立論，分析出夏、商王朝崩潰覆滅是因兩朝末代之君桀、紂的嗜酒亡國。《酒誥》總結出耽酒而亡國的論調，而周人之所以能克殷立周，根本原因在於周人「克用文王教，不腆於酒，故我至於今，克受殷之命」。三國魏高允在《酒訓》中：「商辛耽酒，殷道以之亡；公旦陳誥，周德以之昌。」所以周人認為殷商敗亡的原因，酒是罪魁，商因酒而亡國，以致周能取代商朝的國位。所以在「卣」器上鑄銘自戒，當飲酒時見此器即可以作為借鏡，如此說周之「國位難得」，若未能從中記取教訓，正如商人之嗜酒，即足以亡國。

另外，晉葛洪《抱朴子・酒誡》在在舉出歷來因酒而誤之事，多不數計。中如此亦能釋銘文中之「士難得而易間」：

> 昔儀狄既疏，大禹以興。糟丘酒池，辛癸以亡，豐侯得罪，以戴尊銜懷。景升荒壞，以三雅之爵。劉松爛腸，以逃暑之飲。郭珍發狂，以無日不醉。信陵之凶短，襄子之亂政，趙武之失眾，子反之誅戮，漢惠之伐命，灌夫之滅族，陳遵之遇害，季布之疏斥，子建之免退，徐邈之禁言，皆是物也。世人好之樂之者甚多，而戒之畏之者至少，彼眾我寡，良箴安施？且願君節之而已。」

在治國之中最重要的是能為國所用的人才，士即是國家的棟梁，如果國家的人才嗜酒，容易被他國所離間，也因此而誤了國家大事，此處也正是「士難得而易間」的內涵意義了。國之上，如國君；國之下，如臣子，都能以此為戒，自然國家可以安治，而避免重蹈商亡之覆轍了。

---

〔註563〕李學勤：《青銅器與古代史》，臺灣：聯經出版社，2005年，頁14～15。

是故，筆者認為「」字非「戶」也非「牖」，而是「卣」這種酒器，其形如葫蘆，字形和字義都可以對應銘文的意涵，在此器物上刻上銘文以告誡武王勿耽酒而亡國，是很貼切的。

〔2〕立

楚簡上的字形為「」（以下以△代）。原考釋者釋「立」，復旦讀書會釋為「位」，今本釋為「名」。讀書會認為或許今之《大戴禮記》和簡本的此句有不同的來源：

> 簡文「位難得而易失」，《新書‧修政語》有「故夫天下者，難得而易失也」之語，與此句意近。「位」字，《大戴禮記》作「名」，二者或係出自不同來源。

秋貞案：

楚簡上出現△字很多當作「位」解，《楚系簡帛文字編》第 894～895 頁可見。〔註564〕另外查閱《簡牘帛書通假字字典》，《老子》丙：「古（故）殺□□，則以悆（哀）悲位之；戰勝則以喪豊（禮）居之。」〔註565〕白於藍編案：帛書本「位」作「立」。《郭‧尊》簡2「雀（爵）位」作「」字。故「位」和「立」可通假，應是沒有問題。對照今本為「名」字，故這句以「位」字做名詞放在句首做主語，比「立」字在句首為好。本簡的「位」應如讀書會所言，為「故夫天下者，難得而易失也」，指的是得天下「位」。

〔3〕惕

楚簡上的字形為「」，原考釋者隸「惕」讀「易」：

> 「惕」，從心，易聲。借為「易」。

復旦讀書會從之，對照今本也讀「易」。

秋貞案：

此字從「易」從「心」，未在其他楚簡出現過。大部分出現的「易」字作「」形（郭‧尊‧37）。可能把「心」旁當作義符，強調心態容易如何如何。原考釋和讀書會可從。

---

〔註564〕滕任生：《楚系簡帛文字編》，武漢：湖北教育出版社，2008 年 10 月第一次印刷。

〔註565〕白於藍：《簡牘帛書通假字字典》，福建人民出版社，2008 年 1 月，頁235。

## 2. 整句釋義

卣器上刻銘，諺曰：「天下之位難得，但容易失去。」

## （十四）士難尋而惕鞏〔1〕

### 1. 字詞考釋

〔1〕鞏

楚簡上的字形為「▨」（以下以△代），原考釋者隸為「鞏」，讀為「外」或「拐」：

> 「鞏」，從車，外聲。讀為「外」。《說文·夕部》：「外，遠也。」

或讀為「拐」。《集韻》：「拐，折也。」

復旦讀書會亦從原考釋者，釋「外」，有「疏遠」之意。對照今本無此句：

> 「外」有「疏遠」之意，《戰國策·趙策二》有「是以外賓客遊
>
> 談之士」，鮑彪注：外，疏之也。（參看《故訓匯纂》頁462）此句意為「士
>
> 難以招致而容易疏遠」。

陳偉在〈讀《武王踐阼》小札〉一文中，認為△字和〈容成氏〉的「間」字一樣，應釋為「間」，「離間」之意：

> 容成氏6號簡「丹府與蓳陵之間」的「間」字所從與此字所從
>
> 相同，亦可讀為「間」，是離間一類意思。〔註566〕

何有祖在〈《武王踐阼》小札〉一文中，認為△字讀為「間」，指「離間」之意，在戰國時兵書典籍中已有很好的闡發：

> 從上下文意看，這裏疑當讀作「間」。楚簡中「間」字所從有時
>
> 寫成「外」，例如《容成氏》6號簡、《莊王既成》3號簡（二見）所
>
> 見皆即是。簡文「鞏」當可讀作「間」，指離間。《逸周書·武紀》：
>
> 「間其疏，薄其疑。」用間在戰國已經較為盛行，先秦兵書對此作
>
> 了很好的總結闡發，如：
>
> 《孫子·用間篇》：「夫用間間人，人亦用間以間。」
>
> 《孫子·用間篇》：「古人之用間，其妙非一，即有間其君者，有

---

間其親者，有間其賢者，有間其能者……」

即指出得到的人才很可能也是他人離間的對象。

「士難得而易間」大意是，有才華之士較難招募，即使招募到了也很容易被離間。〔註 567〕

網友紙硯齋網站上發表對這一句話的看法。他認為△字讀為「逸」，劉洪濤、李家浩均相同的主張：

> 𨏔，見於天星觀一號墓遣冊，文例如「苛馭乘～車」，「一乘～」，蕭聖中先生認為𨏔當是（上佾下車之字）之省，△字屢見於曾侯乙墓竹簡。其說當是。（詳見蕭聖中《曾侯乙墓遣策中的△車、乘△和△軒》，江漢考古 1999 年第 1 期；蕭聖中先生《曾侯乙墓竹簡釋文補正暨車馬制度研究》，武漢大學博士學位論文，2005.5）
>
> 硯齋按：𨏔從佾得聲，在文中當讀作「逸」。上古音佾在余紐質部，逸亦在余紐質部，二字聲韻皆同，例可通假。而且簡文中上一個韻腳字是「失」，古音失在書紐余部，外在疑紐月部，失與逸韻同，而與外相距較遠。而且逸、佾、失都在舌音，相距也較「外」（牙音）字為近。
>
> 劉洪濤先生在《試說〈武王踐阼〉的機銘》一文中，將這段文字讀為「位難得而易失，士難得而易逸」，並在注 3 中說：「『逸』原文作從『外』從『車』，讀為『逸』是李家浩師的意見。」（劉洪濤先生《試說〈武王踐阼〉的機銘》，簡帛網，2009 年 5 月 22 日）李、劉二先生讀「𨏔」為「逸」，不知是否也是從古音上得出的結論。

**秋貞案：**

△字从「外」从「車」應該讀「外」還是「間」呢？

上博二《容成氏》簡 6：「丹府與藋陵之間」的「間」字形為「」；上博六《莊王既成》簡 3：「四與五之間乎？」的「間」字形為「」，均為上從「門」下從「外」，讀為「間」。

〔註 567〕何有祖：〈《武王踐阼》小札〉，http://www.bsm.org.cn/show_article.php?id=945，2009.01.04。

△字在天星觀一號墓遣冊中的字形「𨏦」，為「輦車」的合文。此字上從「外」下從「車」。曾侯乙墓竹簡 62 有「輦」，字形「𨏦」，從「阤」從「車」，作「輦車」的合文。曾侯乙墓竹簡 204 的「𨏦」字形「𨏦」，為「𨏦車」的合文。〔註568〕李守奎在《楚文字編》中把「輦」和「𨏦」歸為一字異體。而「𨏦」和「輦」是不是同一字異體？

季師《說文新證》上冊「肙」字條〔註569〕，釋形部分說明「肙」是「月」的分化字：

> 肙應該是月的假借分化字，雖然目前還沒有看到逕把「月」當作「肙」用的，但是在偏旁並不罕見。戰國文字從月，八為分化符號，也借月為聲。肙（*xjet）上古音屬曉紐沒（物）部開三、月（*ngjwat）上古音屬疑紐月部合三，沒（物）月旁轉，文獻多見。二字聲紐則都屬喉牙音，因此可以通假。《戰國古文字典》以為「肙從月八聲，師觀鼎肙字作肙，亦從月。」旭昇案：何說肙字亦作肙，正可以說明從肙與從月通，肙係月的分化字。但何說肙從八聲，八（*pret）上古音屬幫紐質部開二等，與肙字聲紐相去較遠。這大概是受到《說文》釋為「從肉、八聲」的誤導。

依此看來，「𨏦」和「輦」是同字異體。季師《說文新證》上冊，釋「外」字條，說明了「卜」作「外」是加了「月」聲，月、夕在甲骨文中本來同字：

> 甲骨文「外」只作「卜」，學者或以為省「夕」，如高明《古文字類編》注：「卜辭『外』字省『夕』作『卜』。」其實「外」字本義係借卜兆別內外，甲骨文的卜兆有一定的規律：龜甲：左半向右，右半向左；牛骨：右骨向右，左骨向左（陳夢家《卜辭綜述》11 頁）。學者指出：以豎形的兆幹為中界，橫形的兆枝所向為內，另一面為外，因此甲骨文以「卜」為「外」，金文加「月」聲，「月」一定在「卜」形的外側（張玉春〈說外〉，林澐〈王士同源及相關問題〉）。外（*ngwar），上古音屬疑紐祭部合口一等；月（*ngjwat）屬疑紐月部合口三等，聲母相同，韻為陰入對轉。

---

〔註568〕李守奎：《楚文字編》，華東師範大學出版社，2003 年，頁 875。
〔註569〕季旭昇師《說文新證》上冊，台北：藝文印書館，2004 年 10 月初版二刷，頁 336。

春秋晚期金文攻敔臧孫鐘「月」形簡化成「夕」形（月、夕在甲骨文中本來同字），《說文》遂誤以為「夕卜於事外」。〔註570〕

故△字可以讀為「外」，而不必讀為「逸」。

陳志向在〈上博七‧《武王踐阼》韻讀〉一文中認為△字要讀為「外」才合於韻讀，「失」與「外」可能也是質部字與月部字押韻：

> 鑾，當從外聲。字形亦見於天星觀遣冊，為「外車」合文（滕壬生，《楚系簡帛文字編》第 1121 頁，武漢：湖北教育出版社，1995 年版）。整理者讀為「外」。讀書會原讀為「間」，後從蔡偉老師意見，仍讀為「外」。以韻考之，當以「外」為是。今本此句僅作「夫名難得而易失」，當是因兩句句式近似，俱作「……難得而易……」而脫去其一。〔註571〕

但回到前面的問題，△字從「外」從「車」應該讀「外」還是「間」呢？筆者認為應讀為「間」於義為佳。陳偉在〈楚簡中某些「外」字疑讀作「間」試說〉一文中，舉例證明楚簡中有些文例的「外」字應讀作「間」。

> 我們知道，楚簡中有些「間」字寫作從「門」從「外」。如，上博竹書《容成氏》6 號簡「丹府與𦾔陵之間」、《莊王既成》3 號簡「四與五之間」（二見），葛陵甲一 22 號簡「有良間（病癒）」、甲二 28 號簡「良有間（病癒）」，皆是。《說文》「閒」字古文亦然。

> 由此著眼，我們懷疑楚地戰國簡冊中寫作「外」的字，有的也是用作「間」的。包山卜筮祭禱簡 210 號簡云：「恒貞吉。少有感于躬身與宮室，且外有不順。」217 號簡云：「恒貞吉。少有感于躬身，且外有不順。」這兩個「外」都可能用作「閒」，指時閒短暫。《孟子‧盡心下》：「為閒不用，則茅塞之也矣。」趙岐注：「為閒，有閒也。」《呂氏春秋‧去私》「居有閒」高誘注：「閒，傾也。」簡文中「閒」與「少」正好相對為文。包山 199 號簡云：「恒貞吉，少外有感，志事少遲得。」「少閒」亦指時閒短暫。《大戴禮記‧武王踐阼》

〔註570〕季旭昇師《說文新證》上冊，台北：藝文印書館，2004 年 10 月初版二刷，頁 556。

〔註571〕陳志向：〈上博七‧《武王踐阼》韻讀〉，http://www.gwz.fudan.edu.cn/SrcShow.asp?Src_ID=638，2009.01.08。

記矛之銘曰：「造矛造矛！少閒弗忍，終身之羞。」宋真德秀《大學衍義》云：「少閒，謂須臾也。」《尉繚子‧兵教下》記武王問太公望曰：「吾欲少閒而極用人之要。」《晏子春秋‧內篇諫上》：「公涵而不聽。少閒，公出，晏子不起……」兩處「少閒」也當如此解。（《漢語大詞典》舉「少間」這一義項的文例遲至《朱子語類》，失檢）以此看待包山 199 號簡文，也很妥帖。又新蔡葛陵甲三 10 號簡云：「少有外言，慼也。」《國語‧晉語一》：「且夫閒父之愛而嘉其貺，有不忠焉。」韋昭注：「閒，離也。」《孟子‧離婁上》：「政不足閒也」，趙岐注：「閒，非也。」簡文「外」恐亦用作「閒」，「閒言」指離閒或非議之語（《禮記‧曲禮上》：「外言不入于梱，內言不出于梱。」鄭玄注：「外言、內言，男女之職也。」簡文顯然不是這一類意思）。〔註 572〕

　　從字義上來說，楚簡的「外」字可以讀為「間」，陳偉和何有祖的說法可從。他舉了相當多的文例證明簡文「𡖊」當可讀作「間」，指離間。「士難得而易間」指有才華之士難以招募，即使招募到了也很容易被離間。

　　再從字音上來說，雖說「失」和「外」可以是月質旁轉的關係，但此句以讀為「位難得而易失，士難得而易間」為佳。「失」的古音在審三質部，「間」在見紐元部。〔註 573〕韻部可通，《詩經‧小雅‧賓之初筵》「賓之初筵，左右秩秩」，「筵」是元部字和「秩」是質部字，「筵」、「秩」可押韻。〔註 574〕故△字還是以讀為「間」當「離間」之意為佳。

## 2. 整句釋義

治國人才難得，也容易被離間。

## （十五）毋堇弗志〔1〕，曰余智之，毋

### 1. 字詞考釋

### 〔1〕毋堇弗志

楚簡上的「堇」字形為「![字形]」，原考釋者釋為「勤」，「勤勞」之意。「志」有

---

〔註 572〕陳偉：〈楚簡中某些「外」字疑讀作「間」試說〉，http://www.bsm.org.cn/show_article.php?id=1257，2010.05.28。

〔註 573〕參考王力：《王力古漢語字典》，北京：中華書局，2007 年 6 月第 6 次印刷。

〔註 574〕陳新雄：《古音學發微》，文史哲出版社，1975 年。

「記於心」之意：

　　「勤」，《爾雅・釋詁》：「勞也。」《左傳・僖公二十八年》：「今
　尹其不勤民。」杜預注：「盡心盡力，無所愛惜曰勤。」

　　「志」，《毛詩序》：「詩者，志之所之也。在心為志，發言為詩。」
《論語・學而》：「父在觀其志。」邢昺疏：「父在，子不得自專，故
　觀其志。」志者，在心之謂。

復旦讀書會釋「菫」為「謹」，沒有進一步的解釋。今本為釋為「懃」。

秋貞案：

「▨」和前面簡 7 的「皇皇唯菫」的「菫」字一樣，但是解釋是否一樣？
「皇皇唯菫」的「菫」作「謹」當「謹慎」解。這裡似乎也可以當「謹慎」解。
原考釋者和今本都當作「勤勞」解。

王應麟曰：「無懃弗志、無懃弗及，而曰我杖之乎，『杖』一作『枝』、『懃』
一作『勤』。」孔廣森曰：「志，記也。枝，支也。雖若已知，不懃則忘弗能記
也；雖若可支，不懃則墮弗能及也。」王聘珍曰：「《廣雅》云：『懃，賴也。』
志，念也。及，猶汲汲也。杖，持也。言無所倚賴而不志念，反曰知之；無所
倚賴而不汲汲，反曰持之：言其不相量事也。」

筆者為以釋「謹」為佳。復旦讀書會將「皇皇唯菫」的「菫」作「謹」當
「謹慎」解。這裡應該也是強調「謹慎」的心理狀態，此句「毋菫」可對「弗
志」。《說文》「謹」：「慎也。」《荀子・王霸》「各謹其所聞」楊倞注「謹」：「謂
守行無越思。」〔註575〕《穀梁傳》〈隱公〉傳曰：「言伐言取，所惡也。諸侯相
伐、取地於是始。故謹而志之也。」《穀梁傳》〈莊公〉傳曰：「不正罷民三時，
虞山林藪澤之利。且財盡則怨，力盡則懟，君子危之，故謹而志之也。」〔註576〕
「謹而志之」指的正是「謹慎持守而記念在心」之意。

## 2. 整句釋義

不能謹慎持守也不能謹記於心，而說「我知道了」；不能……。

---

〔註575〕宗福邦、陳世鐃、蕭海波主編《故訓匯纂》下冊，北京，商務印書館，2007 年 9
　　　　月，頁 4009。
〔註576〕〔清〕阮元《十三經注疏》，藝文印書館。